JA

〈片岡義男コレクション3〉

ミス・リグビーの幸福

—蒼空と孤独の短篇—

片岡義男

早川書房

6486

目次

〈片岡義男コレクション3〉

ミス・リグビーの幸福

―蒼空と孤独の短篇―

ハンバーガーの土曜日

1

往復二車線の道路、カリフォルニア1《ワン》が、起伏と蛇行をくりかえしている。サン・シメオンをすぎて四十分ほどの地点だ。北へいくにしたがって、サンタ・ルチアの山塊が、奇怪なかたちで、右にせまる。

左は、道路からいきなり、海へ落ちこむ。太平洋だ。太陽の位置のせいか、あるいは海面まですこし距離があるためか、青く突き抜けた空の陽をうけて、海は重い銀色に輝いている。

右側の山裾の地形は、どこを見ても、太平洋にむかって斜めになっている。すべてが、大きく斜めだ。

道路だけが、かろうじて、まっすぐだ。海へ落ちこむ断崖のふちで、海面と平行な細い道路が、そのほかの巨大な斜めの地形を相手どり、無駄な抵抗をしているように感じられる。

アーロン・マッケルウェイは、この道路で自分に出せるかぎりのスピードで、車を走らせていた。

ジープ社製の四輪駆動ピックアップ・トラック、ホンチョだ。道路とのなじみ具合は、悪くない。オフ・ロード用のごっついタイアも、なれてしまえば心地よい。路面を、常に硬い感じでとらえつつ走るのは、緊張がいつまでも持続して、いいものだ。

二十一歳になってまだ乳くささの抜けきらない顔で、アーロンは、左手に広がっている海を見た。海は、ただの海だった。

視線を、前方の道路にかえした。目の届くかぎり、ほかに車は一台もいない。ミラーをのぞいた。うしろにも、自動車は見えない。

助手席に置いたガン・ベルトを、ちらっと見た。

ハンド・クラフトの幅広のベルトに、おなじく入念な手づくりのホルスターがついている。ホルスターにおさまっているのは、モデル28の・357マグナムだ。銃身は六インチ。ハイウェイ・パトロールマン、という呼称がつけられている。百二十五ドル。拳銃じたいよりも、ホルスターとベルトの値段のほうが、高い。

アーロンは、空を見た。夏のはじまりの、まっ青な空だ。じっと見つめていると発狂しそうなほどに青い。陽が、鋭くきらめいて、降り注ぐ。

ほかに自動車は見えないし、人家もない。走っていくピックアップ・トラックのエンジン音や風切り音、それに、タイアをとおして感じられる路面のフィードバックなどが、自分はいま生きているということの唯一の証しだ。

「約束の時間に遅れそうだ」

と、アーロンは、ひとりごとを言った。

まもなく、道路の右側に、標識が見えた。白地に黒い文字で、〈シックス・ポイント〉とだけ、書いてある。

アーロンは、スピードを落とした。標識のすこしさきで、細いアスファルト道路が、ハイウェイから枝分かれしていた。濃いブルーのピックアップ・トラックは、その道へ、入りこんでいった。

丘のあいだをうねる道をのぼっていくと、大きな丘の中腹の斜めになったところに、一軒の家が見えた。白いペンキを塗った、木造の二階建てだ。

ほかに、家はない。その一軒だけだ。樹などないに等しい、荒い巨大な斜面にその家はあり、はじめっからメランコリックな雰囲気をたたえていたのではないのかと思えるような、もはやしみこんでしまって抜けっこない悲しいたたずまいを見せていた。

その家へのぼっていく道のふもとに、駐車場のような長方形のスペースがあった。アーロンは、そこに車を入れ、とめた。エンジンを切り、ガラスごしに外をながめ、ガン・ベルトを片手に持ち、外に出た。風が、重く吹きつけた。潮の香りがする。たまらなく遠いなにものかを、ふと、思い出す。

車のドアをしめ、目を細めてもういちどあたりを見渡し、丘の中腹の家にむかって、あがっていった。両手をふり、両脚をまっすぐにのばして大股にはこび、腰からうえを右に左にゆすりながら歩く。

先の角ばったカウボーイ・ブーツに、着古したリーヴァイス。青いチェックのカウボーイ・シャツに、ヘソのあたりまで長く垂れている、首に巻いている赤いバンダナ。このバンダナが風にあおられ、アーロンの顔にからみつく。

坂道をあがっていき、家の前に出た。ポーチの階段をのぼり、白いペイントのささくれ立ったドアをノックした。そして、ガン・ベルトを腰に巻いた。

ガン・ベルトのバックルをしめおえたとき、ドアが開いた。若い女性がひとり、そこに立っていた。小首をかしげ、彼女は微笑した。海から吹きあげてくる風に、栗色の髪が、あおられた。

「約束の時間にすこし遅れましたけど」

と、アーロンが、明晰な声で言った。

「というと、あなたが、私立探偵のアーロン・マッケルウェイなの？」

「そうです」

にっこりと、アーロンは笑った。

「セシール・ハートさんですね」

彼女はうなずいた。アーロンを足もとから頭のてっぺんまでながめわたし、腰のピストルに目をとめた。

セシールは、ドアを片手で支えたまま、うしろに体をひいた。

「どうぞ、お入りになって」

アーロンはなかへ入り、ドアをしめた。

居間の入口までさきに立って歩いたセシールは、白く塗った柱に背をもたせて、アーロンにむきなおった。

「私立探偵って、そんなに若いの？」

「いろいろですよ」

「もっとごっつい中年の人かと思ってたわ」

「そういうのも、います」

「なぜピストルを持ってるの？」

「意外なところで役に立つんです」

セシールは素足に白いスニーカー、紫色のミニ・スカート、そして、肩ひもがスパゲティのように細い黄色のタンクトップ。胸のふくらみがかたち良く前へ突き出し、脚がすばらしい。

「仕事の内容をまだうかがっていませんでしたね」

「やってもらえるかしら」

「おひきうけしたからには」

「簡単なことなのよ」

「やってみなければ、わかりません」

セシールは、唇の端で笑った。柱の前をはなれ、

「こっちへ来て」

と、奥へ歩いていった。

二階につながっている階段をあがり、廊下のなかほど、左側の寝室に入った。寝室と勉強部屋をかねたような、居心地の良さそうな部屋だった。むこうの壁に寄せて、キルティングのカバーをかけた大きなベッドが置いてある。

セシールは、そのベッドにあがった。あおむけに横たわり、すぐわきの壁にある小さな窓をあけた。その窓から右手を突き出し、腰をひねってセシールはアーロンを見た。

「私には姉がいたの。ふたつちがいの二十三歳だったわ。マイアという名前だったの。自殺したのよ。右の手首をカミソリで切って。いまの私とおなじようなポーズでこのベッドに横たわり、切った右手をこうやって窓から出して、死んでたわ。血が、外の壁を伝って

地面まで流れたのよ。窓から地面まで、細長く色がついてたでしょう」

「気がつかなかった」

　セシールを見おろして、アーロンが言った。

「限られた命を、自分の手でさらに縮めるために、自殺したのよ。白血病だったわ。血液のガンなのね。急性のリンパ性白血病。貧血がひどくて。十カ月もたないだろうって言われたの。とてもやつれてたわ」

　セシールは、目をつむった。しばらく黙っていた。やがて大きな目を再び開き、アーロンを見つめた。

「小さな紙っきれの遺書を残してたのよ。とっても不思議ね。二十三年つづいた人の一生が、最後には、小さな紙きれ一枚になってしまうのですもの」

　窓から差し出していた右手をひっこめ、

「そこにあるのよ」

と、ベッドの枕もとのスタンドを指さした。テーブルのようなスペースがあり、そこに瀬戸物の支柱の小さなスタンドが乗っている。その傘の下のほうに、紙きれがホチキスでとめてあった。

「とってちょうだい」

　囁くように、セシールがそう言った。

歩み寄ったアーロンは、紙きれをはずした。

〈マイケルに、さようならと伝えて――〉と、きれいな女文字で、流れるように書いてあった。

セシールの目に、アーロンは視線をかえした。ベッドに起きあがったセシールは、静かにこう言った。

「そのマイケルをさがしだして、マイアがさようならって言っていたと、伝えてほしいの。それが、あなたに頼みたい仕事なの」

「マイケルとは、誰ですか」

「ボーイフレンドだと思うわ」

「会ったことありますか」

セシールは首をふった。

「ないのよ」

「さがすための手がかりは？」

「この部屋が、姉の部屋だったの。自由に調べてもらっていいわ」

アーロンは、部屋を見渡した。

「マイケルという男をさがしだして、姉からのさようならを、伝えてほしいの」

セシールの声が、静かな部屋のなかに、漂った。

「やってもらえるかしら」

セシールの目を見て、アーロンは、うなずいた。

「やりますよ」

2

マイケルという男のフル・ネームと電話番号が、すぐにわかった。

マイア・ハートが前に使っていたメモ帳が一冊、みつかったのだ。マイケルの名は、そのメモ帳のなかにあった。

ペーパーバックをふたまわりほど小さくした大きさの、分厚いメモ帳だ。黒い厚手の紙をつかった表紙に、背布が濃いグリーン。なかは、どのページも、淡い赤で方眼が印刷してある。

おしまいの数ページをのこして、どのページにも、びっしりと書きこみがあった。

妹のセシールがいまひとりで住んでいるこの家には、電話がない。

マイアのメモ帳をかりたアーロンは、家を辞し、サン・シメオンにむかった。家を出て坂道を降りながらふとふりかえると、二階の寝室の小さな窓から地面にむかって、黒ずんだ汚れがひとすじ、細くのびていた。窓のすぐ下が幅広く汚れていて、すぐにその汚れの幅はすぼまり、すこし斜めに、地面にのびていた。板壁に陽が当たり、風が吹いていた。

サン・シメオンのはずれの、閑散としたガス・ステーションに、公衆電話があった。ガラスのはまった古風な木造の、赤く塗った電話ボックスだ。ドアを片足で押えて開いたままにしておくと、風が吹きこんできて、気持がいい。

メモ帳を開き、マイケル・マシューズという名につづいて書きこんであるふたつの番号のうち、最初のをダイアルした。

コールのベルが鳴りつづける。鳴りつづけるが、誰も出ない。一分をすぎてあきらめたアーロンは、受話器うけを押し下げた。ふたつ目の番号をまわした。電話のむこうでベルが鳴りはじめてすぐに、若い女の声が電話に出た。

声を低く押えて、

「ハロー」

と言っている。

できるだけ普通の、なんでもない喋り方で、

「マイケルはいますか」

と、アーロンは、きいた。

はっ、と息を吸いこむような音が聞えた、と、アーロンは思った。

「なになの？　誰ですって？」

「マイケルは、いますか」

「マイケルだけじゃ、わからないわ」

「マイケル・マシューズです」

「あなた、どなた？」

「友だちです」

電話のむこうで、女は黙った。

「マイケルにかわってください」

「いないわ。あなたは、どなたたなの？」

「ここへ電話してみろと言われたので」

「誰に？」

「友だちにです」

女は、再び黙った。

そして、ためすように、

「どこの？」

と、きいた。

「どこの友だちなの？」

マイアのメモ帳には、もう一個所、べつなところに、マイケルの名が記入してあった。番号が記入してあり、そのうしろに、大文字で、STANS'、とある。そういう名の、たとえば酒場のような店なのか。

アーロンは、これを使ってみた。

「スタンのところの友人です」

みたび、沈黙があった。

「スタンのところですって？」

「そうですよ」

「いつ——いつ、そこへ電話をかけたの？」

「ついさっきです」

「あなた、どなたなの？」

「マイケルは車の月賦を払い終ってなかったようだ。車のディーラーは、請求権を月賦とりたて専門の会社に売ってしまった。保証人にぼくの名前と住所を使ったらしくて、ぼくはいまその会社から、マイケルの未払い金額のかたに、自分の自動車を持っていかれそうになってる」

「マイケルの、あの赤いおんぼろのシヴォレーに、まだ月賦が残ってるの？」

「なんだかよくわからないけど」

「ほんとに、今日、スタンのところに電話したの？」

「いけなかったかな」

「へんだわ。だって――」

「あのね」

と、アーロンは、彼女の言葉をさえぎった。

「電話をかけたがってる人が、ボックスの外に待ってるんですよ。すぐに、かけなおします。十五分ほどしたら。いいですか」

女は、黙った。しばらくして、

「いいわよ」

と、ためらいながら言い、

「かならずね。かならず電話して」

と、つけ加えた。

「マイケルはそこに住んでるのですか」

「ちがうわ」

「あなたは、ひょっとして、マイケルがよく喋ってる、スーザンという人かな」

「スーザンですって？」

「ええ」

た。

「じゃ、ちがうのかな。とにかく、すぐにまた電話します」

電話を切ったアーロンは、硬貨を入れなおし、メモ帳に出ているスタンの番号をまわした。

ベルが何度も鳴った。あきらめずにその音を聞きつづけていると、やっと、

「はい」

と、男の声が出た。

「スタンかい」

アーロンが言った。

「おたく、どなた？」

男が、ききかえしてくる。

「久しぶりだなあ、マッケルウェイさ」

しばし沈黙があった。そして、

「マッケルウェイなんて、知らねえよ」

「名前はよくおぼえてないかもしれない。そこで、よくマイケルといっしょだった男さ」

「誰だって？」

「マイケル・マシューズさ」

「私はパメラだわ」

男は、黙った。

「東部にいたのだけど、西へ帰ってきたのさ。そこにはまだマイケルが顔を見せてるかどうかと思って。なつかしいなあ」

「おたく、名前はなんと言ったっけ」

「アーロン・マッケルウェイ」

「マイケルなんて、この世にもたくさんいるし」

ぶっきらぼうな喋り方だ。

「あの赤いがたぴしのシヴォレーに、まだ乗ってるかな。車を買いかえるのだったら、便宜をとりはからってやるから、それもあってさ。会いたいのさ」

「どんな男だ、そのマイケルというのは」

やりすぎてはいけないのだ。だが、気さくに、すこし饒舌ぎみに、なにか喋らなくてはならない。

「そうだな、くすんだ金髪で、中背で、やせて見えるけど、意外にいい体格なのさ。とっつきは悪いけど、気のいい奴でね。パメラとは、二、三日前に話をしたのさ」

「誰だって？」

「パメラさ」

「知らんなあ」

パメラは、スタンもスタンの店のことも、知っていた。

男は、黙りこんだままだ。アーロンのほうから、なにか喋らなくてはならない。

「この近くだということはわかってるんだけど、正確な場所を忘れてしまったんだ。そこへいく道順を教えてくれないか、スタン」

ほんのみじかい沈黙のあと、

「どこにいるんだ」

と、男が言った。声が、低く押えこまれている。すごんでいるようにも、緊張しているようにも聞える。

自分がいる場所を、アーロンは説明した。そこを起点にした道順を、スタンは喋った。

「そうだ、そうだ、思い出した。マイケルはまだそこに顔を出してるかい」

「知らねえなあ、マイケルなんて」

パメラが喋った言葉によると、マイケルはスタンのところでよく知られた存在であるようだった。

「そのうちいくから、よろしく伝えてくれないか」

「おたくの電話番号を聞いとこうか」

いつかけても、ただコールのベルが鳴りつづけるだけという電話の番号を、アーロンは教えた。そして、電話を切った。

すぐに、さきほどのパメラに電話した。ベルが一度目を鳴りおえるまえに、受話器があげられた。

「パメラ」

「さっきの人ね」

「うん」

「ほんとにスタンのところに電話したの？」

「したよ」

「スタンは、なんて言ってたの？」

「べつに」

沈黙があった。パメラがなにかに当惑しているような沈黙だった。

「お名前をうかがったかしら。どこからかけてるの？」

パメラの声の調子が変わった。

アーロンは、自分の名を教えた。

「私、そういう名前って、好きよ。男らしくて」

甘い喋り方に変えている。

「パメラという名前も素敵だよ」

「ハイスクールの最後の年に、お祭りの女王に選ばれたことがあるわ」

「素敵なのは、名前だけではないんだね」

「あなた、喋りっぷりもいいわ。そっけないけど、なんていうのかしら。セクシーだわ」

アーロンは、黙っていた。

「私、考えたのだけど、あなたがマイケルをさがしてるのは、おかねがからんでいるからなのね、結局」

「そんなふうに言えば言えるね」

「ここへ来ればいいのよ。どこからかけてるの？」

自分のいる場所をアーロンは彼女に教えた。

「だったら、すぐだわ。一時間くらいよ」

パメラは、いま自分がいる町の名を言った。頭のなかに、アーロンは、地図を描いてみた。たっぷり二時間はかかる。

「マイケルのことも、いろいろわかると思うの。いらっしゃいよ。電話じゃ、駄目よ」

「いこうか」

「ぜひ。待ってるわ。車がなくって、まるっきり座礁したみたいなもんだわ」

「いくよ」

「待ってるわ」

所番地を聞いて、アーロンは電話を切った。いちばんはじめにかけた番号を、再びダイアルしてみた。ベルが鳴りつづけるだけで、誰も出ない。四分待って、切った。

スタンとパメラに電話して、これだけの収穫があるとは、意外だった。ふたりとも、マイケルについて、喋りたがらない。スタンは、マイケルという男なんか知らないとさえ言った。パメラのことも、知らないという。だが、パメラは、スタンをよく知っているようだ。それに、パメラは、アーロンがマイケルについてスタンに電話したその反応について、知りたがった。

なにかある。アーロンは、直感した。なにがあるのかわからないのだが、なにかある。パメラのところまでたっぷり二時間、アーロンは、ピックアップ・トラックを飛ばしてみることに決めた。

3

それから四時間。午後の二時すぎ、アーロンは助手席にパメラを乗せ、USハイウェイ101号線を北にむかって走っていた。

サン・シメオンのさきから二時間かけてサンタ・マリアの町まで南下し、パメラを乗せてとんぼがえりするように、また北へむかったのだ。

太平洋ぞいの道路、カリフォルニア1《ワン》につながるほうの道路には入っていかず、サンタ・ルチア山塊の東側にまわりこむUSハイウェイ101号線に入った。目ざしているのは、この101号線にそった小さな町、サマータイムだ。あと一時間ほど、かかる。

サンタ・マリアの町で、パメラのいる家は、すぐに見つかった。新しくできた住宅地のなかに、いくつもガレージを接してならんでいるおなじようなかたちの家の、ひとつだった。

待ちかまえていたらしく、家の前でアーロンがスピードを落とすと、パメラが飛び出してきた。

「急がなくてはいけないのよ、ここで待ってて。でも、アイスボックスが重いわ。いっしょに来て」

ピックアップ・トラックを降りたアーロンの手をひっぱって、パメラは、家のなかに入った。

キチンに、アイスボックスが用意してあった。

「氷をいっぱいつめて、冷蔵庫にありったけのビールを押しこんだわ」

重いアイスボックスをアーロンが持って出た。ピックアップ・トラックの助手席のフロアに置いた。シートをいっぱいにさげ、小柄なパメラの脚がきゅうくつにならないよう、スペースをつくった。

「さあ、いきましょう。急いで！」

と、パメラが助手席に乗りこむ。

「いったい、どういうことなんだい」

「話なら、走りながらだって、できるわ。とにかく、この車を走らせて！」

アーロンは、パメラの言うとおりにした。

「北へむかうのよ。まっすぐにこのまま北にのぼって、カリフォルニア1《ワン》には入らずに、USハイウェイ101号線をいくの。サマータイムという町まで」

「ビールのつまったアイスボックスなんて、まるでピクニックじゃないか」

「そうよ」

と、パメラは、勢いをこめて言い、笑った。

「これは、ピクニックなのよ！　ぜったいにやりすごしたりなんかできない、とても楽しいピクニックよ」

パメラは、美しい女だった。

年齢はアーロンより二つか三つ、うえだろう。バランスのとれた小柄な体は、活動的な魅力と女らしさとを、両方、持っていた。よく輝いた銅のような色の髪が、グリーンの瞳によく似合う。

水兵のダンガリー・パンツに革のサンダル、そしてTシャツだ。Tシャツの胸には、マッカーサー・パークという固有名詞とその簡単な説明文が、辞書の一項目のように、プリントしてある。

「どうしたらマイケル・マシューズに会えるか、電話でたずねただけなのに、いったいこれは、どういうことなんだい」

バケット・シートのなかで、パメラは両ひざを胸に抱いている。正面のガラスごしに、彼女はハイウェイを見つづける。

やがて、次のように言った。

「あなた、マイケルに、ほんとうは、なんの用なの？」

「電話で言ったとおりさ」

「マイケルは、車なんか、買いかえてないわ」

「ぼくが保証人になってる書類が、マイケルの名で月賦とりたて会社にあるんだよ。ほんとに自動車を買いかえたかどうかは、問題ではないんだ」

「その月賦とりたて会社の話って、ほんとうかしら」

「疑われるとは、心外だ」

「だって、マイケルは、そんなこと、ひとことも言ってなかったわよ」

「いちばん最近、きみがマイケルに会ったのは、いつだい」

「今朝だわ」

「どこで」

「さっきの、サンタ・マリアのあの家で」

「マイケルの行先を、きみが知ってればなあ」

「そんなに、マイケルに会いたいの？」

「早いほうがいい。月賦とりたて会社に追いかけられるのは、いやだから」

「あなた、マイケルの友人なの？」

「もうかなり長くなる」

「どんな男？」

「誰が？」

「マイケルよ」

「いい奴さ」

「そういう意味ではなくて。たとえば、髪の色は」

アーロンは、みじかく笑った。

「まるで訊問だね」

「まるでじゃなくて、文字どおり、訊問なのよ」

「だったら、でたらめを教えるよ」

「じょうずだわ。マイケルの髪の色を知らないもんだから、でたらめを言うよって、あらかじめことわっておいて、ほんとうにあてずっぽうを言うのね」

「くすんだ金髪だよ」

「黒にちかい、濃い色だわ」

「染めてるのかな」

「昔からそうよ。あなたは、マイケルを知らないのだわ」

「サマータイムという町には、なにがあるんだい」

「話をそらさないで」

「車をとめて、きみをここで放り出すことだって、できるんだよ」

「いまさらなぜそんなことを。話はついてると思ってたのに」

「なんの話だい」

「私は、サマータイムの町へ、ぜひともいきたいのよ。いま、あなたが、私をそこへつれてってくれるのよ。サマータイムへいけば、ひょっとしてマイケルに会えるかもしれないわ。ちゃんと交換条件になってるでしょ」

「ゆっくりいこうか」

「駄目よ。意味がなくなるわ」

「サマータイムの町で、なにがあるんだい。なぜ、急がなくてはいけないんだい」

「それは秘密よ。あなたは、マイケルに会いたがってる理由を秘密にしてるから、その点でも五分五分だわ」

パメラは、足もとのアイスボックスをあけ、冷えたクアーズのビールを飲んだ。

「あなたも、飲む？」

「ぼくは、いいんだ」

「これは、ピクニックなのよ。楽しまなきゃ」

自分ひとりだけの冗談に、パメラは自分で笑っていた。

4

途中の町でハンバーガーをいくつも買いこみ、サマータイムの町には、四時まえについた。

おそい午後の陽を斜めに浴びて閑散としている町に入って、

「間にあったわ」

と、パメラは両脚をのばした。

「これから、どうすればいいんだ」

「まだ、なにもしなくていいのよ。町のまわりを、適当に走ってちょうだい」

言われたとおり、町の反対側まで抜けていき、町のいちばん外側の道路を走った。

「金曜の午後の、中央カリフォルニアの小さな町」

そう言って、パメラは、期待をこめて笑った。そして、腕時計を見た。パメラが腕時計を見るのは、これで何度目だろう。

「いつもそんなに時間を気にするのかい」

「今日だけよ」

あっさり、パメラは、答えた。

「だって、今日は、特別なんですもの」

町のまんなかを抜けている大通りを、もういちど、ゆっくり走った。

道路をはさんで東側の建物や歩道には、濃い黄金色の陽が、いっぱいに当たっている。歩いている人の姿は、見当たらない。歩道に置いてある木製のベンチに、帽子をかむった老人が斜めにすわり、じっとしている。道路の西側は、深い影だ。サングラスをかけた中年の女性がひとり、ドラグストアから出てきた。

パメラが、また腕時計を見た。

「何時だい」

「四時十分すぎ」

「ガス・ステーションに寄っていいかい」

「いいわよ。でも、あまり時間をかけないでね」

パメラの舌さきが、上唇をなめた。目の表情が、すこし鋭くなってきている。そして、なにかの緊張感が、唇の端にあらわれている。すくなくとも、アーロンの目には、そう見えた。

タンクのガソリンが三分の一以下になっている。メイン・ストリートを流していき、そのはずれにガス・ステーションを見つけた。車にガソリンを入れているあいだ、パメラは手洗いにいっていた。帰ってきて、腕時計を見る。

「あと何分ぐらい、時間をつぶせばいいんだ？」

アーロンが、きいた。

鋭い目でパメラはアーロンに向きなおった。

「マイケルに会いたいんでしょ？」

「うん」

「だったら、余計なこと言わないで、私の言うとおりにしてほしいわ」

「してるじゃないか」

セルフ・サービスのガス・ステーションには、人の影がない。ときたま、前の道路を、けだるいスピードで、自動車が走っていく。

ふたりは、しばらく、そこにいた。

パメラが、腕時計を見た。

「すこし走りましょう」

バッグから、濃い色のサングラスをとり出して、パメラは、かけた。

アーロンは、ゆっくり流して走る。

なぜか、パメラは、落着かない。うしろをふりかえったり、交差点にくるたびに、左右をすかすように見る。ミラーをのぞきこみ、腕時計で時間の経過をたしかめる。

「サマータイムだなんて、ずいぶん不思議な名前だ」

「いろんな名前の町があるのよ」

「ぼくの故郷は、ビッグ・シティという名前なんだ」

「人口はどのくらいなの?」

「千五百」

パメラは、みじかく笑った。

「あなたって、素敵よ。緊張をほぐすために、冗談を言ってくれるのね」

交差点にさしかかった。町の南北に抜けているメイン・ストリートと直角に交わる大きな通りだ。

「まっすぐ」

と、パメラが言った。

ゆっくり、交差点を抜けた。渡ってすぐ左側、交差点に面した角に、銀行があった。赤い煉瓦の古風なつくりだ。

「すこしさきを、左へ左へとまわって、西からいまの交差点にもういちどむかって」

言われたとおりに走った。

パメラは、黙ったまま、正面を見つめている。時たま、ミラーをのぞきこむ。

「誰かがつけてくるのかい」

「ちがうわ」

「ぼくも気をつけてるけど、つけている車はないようだ」

「黙ってて」

左折をくりかえして大きくひとまわりし、さきほどのメイン・ストリートと交差する大きな通りに出て交差点にむかった。

「右へ寄って」

パメラが命令した。

アーロンは、車を歩道に寄せた。スピードを落とす。

「もうすこし。そう、とめて」

「いきすぎたかな。バックしようか」

「いいのよ」

パメラは、うしろを見た。そして、交差点のむこうを、じっと見すえる。

「やっぱり、興奮してくるわ」

パメラが言った。顔から血の気が引きはじめる。唇の右端をめくりあげるようにし、白い歯を見せている。交差点のむこう、そして、右、左と視線が飛ぶ。

「話には聞いたけど、実際に見るのは、はじめてだわ」

切迫して囁くように言う。エンジンのアイドリング音が、そのあとの沈黙にかさなっていく。

午後おそく、小さな田舎町の交差点。人がひとり、南から北へ横切り、角の銀行へ入っていった。泥まみれの、ボディがでこぼこになったフォードのトラックが、うしろから来て交差点をこえ、むこうへ走っていった。

パメラの呼吸が早くなっている。

交差点とパメラに注意力を分散しつつ集中させているアーロンに、パメラが思わず息をのむ音が聞えた。

メイン・ストリートに交差する道路の左から、ダーク・グリーンのプリムスが一台、ゆっくり交差点に出てきた。交差点を大きく左へまわり、角の銀行をこえたあたりで右に寄り、歩道のわきにとまった。

アーロンは、パメラの手を見た。太腿をしっかりとつかんでいる。シートのなかで体を低くし、左斜め前方百メートルほどのところにとまったプリムスを食い入るように見ている。

　交差点のむこうから、クリーム色のダッジがゆっくり走ってきた。交差点の手前五十メートルあたりで歩道に寄ってとまり、運転席と助手席から、男がひとりずつ、ほぼ同時に降りてきた。

　その、なんでもない光景を、パメラは息をとめて見ている。ふたりの男は、交差点を渡ってくる。若い男たちだ。ふたりとも、サングラスをかけている。交差点を渡りきると、その角が銀行だ。

「どっちがマイケルなんだ？」

と、きいた瞬間、すべてがアーロンの頭のなかにひらめいた。

「濃い色の髪のほうよ」

　というパメラの返答を聞きながら、

「駄目だっ！　やめさせろ」

とアーロンは怒鳴り、ホーンを押そうとした。

「よしてっ！」

　猛然と、パメラが、アーロンの腕に飛びついた。

「私もいっしょに来たかったのに、あの人たちは私をおいてけぼりにしたのよ！　ぜひともここで見物してやるんだわ」

「よせ。彼らを、とめるんだ」

だが、そのとき、ふたりの男は交差点を渡り、銀行の階段をあがっていきつつあった。

「やめろ！」

と、アーロンは怒鳴ったが、クーラーのため車の窓ガラスはみんな降りている。ふたりの男たちに、アーロンの声はとうてい届かない。

ふたりの男は、銀行に入っていった。それから二分とたたないうちに、銀行の内部から銃声が一発、聞えた。そして、さらに二発、かさなった。

鋭くみじかく、パメラが悲鳴をあげた。こわがっているのではなく、興奮しているのだ。

「もっとよく見なきゃ」

そう言い残して、パメラはドアを開け、歩道に降りた。

銀行の建物のはずれちかくにとまっていたダーク・グリーンのプリムスが、タイアを鳴かせて、飛び出した。

道路のまんなかへ出てきて軽く蛇行し、車首をたてなおすと、西へむかってふっ飛んでいった。

銃声を聞いて、交差点にちかい商店から二、三人の男たちが、顔を突き出して交差点のほうを見ている。

銀行から、男がひとり、走り出してきた。黒い髪の男だ。白いスラックスに、ピンクと白の格子じまのサマージャケット。右手にピストルを持っている。

歩道を走ってくる。プリムスがとまっていたところまできて、はじめて、そこにプリムスがないことに気づいた。

うろたえてあたりを見渡し、交差点のほうへひきかえして走った。途中から歩道を降り、なぜか交差点のまんなかにむかう。

アーロンはすでに車のギアを入れていた。なにか叫んでドアにとりすがろうとするパメラを無視して、急発進した。

マイケルに追いつき、大きくハンドルをきって、彼の行手にまわりこんだ。

急ブレーキをかけて交差点のまんなかにとまり、半ドアになっている助手席のドアをアーロンは蹴り開けた。

すっかりうろたえたマイケルが、ひきつった表情でアーロンを見る。そして、首を左右に振りながら、右手をあげてアーロンをピストルで狙った。

「よせっ！　マイケル、早くこの車に乗れ。射つな、俺はきみの仲間だ。乗れっ！」

アーロンの怒鳴る声にたぐり寄せられるように、マイケルは不器用に助手席に入ってきた。

急発進した。マイケルがシートの背に叩きつけられる。自分たちのほうを見ているいくつかの顔を、交差点のむこうにアーロンはとらえた。

「きみは、マイケルだね」

北にむけて突っ走りながら、アーロンがきいた。

マイケルがうなずく。

「ピストルをすてろ。こっちのフロアにすてろ」

おとなしく、マイケルは、ピストルをアーロンの足もとにころがした。

「ドアをきちんとしめてくれ」

操り人形のように、ぎくしゃくと動き、マイケルはドアを閉じた。

「シート・ベルトをしめろ。これからしばらく、ふっ飛ばすから」

5

朝の空が青い。

雲が、ひとつもない。太陽の位置がまだ低いので、空の青さは、重みのある濃いブルーだ。

明るくて強い陽ざしも、重い。朝の陽光のなかで、焼けた空気の香りが、岩肌から、緑の樹から、いっせいによみがえってきているところだ。

徐行する車の音は、なにも聞えない。ピックアップ・トラックの車体は、ラフ・ロードのなかで右に左に、傾きつづける。

ごく低い岩山が、視界いっぱいにつらなっている地帯だ。ハイウェイや町からは遠くはなれているが、このようなオフ・ロードを走るのが好きなアーロンは、方位や勝手を、よく心得ている。

比較的なだらかな丘がいくつもつづいたかと思うと、いきなり岩場がある。垂直に切り立った岩壁が、行手に立ちふさがる。

岩盤が地面から大きく露出して広がり、深い裂け目が谷のようになっている。

それをこえると、また、丘の連続。丈の低い灌木が、一定の間かくを保って、ぽつんぽつんと、岩の多い黄色っぽい地面に緑の色をそえている。びっしりと一面に生えるわけにはいかないのだろう。

丘のうえに出ると、ぐるり三百六十度、どちらを見ても、まっすぐな地平線だ。空と大地の境い目に、紫色の雲が、かすかにたなびいて見える。

昨日、サマータイムの町から一時間ちかくもハイウェイを飛ばしてから、荒野のなかへ入った。

ハイウェイといっても、舗装されていない田舎道だ。だから、パトロール・カーに追われることもなかったし、道路検問にひっかかりもしなかった。

ニュースは、車のラジオで、ときおり、聞いた。

サマータイムの町の銀行でふたりの強盗に射たれた警官は、病院で息をひきとった、というニュースを、おそくに聞いた。

「さて。これで俺は、警官殺しだ。すべては、終りさ」

と、マイケルが言った。

夜を徹して、荒野のなかを走った。

溶けかけた氷をかじり、冷たいハンバーガーを食べ、ビールを飲んだ。

一度だけ、深夜の荒野に車をとめた。自殺したマイアからの最後の伝言をマイケルに伝えたときだ。ついでに、サマータイムの町へ自分が来るにいたった経過も、アーロンは語った。

マイアが、さようならのひと言を残して自殺したと聞かされ、マイケルはショックをうけていた。頭を両手でかかえ、いつまでもじっとしていた。やがて、泣きはじめた。

「でも、これでいいんだ、さっぱりした」

泣きやんで、マイケルは言った。

「俺もマイアも、同時に、終りさ」

「なぜ、銀行強盗なんか、したんだ」

マイケルはアーロンにむきなおり、両手を広げた。

「カネが欲しかったのさ」

「なんのために」

「マイアの治療費だ」

「九カ月の命だったのに」

「知ってる。九カ月だろうと、何カ月だろうと、俺は彼女に治療を受けさせたかった。無駄だとわかっていても、やってみたかった。だけど、カネがない。大急ぎで、カネをつくる必要があった」

「皮肉だね」

「なにが」

「ちょうど決行の日に、ぼくがきみをさがす羽目になるとは」

「皮肉ではないよ」

と、マイケルは、薄く笑った。

「めぐり合わせというものだろう」

「銀行強盗がうまくいかなかったのも、めぐり合わせかな」

「奥の部屋から、警官が、にこにこ笑いながら、出てきたんだ。出納係りにピストルをむけたその瞬間さ。ろうばいした仲間が、射ってしまった」

あとは、ニュースで聞き、アーロンが自分の目で見たとおりだ。射たれながらもその警官はマイケルの仲間をしとめた。だから、マイケルが、警官にとどめをさしたのだ。

「きてくれて、よかったよ。マイアの伝言は、ちゃんと受けとった。礼を言っとく」

夜どおし、アーロンが運転した。

マイケルは、助手席で浅い眠りのなかに落ちたり浮んだりしていた。

「このあたりで俺を降ろしてくれよ。適当に行き倒れて、野たれ死ぬから。もう、終りなんだよ」

と、マイケルは言った。アーロンは、とりあわずにいた。夜の荒野を、走りつづけた。

そして、いま、朝だ。

前方に、煉瓦づくりの単純な建物が見えてきた。ほとんど崩れ落ち、小さな窓のあいた四角い塔や壁の一部分が、わずかに残っている。

「なんだい、あれは」

何時間ぶりかで、マイケルが口をきいた。意外にからっとした口のききようだ。

「有史前のインディアンたちの遺跡さ」

「ふうん」

「はじめてかい」

「はじめてだ」

平たい岩のうえに車を乗りあげさせ、四角い塔のかげにとめた。

「外へ出てみよう。それに、腹がへった。ハンバーガーの残りを食べよう」

ふたりは、外に出た。

おだやかな、乾いた風が、全身を包んだ。樹のにおい、それに、陽に照らされている岩のにおいが、かんばしい。

マイケルは、塔に手を触れてみた。

「意外に、しっかりしてる」

「ていねいにつくってあるよ」

こまかな煉瓦をきちんと積みあげた細工を、ふたりはしばらくながめた。

それから、朝食にした。

アイスボックスのなかにはまだ氷があり、ひんやりとしている。

冷たいハンバーガーを、冷たいビールで腹に流しこんだ。

「私立探偵というよりも、保安官の手下だぜ」

岩のうえにすわりこんだマイケルが、夜のあいだにガン・ベルトをしめたアーロンをつくづくながめた。

「私立探偵てのは、面白い商売なのかい」

「いろんなことがあるよ」

「銀行強盗も、なかなか悪くない。やるだけのことはやったんだ。マイアはもういないし、俺の人生もこれで終りさ」

「考えなおせ」

「なにを考えりゃいいんだ」

ハンバーガーをほおばって、マイケルは、にこにこ笑っている。

「警官殺しの銀行強盗として獄中ですごす無期限のことを考えるのか。いやなこった」

「なんとかなるさ」

「ならない。それは、きみも、よく知ってるはずだ」

食べかけのハンバーガーを持って、マイケルは立ちあがった。

「ハンバーガーの礼を言うよ。しかし。ビールをもう一本、飲みたい」

「アイスボックスにあるよ」

ゆっくり車まで歩いたマイケルは、助手席に上半身を入れ、アイスボックスにかがみこんだ。と同時に、運転席の下にころがっている自分のピストルに手をのばした。

ピストルをつかんで助手席から体を出し、銃口を頭に押しつけた。銃声が轟いた。

自分の手で自分の頭に射ちこんだ弾丸の反動によって、マイケルの体がピックアップから叩きかえされるようにはね飛ぶのを、アーロンは見た。ほんの二、三メートルしか離れていないところで、ほんの一瞬のうちに起こった出来事だが、とりかえしはつかなかった。

はね飛ばされるマイケルの、飛んでいく途中で体から生命の抜け去る様子を、アーロンははっきりと見た。

コントロールする人を失った操り人形のように、マイケルの体は地面に転がった。あおむけとなって死体として横たわったマイケルに視線をむけたまま、アーロンは、・357マグナムをゆっくり丁寧に、ホルスターに納めた。ビールをもう一本飲みたいと言ってピックアップの助手席にマイケルがかがみこむのと同時に、アーロンは、反射的に、マグナムをホルスターから抜いたのだ。

アーロンは、マイケルの死体に、歩みよった。横たわっているマイケルのぜんたいを見ながら、アーロンは、マイケルが自分のハンドガンを手にするためにピックアップのフロアに置いたはずの、食べかけのハンバーガーのことを、ふと思った。

旅男たちの唄

1

ドアを開けてくれたのは、素晴らしく美しい、若い女性だった。

「私立探偵のアーロン・マッケルウェイです」

名乗りながら、アーロンは、高価な化粧品の手のこんだ広告写真にむかって喋っているような気分だった。微笑が、自分の顔の上で心なしかこわばるのを、アーロンは自覚した。

ほどよく開いた重いドアのすぐうしろに、彼女は立っていた。左脚に軽く体重をまかせ、ドアの取手に右手をかけ、彼女はまっすぐにアーロンを見た。

この世に数多くの美女が存在している事実を、アーロンは知っている。そのうちの何人かとは、ほんのわずかにせよ、触れ合いを持ってきた。カリフォルニアで私立探偵をやっていると、いろんな人間と接触を持つ。その中には、美女も何人かはいたのだ。

いま自分の目の前に立っている美しい女性は、群を抜いていた。現実とは思えないほどに美しい。夢の中の出来事だ。たとえば、値の張る化粧品の広告写真がつくりだしている夢の世界の中での出来事のような。

ほの暗く落着いた室内の、どこからか光がさし、彼女の髪を淡い黄金色にふちどり、くっきりと浮びあがらせていた。髪は、ほんのりと赤味をおびた、褐色にちかい、深い艶をたたえた栗色だった。まん中からやさしくパートし、長くきれいなアーチを描いた眉毛の両はじあたりから、いやみのないカールに巻きこまれ、顔の両側で大きくふくらみ、首の根もとにおさまっていた。

かたちの良い額は、最上級の陶器に生命を吹きこんだように落着いた輝きを持ち、つくりすぎていない眉毛が、その下にぱっちりと開かれた大きな目の守護神のようだ。長いまつ毛は、青味をおびたグレーの瞳を守る天使たち。

心もち面長のせいで、すっきりとのびた鼻柱も、長めだ。その鼻の両側から、なんの思惑もまじえていない透明なまなざしが、まっすぐに空間をのびてくる。

唇が、赤く、大きい。うっすらと陽焼けしたような輝きのある頰にむかって、唇の両端が、きれいにのびていた。

頰から顎にかけて、完璧な輪郭が描かれていた。若い女性の顔が現実に持ちうる美しさを限度いっぱいにたたえた顔を、ただひたすら完璧に、頰と顎の線が、輪郭をつくっていた。

首、そして肩。肩から両腕にかけて、やさしい力に満ちたなだらかさが、美しい顔とおなじく、アーロンの目前で静止していた。うなじから首の前に、細いゴールドのチェーンが、巻いてあった。鎖骨の、女らしい盛りあがりにそって、ゴールドのチェーンも起伏していた。

瞳とおなじ色のドレスを着ていた。胸のふくらみをやさしい直線でかくしてわきの下に逃げこんでいる布を、細い肩ひもが吊り下げていた。

ドレスの胴にとおされたひもが、ゆったりと胴をしぼって蝶むすびに前で垂れ、たくましい広がりのある腰が、ドレスの内部の空間にかくされていた。体ぜんたいの息づかいが、そのドレスのかすかなゆらめきに感じとれた。

来訪者のためにドアを開けた直後の、ほんのみじかい時間の中で、彼女の美しさは、静止していた。アーロンの微笑がこわばったのは、その静止した美しさのせいではなかった。静止していることをやめた次の瞬間には、どんなふうにでも躍動し、生命力に満ちた輝きを発散することができる無限にちかい可能性の、途方もない広さに、アーロンは、とまどったのだ。

「あら」

と、彼女が言った。

とたんに、静止した透明な美しさに律動が走った。微笑は、無限の可能性を裏切らない素敵なものだった。かくしきれない無邪気さをひきずった人なつっこさとかさなりあって、したたかに硬質でありつづける知的なきらめきが、彼女の美しさのあらゆる部分に読みとれた。

「どうぞ。お入りになって」

さらに大きく、彼女はドアを開いた。

ふと、アーロンは、肩ごしにふりむいた。

広い階段をあがったポーチの両はじに、まっ白い大理石の円柱があった。そのむこうに、明るい鮮明な陽の降り注ぐ光景があった。

入念な造園設計によってゆるやかな起伏を持たされた緑の芝生の広がりに、配置されたスプリンクラーが複雑なパターンで水をまいていた。空中にほうり上げられた水が、透明に光っては落下し、緑の葉の中に吸いこまれつづけた。

芝生の中を、車寄せがカーヴを描き、むこうの林のような茂みにつながっていた。林は、芝生を複雑なかたちにとりかこみ、輝く青い空と陽ざしの重要な一部分を、この邸宅のために切り取っているかのようだった。

よく手入れされ、いっぱいに緑の葉をつけた樹が、芝生のあちこちに効果的に配されていた。

乾いた風が、アーロンのまつ毛や頬、唇のさきに触れつつ、吹いていった。樹の葉が、ゆれた。緑の葉が、風にあおられて陽をまともに受け、銀色に輝いた。

階段の手前に、アーロンの車がとまっていた。ジープ・ホンチョの、ピックアップ・トラックだ。荷台には、車体とおなじ濃紺のシートがかぶせてあった。ボディの角が、そしてラジエーター・グリルが陽の中に鋭く光っていた。

2

空調のきいた室内は、しっとりと落着いて静かだった。空気の乾燥している外から部屋の中に入ると、本物ではないのだが、さわやかな湿り気が、どこにでも感じられた。アーロンが案内されたのは、室内装備が完全にほどこされた、小ぶりな応接間だった。お客をむかえるための部屋は、ほかにもっと広いのがいくつかあるにちがいない。アーロンがとおされたのは、いちばん小さな応接間なのだろう。

「想像していた私立探偵とはまったくちがうので、この部屋はなんだか滑稽だわ」

部屋に入ってすぐに、彼女が言った。くるっとふりむき、アーロンに微笑した。

白い天井に淡いブラウンの布張りの壁。ルーヴァーのついた白い窓に、半分ほど開かれた白いレースのカーテン。吹きこむ風に、カーテンがゆれていた。

濃い褐色のフロアの中央に、四辺に房飾りのついた淡いグレーのカーペット。東洋ふうな長方形のテーブルが置いてあり、そのテーブルの上には革表紙の古風な本が二冊に、ウルシ塗りに金粉で模様を描いた葉巻入れ、そして、黄金のお盆には、ワインらしい飲み物の入ったデキャンター二本を取り囲んで小さなワイン・グラスがいくつか乗っていた。

濃いブルーの光沢のある布に、金色の糸で樹の枝を刺繍したソファが、テーブルとカギ型に向きあっていた。手前の窓のわきには、四角いテーブルがあり、白い電気スタンドと瀬戸物の猫、そして銅製の丸い花びんには、固くて大きな緑色の葉をつけた枝が何本か、広げて生けてあった。

むこうの窓辺の、部屋の隅には、古風なライティング・ビューローがあり、燭台と白い花の咲いている小さな植木鉢が乗せてあった。ガラスのはまった観音開きのブックケースの中には、テーブルに出してあるのとおなじ革装の本が、ほどよい空間をとってならんでいた。ライティング・ビューローと窓のある壁とのあいだには、小さな細長い葉をつけた植物が、窓の高さのなかばあたりまで、枝をのばしていた。

凝った額におさめたおばあさんの大きな絵が、いちばん広い壁の低い位置にかけてあり、部屋に入ってきたアーロンは、そのおばあさんの、意志の強そうな目に見すえられた。

「リュウ・アーチャーのような私立探偵を想像してたの」

「誰ですって？」

「リュウ・アーチャー」

　アーロンは首を振った。

「聞いたことありません。業界では有名なのですか」

「小説のなかでは」

「はあ」

「カリフォルニアの金持ちたちがそれぞれの過去の内部に秘めている黒い影に、読者を導いてくれる人」

　アーロンは、黙っていた。

「せっかくですから、しばらくすわってお話をしてみましょう」

　彼女は、ソファを示した。

　ふたりは、それぞれ別のソファに腰を降ろした。

「お飲みになる？」

　二本のデキャンターを指さし、彼女がきいた。アーロンは、首を振った。酒に興味のないアーロンは、デキャンターのなかみがなになのか、見当をつけることもできなかった。

　彼女は笑った。

「初老の私立探偵にあわせて用意しておいたの。葉巻も、お吸いにならないわね」

「やりません」

アーロンを、彼女は見た。

「そんなに若い私立探偵がいるなんて、思ってもみなかったわ」

「二十一歳です」

ヒールの高いカウボーイ・ブーツに、ホワイト・ジーンズ、半袖のアロハ・シャツは、オレンジ色の地に、グリーンのピラミッドとスカイ・ブルーのシルエットになった椰子の樹、そして、ピラミッドの上をなぜかさかさまに飛んでいるDC－3のプロペラ旅客機の模様だった。

アロハ・シャツの下には、素肌にショルダー・ホルスターを吊っている。ベルトもホルスターも、しなやかな革のハンド・クラフトで、ホルスターにおさまっているのは・357マグナムのモデル28、六インチ銃身の通称ハイウェイ・パトロールマンだ。

「ピストルはいつもそんなふうに持って歩くの？」

「仕事のときはいつも」

「使うことがあるの？」

「二十二人の男を一度に皆殺しにしたことがあります」

あどけなさの抜けきれていない顔で、表情を変えずにアーロンは言った。

「ソフト・ドリンクでもお飲みになる？」

「アイス・ウォーターをください」

にっこり笑って、彼女は立ちあがった。アーロンも、つづいて立った。

「外の樹陰に出て話をしませんか」

3

彼女に教えられたとおりに廊下を歩き、アーロンはヴェランダに出た。フレンチ・ウィンドーから五角型に突き出た、白い煉瓦を敷いたスペースだった。細い五本の円柱が、屋根を支えていた。入りくんだ模様の白く塗った鉄製の低い手すりが、周囲をかこんでいた。この邸宅の敷地内の林がすぐ目の前にせまり、大きな樹の太くのびた枝が、ヴェランダを心地よい日陰にしていた。クッションを敷いた籐製の椅子と、丸いテーブルが、置いてあった。

右手にアイス・ウォーターのゴブレット、左手には十年くらい前の小型ラジオを持ち、彼女がやってきた。

「素敵な日陰でしょう」

アーロンは、微笑した。

ゴブレットの八角形のステムのなかほどに、小さな虹が細工してあった。ガラスの中に、虹が浮んでいた。アイス・ウォーターは、冷たくておいしかった。

「名前を思い出そうとするのですが、そのたびにど忘れするのです」

「プリシラ・オーアバック」

「そうだ。そのとおりだ。プリシラ・オーアバック」

「この家は、伯父さんの家なの。奥さんといっしょに、南太平洋をヨットで航海してるわ。私は、留守中の居候。静かで、勉強にちょうどいいの」

アーロンは、アイス・ウォーターをまた飲んだ。

「なんの勉強ですか」

「思想史」

「へえ」

「資本主義の歴史と表裏一体のかたちで、時代と共につくられ展開されてきた思想の歴史なの。資本主義の悪を増殖し肯定する思想の、絶えざる自己武装の歴史と言ってもいい」

樹陰を、風が吹き抜けた。ヘア・クリームでリーゼントにしたアーロンの髪の、額に垂れている前髪を、その風がゆらした。

風に目を細め、アーロンが言った。

「おひきうけする仕事の内容をうかがいましょう」

「ディッキー・ブライアントって、知ってる？」

「何者ですか」

「歌手だったの。自分で歌をつくって、うたうの。カントリー・ソング」

「いまは歌手ではないのですか」

「死んだわ。三日まえ、ピストルで射たれて。『フル・ムーンのたびに』という歌を知ってる?」

「知りません」

「ディッキーがつくってうたってた歌のうちのひとつなの。いま、大ヒットしている」

プリシラは、小型ラジオのスイッチをオンにした。しばらくして、カントリー・ソングが低くスピーカーから聞えてきた。一日じゅう、カントリー・ソングばかり流している、カントリー専門の局だ。

「さっき電話でリクエストしておいたの。かけるって。DJは約束してくれたわ。もうじきよ」

ディッキー・ブライアントについて、プリシラはさらに説明した。カントリー・ミュージックの世界で成功をおさめようとしてがんばっていた男だという。ディッキー自身がプリシラに語ったところによると、オクラホマの田舎町に生まれ、十二歳のときにはすでにカントリー・ミュージックのプロとしてカネをかせいでいたそうだ。ギター、バンジョー、スチール・ギター、ハーモニカ、電気ベースを非常にたくみにこなし、硬い張りのあるバリトンで歌をうたい、作詞と作曲の才能も持ちあわせていた。カントリー・バンドやラジオ局のＤＪなどを転々として、プリシラとつきあっていたころはロサンジェルスでスタジオ・ミュージシャンとしての仕事をこなしつつ、歌づくりにはげんでいたという。彼とプリシラとの仲は三年つづき、切れたのは三カ月まえだった。

「私と別れてから、彼がいつも夢に見ていた大ヒットが出たのよ。自分で作詞作曲した歌を自分でうたってレコードにし、ヒットさせるのが、ディッキーの夢だったの。私と別れたときには、そのヒット曲『フル・ムーンのたびに』は、まだ影もかたちもなかったのよ。いま正確にわかっているのは、私と別れたディッキーがカントリー・バンドに加わって巡業に出て一週間目に、アリゾナ州のプレスコットで、『フル・ムーンのたびに』を、うたってること。私といっしょだったころ、彼は歌をつくることばかりいつも考えていて、私のふとした言葉から歌のタイトルをつくる、そのタイトルにあわせて詞を書いたり、気に入ったフレーズをうたって聞かせて意見を求めるとか、そんなことばかりやってたわ。『フル・ムーンのたびに』の原型がもしできてたのなら、かならず私に語ったはずよ。だから、私の考えでは、私と別れてカリフォルニアを出発し、アリゾナのプレスコットへいくまでの一週間に、彼は『フル・ムーンのたびに』をつくったことになる」

　プリシラは、アーロンを見た。美しい顔に、聡明さに徹したきらめきがあった。ラジオから、カントリー・ソングがやわらかく聞えつづけていた。

「ディッキーが、どんな状況で、どのようにしてその大ヒットを作詞作曲したかを、できるだけ詳しく、あなたに調べていただきたいの」

4

アーロンは、アイス・ウォーターを飲んだ。自分の顔にむかって深く傾けたゴブレットの底をのぞきこむと、ゴブレットの底をとおして、ステムの中の小さな虹が、水のむこうに涼しげにゆれて見えた。

たてつづけに流されていたカントリー・ソングの切れ目に、落着いた男のＤＪが喋りはじめた。

その局が存在するのとおなじ緯度で北アメリカ大陸を東にむかって地図をたどりつつ、おなじ緯度にある町をかたっぱしからあげていき、それぞれの町でいまなにがおこなわれたり話題になったりしているか、ＤＪは歯切れよくひとしきり喋った。

そのあと、『フル・ムーンのたびに』のリクエストを電話でいただいたので、それをかける、と言った。

「電話をかけてくれたのは、プリシラ・オーアバックという若い女性です。いまはリクエストの時間ではないからと、私が意図的にすこし意地悪をしたら、非常に美しくて知的な声で私を見事に説得してしまいました。プリシラ、どうもありがとう」

その言葉につづいて、『フル・ムーンのたびに』が、かかった。樹陰の風に体を洗わせながら、アーロンは、その歌を聴いた。

三分二十秒ほどの、昔ながらのカントリー・ソングの感じをいっぱいにたたえた歌だった。ゆったりとした、流れるようなリズムに乗せて、きれいなメロディが失恋した男の心情を、歌という生き物として、風の中へ解き放っていた。聴いてみて、しんみりした気持になる。うたいこまれている悲しみに同意するのがなぜか心地よく、その心地よくなったぶんだけ、自分の体が軽くなるようだ。

プリシラは、ラジオのスイッチをオフにした。籐椅子に背をもたせかけ、ドレスの下で脚を組みなおした。うなじにゆれる髪を指さきで軽くなでつけた。

「いまのが『フル・ムーンのたびに』。うたってたのは、ディッキー・ブライアント」

「かわいい歌だ」

「そうね」

「ディッキーは、何歳だったのですか」

「二十七歳」

「ぼくが調べるのは、さきほどおっしゃったことだけでいいのですか」

「そうなの。射たれて命を落としたのは、テキサス州のオデッサだったわ。バンドが出演していた店で。週末になるとスーパーマーケットのレジのわきで特売に出される、外国製の安いピストルで、酔った女性に至近距離から三発、射ちこまれて。人ちがいだったの。その女性は、ディッキーが参加したバンドのほかのメンバーと関係があり、その関係がこわれようとしていたのね。相手の男を射つつもりで、まちがえてディッキーを射ってしまったの」

「ディッキーがあなたと別れたのは、ディッキーの意志だったのですか」

「ちがうわ。ディッキーは、巡業興行に私をつれていきたがったの。別れたのは、私のほうの意志」

「ディッキーは、あなたにふられたのですね」

「そんなふうに言ってもいいと思う」

「あなたにふられたことが、『フル・ムーンのたびに』の誕生と関係していると思いますか」

「なんとも言えないわ。だから、その歌をディッキーがどんなときどんなふうにしてつくったのか、調べていただきたいの」

アイス・ウォーターのゴブレットを、アーロンは見つめた。

「ディッキーが死んで、あなたは悲しくないのですか。すがすがしく美しいですね」

「悲しいわ。しかし、私がその悲しみをあなたに見せても、なんの役にも立たないのだから」

「そうですね」

しばらく、アーロンは、黙っていた。

「やっていただけるかしら」

アーロンは、顔をあげた。微笑して、こたえた。

「やります」

5

録音スタジオの殺風景な建物にかこまれたコンクリートの中庭を歩いてくるロイを、カフェテリアのガラス窓ごしにアーロンは見ていた。

カウボーイ・ブーツに、はき古したブルージーンズ。おカネのかかったものであることが遠目にもわかる、パッチワークのカウボーイ・シャツ。サングラスに、麦わらで編んだテンガロン・ハット。目深にかむり、明るい陽の中をロイは足早に歩いてきた。

カフェテリアに入ってきて帽子とサングラスを取り、見渡した。アーロンを認めて手をあげ、大股に近づいた。

「きみだな、私立探偵は。なにか食べるかい」

陽気に、ロイは言った。アーロンは、首を振った。

「飲みものは？」

自分の前のアイス・ウォーターを、アーロンは黙って指さした。

「なんだい、それは」

「アイス・ウォーター」

「健康的だなあ」

ロイは、セルフ・サービスのカウンターまで歩いた。大きなブルーベリー・パイをひと切れ、そしてコーヒーを盆に乗せ、アーロンの待つテーブルにひきかえしてきた。

アーロンにむきあってすわり、フォークでパイを切ってほうりこむように口に入れ、たくましい顎を動かして嚙み、コーヒーを飲んだ。

「ディッキー・ブライアントについて知りたいということだったかな？」

「そうです」

「ディッキーがあんなことになってしまったについては、ほんとうに残念だし口惜しいと思ってるよ。念願だった大ヒットが出た直後だったのに」

あっけらかんと明朗に、ロイは喋った。

「悲しい出来事さ。俺たちは、おなじユニフォームを着ていたし、体格や雰囲気、それにもみあげまで、よく似てたから。それに、相手の女は、なにかにつかまってないと立っていられないほどに酔っていたし。ベルギー製の・32口径の小さなピストルさ。至近距離から胸に三発射ちこまれたら、死ぬことだってあるんだ」

まさに他人事のように喋っているが、悪気はないのだということは、アーロンにもわかった。

「ディッキーとは、カリフォルニアからずっといっしょだったのですか」

「うん。カントリー・バンプキンズという、よく知られたウェスタン・スイング系のバンドなんだけど、正式なメンバーのうちふたりが休暇をとっていて、代役として俺とディッキーが選ばれたのさ。スタジオの仕事をこなしてたほうがカネになるんだけど、スタジオがつづいてると、たまらなく旅に出たくなってね」

「彼がつくった『フル・ムーンのたびに』について知りたいのですが」

「いい歌だよ。聞いたとたん、これはヒットする、と思ったね」

「どうしてですか」

口の中のブルーベリー・パイを、ロイはコーヒーで流しこんだ。

「あの歌は失恋をテーマにしたヒット・ソングなんだ。失恋の悲しみを馬鹿みたいに単純にうたった、知能の低い人たちむけの片々たる歌だというふうに思うかもしれないけど、大衆に支持されるヒット・ソングは、もうすこし複雑な性格を持ってるんだ」

「と言いますと？」

「どんなふうにだって言えるだろうけど、カタルシスと呼んでおいてもいいよ。失恋とは、ようするに、かなえられない夢や願いの象徴なんだ。世の中、なかなか思いどおりにはいかないことの連続で、ついには俺は敗け犬なのかなと自覚するにいたる人たちが、大衆の大部分を占めるわけさ。失恋の歌を聴いて共感し、心の中で泣くんだ。大っぴらには泣けないから。ヒットになった失恋の歌のレコードが売れる理由は、だいたいこうなんだ」

「ディッキーは、プレスコットではじめてその歌をうたったのでしたね」

「うん。リハーサルのときに、ディッキーがうたいだしたんだ。客うけのする歌だったので、本番のステージでディッキーがうたうことになった」

「それ以前にその歌をうたうのを聞いたことがありますか」

「ない」

「たしかですか」

「たしかだよ。いっしょにバンドに入って専用バスでワンナイト・スタンドをくりかえしてると、おたがいにひどく親密になれるんだ。プレスコットのリハーサルで聞いたのが最初だった」

「歌詞が三番までありますけど、そのときすでに三番まであったのですか」

「あったね。ながいあいだあたためてた歌なんだろうなあと、俺は思ったもの。このくらいよくできていてなぜいままでレコードにしなかったのだろうと思ったよ」

ロイは、ブルーベリー・パイを食べおえた。皿をわきに押しやり、紙ナプキンで唇をぬぐった。

「あの歌がレコードになるにいたった事情はご存知ですか」

「知ってるよ。カントリーに力を入れてるレコード会社のA&Rマンが、たまたまプレスコットに来てたんだ。俺たちのショーに招待したら来てくれて、ディッキーの歌を聞き、その夜のうちに契約さ。プレスコットの次の町でのショーをキャンセルしていたから、ディッキーだけがナッシュヴィルに飛び、レコーディングをすませ、トンボがえりしてきたんだ。発売したとたんに、いきなり一位さ。いまでも一位じゃないかな」

窓ガラスの外にむけた目を細め、視線をアーロンにかえした。にやっと笑い、

「ほんとはこの俺が射たれるはずだったんだよな」

「なぜですか」

「なぜって……。女に冷たくしたからさ」

「冷たくした理由は？」

「もう別れようと思ってね。俺は、たまに逢って楽しめばそれでいいんだけれど、女のほうはいつも俺といっしょにいて、しかも俺を自分の思うままに操りたかったんだ。そうは

いかねえよ。なあ」

ディッキーが射たれ、人ちがいだったと判明するとその場でロイは解雇された。テキサス州オデッサからひとりカリフォルニアに帰ってきて、スタジオ・ミュージシャンの仕事をやっている。

「ディッキーのやつ、かわいそうになる」

6

盛大な拍手と歓声が、すこしずつひいていった。やがて拍手はおおかたやんでしまい、手を叩きつづける人たちの散発的な拍手が間のびして聞えるなかを、口笛が何度か飛びかった。それもなくなると、人々のざわめきだけが残った。女性の笑い声が聞えた。

回転しつづけるオープン・リールのテープをグリーンはとめた。

「いま聞いてもらったのが、カントリー・バンプキンズの、このプレスコットの私の店における最初のショーの完全録音なんだがね。ディッキーが『フル・ムーンのたびに』を最初にうたったときの状況は、いま聞いたとおりだね」

テープ・デッキのある棚から自分のデスクにひきかえしてきたグリーンは、革張りの回転椅子に脂のまわりはじめた腰をおろし、デスクに両足をあげた。青いシャツの下で腹がこんもりと盛りあがっていた。その腹に両手を乗せ、グリーンはアーロンに顔をむけた。

「ショーは必ずテープにとるんだよ。注意深く聞きなおし、選曲や演奏のしかた、ステージ進行などとお客の反応の具合を調べるんだ。商売だからね。すこしでも余計にお客にうけたほうが、商売につながる」

「うけましたね。『フル・ムーンのたびに』は」

グリーンは、うなずいた。耳のうしろからうなじにおおいかぶさっている長くのばした銀髪を、片手で撫でた。

「うけたね。店の宣伝に使わせてもらってるよ。大ヒット『フル・ムーンのたびに』は、この店で生まれたのです、とね」

「ほんとうにこの店でうたったのが最初なのですか」

「そうらしい」

たったいまプレイバックして聞いたテープのなかで、ディッキー・ブライアントは、「カリフォルニアからの旅のあいだにつくった歌を今夜はじめて披露します」と言っていた。

「ブロークン・ハート(傷心)というものを知っているすべての男と女に捧げます。つまり、今夜ここにいらしてるみなさん全員に捧げる、ということです」ディッキーがそう言うと、拍手と歓声が、うわっとあがっていた。

「つまり、こういうことなんだなあ」

大きな椅子の中で、この店の経営者グリーンは、腰の位置を変えた。フレンチ・ジーンズの胴をしめている凝った細工の革ベルトに親指をはさみ、ぎょろ目をアーロンにむけた。

「失恋はつまり敗北であり、夢の崩壊なんだな。この歌でいちばん大事なのは、おしまいの部分だ。愛というものは永遠ではないのだと教えてくれたきみが去っていくいま、ぼくはこれからはある時間が経過したら必ず破局をむかえる愛だけを追うんだ、とディッキーはうたってるね。フル・ムーンのたびに愛をとりかえるんだ、美しいフル・ムーンの昇るところを転々と旅する旅男になるんだ、とうたってる。敗北や夢の崩壊の責任を、ロマンチックでセンチメンタルなかたちで他人になすりつけてしまってる。ここなんだな、この歌が大ヒットになった理由は。傷心というものを知っているすべての人たちに捧げます、か。なかなかうまいことを言うもんだねえ」

デスクから両足を降ろし、グリーンはゆっくり立ちあがった。

「店でビールでもやらんかね。カントリー・バンプキンズの連中は、店が無料で提供したビールを、ほんとうに馬のように飲んだんだからねえ」

7

カントリー・バンプキンズは、ロサンジェルスから巡業公演に出発した。彼らがたどったのとおなじルートを、アーロンも、たどりなおした。

アリゾナ州プレスコットからいったんロサンジェルスに帰り、リヴァーサイド、サンディエーゴ、ユーマと、彼らの興行先を順にまわった。

カントリー・バンプキンズのマネジメント・オフィスは、ロサンジェルスにある。そこを訪ねたアーロンは、バンプキンズの巡業公演日程表を手に入れてきた。

公演地、宿泊先などが日を追って時間ごとに明記してあり、専用バスで走るルートや、公演地への出発と到着の時間まで、きっちりと書きこんであった。

「バンプキンズの連中がいまどこにいてなにをしてるか、この日程表を見ただけでぴたりとわかるようになってるのよ」

マネジメント・オフィスの、厚化粧の女性がそう言っていた。

「指定してあるルートから、特別の理由なしにはずれて走ったりしたら、罰金を取り立てるシステムだし」

日程表に明記してある時間どおりに、アーロンは走った。リヴァーサイド、サンディエーゴ、ユーマと、どこも一日だけの公演だった。夕方に到着して夜のショーをすませ、ステージ衣裳のまま再びバスに乗りこんで夜のハイウェイをふっ飛ばし、次の公演地にむかうという、強行日程だった。眠るのはバスの中であり、一週間に一度の割合で、モーテルのベッドで安眠する夜がとりこんであった。

　ディッキー・ブライアントと彼の歌『フル・ムーンのたびに』に関して、アーロンは、彼にできる限りの調査を、おこなった。だが、リヴァーサイド、サンディエーゴ、そしてユーマでも、調査していることの核心にせまる情報は、つかめなかった。

　四番目の興行先は、アリゾナ州のフェニックスだった。この次が、プレスコットだ。フェニックスでカントリー・バンプキンズがショーをおこなったのは、〈アメリカン・バーン〉（アメリカの納屋）という名前の店だった。

　遠くに山なみの見える、まっ平らな荒野の中のフェニックス。その東のはずれに、〈アメリカン・バーン〉はあった。コンクリートの広大な駐車場にかこまれ、鋭角的な感じのする平たい無愛想な建物だった。

　内部は、飛行機の格納庫のような、巨大ながらんどうの空間を感じさせた。空調でひんやりと冷やされた空気の中に、店のすべてが見渡せた。鉄骨が縦横に走る高い天井の下に、革張りの一人がけのディレクターズ・チェアが客席としてならんでいた。奥の壁に寄せて、店の縦幅いっぱいにステージがあり、アンプやモニター・スピーカー、マイクなどがぎっしり置いてあった。広い客席の周囲には自由に使えるスペースがたっぷりとってあり、ステージにむかって左側の壁のうしろ半分は、バーのカウンターだった。椅子はなく、丈の高い分厚い木製のカウンターがまっすぐにあった。

フェニックスに到着してすぐ、午後おそい時間、アーロンは〈アメリカン・バーン〉に入った。四、五人の長髪の男がステージでアンプを動かし、バーのカウンターには三人の男がいた。大きな空間のどこかで、ジュークボックスが鳴っていた。

ジュークボックスで、アーロンは、『フル・ムーンのたびに』をさがした。入っていた。コインを穴に落とし、その歌の番号を押しておいた。

バーのカウンターで、アーロンはビールを飲んだ。ひとりだけ、バーテンダーがいた。派手な花模様のパフ・スリーヴのシャツに黒いスラックス。鼻の下にひげをたくわえ、オレンジ色のような赤毛を山上のモーゼのように長くしていた。

二本目のビールを注文したとき、『フル・ムーンのたびに』がジュークボックスで鳴りはじめた。ビールを持ってきてくれたバーテンダーが、アーロンにこう言った。

「この歌をつくった男が、いまきみがいるちょうどこのあたりに立って、ビールをがぶ飲みしてたよ。ここでひと晩に二度、ショーをやったのだが、そのあいだの休憩のときだったな」

「ディッキー・ブライアント。カントリー・バンプキンズといっしょに来たのでしょう」

「知ってるのかい」

バーテンダーは、片方の眉をつりあげてみせた。

「間接的に」

「ふうん。なぜ俺がそんなことをよく覚えてるかというと、ディッキーといっしょにビールを飲んでいた女が、ピストルで射たれたからだ」

「射たれた？」

「うん。この店の常連なんだけどね。亭主持ちだけど、ほかに男がいて、あの日の夜もその男といっしょだった。この店へ、ふたりでよく来るのさ。別れ話が持ち上がってて、もめたみたいだね」

アーロンの表情を、バーテンダーは読んだ。首を左右に振りながら、彼は言葉をつづけた。

「カウンターのこっち側にいつも夜どおし立ってれば、お客のことなんかなにからなにまでお見とおしさ。ふたりは、よくこの店に来てたよ。彼女のほうが彼と別れようとしたのだけど、男は彼女に対して未練があったのさ。よくある話だな。この店でも、もう何百回あったかわからないよ。未練のあまり、男は彼女を射った。命はとりとめたけど、まだ病院だな。新聞に出たんだよ」

「ディッキーは彼女と話をしたのですか」

「そう。意気投合してたね。ショーがはねてから、どこかへしけこんだのじゃないかな。

ここでは、ショーは二日間だったから。男のほうが、むっつりと怒ったような顔して、さきに帰ったんだ。そのあと、ディッキーと彼女が、ちょうどそこんとこでね、楽しそうに笑っては、話しこんでた」

8

ジーン・ホイップルは、病院のベッドに起きあがって大きなクッションに背をもたせかけ、青い顔をしていた。三十代なかばだろうか。きれいな顔立ちだが、いまは生気がない。おびえたような影が目に宿るのを、アーロンは見ることができた。

低い声で、彼女は語った。

「一回目のショーをおえたバンドのメンバーたちがバーのカウンターに来て、ビールを飲みはじめたの。ディッキーは私の左どなりにいたわ。私は、ちょうどダグラスを相手に口論みたいなことになっていて。怒ったダグラスがひとりで帰っていくとすぐに、待ちかねていたようにディッキーが私に話しかけてきたのです」

ジーンは、言葉を切って目を伏せた。ダグラスというのは、彼女の情夫だ。

黙っているアーロンに、ジーンは顔をあげた。

「あなた、おいくつなの？」

「二十一歳です」

「子供みたいな顔をして。ほんとに私立探偵？」

「ほんとです。十八歳のときから」

「あなたみたいな若い人に、中年女の不始末を語るなんて、きまり悪いわ」

ジーンは、窓を見た。大きなガラス窓から、外が見えた。この個室は病院の四階にある。強い陽光に満ちたまっ青な空だけが、くっきりと四角に切り取られていた。

「ディッキーは、私とダグラスのやりとりを聞いてたらしいの。話しかけてきたときの言葉を、はっきり覚えてるわ。彼はこう言ったの。『さっきの台詞は歌のタイトルになりますよ。あの台詞を中心に、歌をひとつ、つくることができますよ。いい台詞を聞いたなあ。よかったらしばらく話をしませんか』ディッキーは、こう言ったのよ」

「その台詞を聞かせてください」

「私は、かっとなってダグラスに啖呵をきったらしいの。その齢で俺と別れて、このさきいいことがあると思うのかってダグラスが言ったから、私は言ってやったの。フル・ムーンのたびに新しい愛を見つけるわよ、フル・ムーンを追いかけてアメリカじゅうを旅すれば、新しい愛が次々に見つかるわよって」

「その台詞からディッキーはほんとに歌をつくったのです」

「知ってるわ」

ジーンは、顔を伏せた。気持が弱くなっているのだろう。顔をふせるとすぐにぼろぼろっと涙をこぼした。病院のパジャマに大粒の涙が音をたてて落ちた。

「かわいそうなディッキー」

両手で顔をおおい、ジーンは泣いた。

やがて泣きやみ、ハンカチで目がしらを押え、アーロンに顔をむけた。

「ごめんなさい」

「そのあと、ディッキーとはどんな話をしたのですか」

「べつに。ディッキーはとても陽気で、私を笑わせてばかりいた」

「歌について話をしましたか」

「しなかったの。歌はどんなふうにつくるものなのか、きこうきこうと思いながら、陽気な話にとりまぎれて、ききそこなったわ」

「ディッキーのほうからも、歌の話は持ちださなかったのですね」

「ええ。ただ、別れぎわに、フル・ムーンの歌をぜひ聞きたいわと言ったら、タイトルは『フル・ムーンのたびに』とすでに決めてあると言ってた」

「射たれたのは、明くる日でしたね」

「スーパーマーケットに買物にいって、駐車場へ出てきたところを、車の陰にひそんでいたダグラスに」

　ダグラスはいま行方不明。逃走中だ。警察に追われている。

「ダグラスはなぜあなたを射ったのですか」

「私を自分の女にしておきたかったのでしょう。言いなりになる自分好みの女に仕立て、はなしたくなかったのでしょう。それに私がさからって、うまく私をコントロールできなくなってフラストレーションを起こし、射ったのだと思う」

「なぜ、ダグラスと別れることにしたのですか」

「彼が私に対して一方的に要求するだけの関係でしかなかったから。自分好みの女になるように要求するだけ。それ以外の私に対しては、なんの関心もなくて。ダグラスとも夫とも別れて、ひとりになりたかった。退院したらひとりになるわ」

「ディッキーの『フル・ムーンのたびに』は聞きましたか」

「ええ」

　ジーンは、顔を伏せた。しばらくして、顔を伏せたまま、彼女が言った。

「ディッキーがどんなギターを持ってたか、ご存知？」

「知りません」

「普通のギターは、弦の下に穴がひとつあいてるでしょ。ディッキーのは、ネックがボディにつながっている部分の、弦の両側に、穴がひとつずつ、あったの」

「そういうギターもあるんです」

「初めて見たわ。音楽には、お詳しいの？」

「いいえ」

「ディッキーがどうやって『フル・ムーンのたびに』をつくったのかを調べるとおっしゃってたわね」

「はい」

「誰に依頼されたの？」

「それは公表できません」

「遺族のかたかしら」

「そんなもんです」

「あの歌のきっかけは、私だったのよ」

「はい」

「私のことがよくわかったわねえ。あのバンドの人にきいたの」

「まあ、そうです」

「あるいは、〈アメリカン・バーン〉のバーテンダーにおききになったのかしら。あの店には、ダグラスとよくいったし、あの夜、私とディッキーが笑いこけているところをバーテンダーは見てたから」

「このフェニックスの次の興行地が、プレスコットだったのです。ディッキーは、『フル・ムーンのたびに』を、プレスコットではじめてうたいました」

「フェニックスからプレスコットにむかうまでに、ディッキーはあの歌をつくってしまったのね」

「そうでしょうね。プレスコットでのショーの録音テープを聞きましたよ」

「ディッキーの歌はレコードとおなじだった？」

「おなじでした」

「私のつまらない啖呵があんな素敵な歌になって。うれしいような気もするんだけど……」

「傷心というものを知ってるすべての人に捧げます、とディッキーはプレスコットでうたうまえに言ってました」

「だったら、私も含まれるんだわ」

9

「なるほどねえ。なるほど、なるほど。そうか。そのへんのことなら、私にだってじつによくわかるんだ」

カントリー・バンプキンズのリーダーである初老の男、ラリー・マッコイは、さかんにうなずいた。

ベッドのヘッドボードに背をもたせかけ、着古して色あせたブルージーンズにつつまれた長い脚を、ベッドの上に投げ出していた。白い木綿の靴下をはいた両足をくねくねと動かし、スコッチのオン・ザ・ロックスの入ったグラスを右手で持ち、中をのぞき見るようにしながら右に左にかたむけていた。白いTシャツの袖口から出ている腕は濃く陽焼けし、首にはしわが無数にあった。

「うん。よくわかるんだ」

マッコイは、オン・ザ・ロックスをひとくち飲んだ。

「そういうことだったのか。たしかに、歌というもの、特に我々のやっているカントリー・ソングは、往々にしてそんなふうないきさつや状況の中でつくられていくのさ。往々にしてというよりも、ほとんどの場合、そうじゃないかな。おなじような経験は、私にもたくさんあるよ」

「そうですか」

アーロンは、ベッドの足もとの、壁に寄せたひとりがけの椅子に腰かけていた。

「別れ話をしている不義の仲の男女か。私も、そんな女の台詞から歌をつくった経験があるよ。四十年前、ジョージア州のメイコンで、ワンナイト・スタンドをやったとき。リズム・ギターを弾いていた私のすぐそばのテーブルで、男と女が別れ話をしてるのさ。ときどき、女の声が聞えてきてね。その女の台詞の中のひと言が心に残り、その夜のうちに一曲つくったよ。三年くらいあとで当時とても有名だった歌手にレコードにしてもらえて大ヒットさ。いまでも印税が入ってくる。シェナンドア・ヴァレーを車で夜どおし走って次の仕事にむかいながら、まっ青な月を見つづけながら頭の中で一曲、作詞作曲したこともあるし。これもヒットしたなあ。ちっぽけな田舎町に汽車が入ってきてね。町のまん中の停車場にとまると、すでに出むかえの人が何人か来ていて、その人たちのところへ星条旗でおおわれた棺がひとつ、汽車から降ろされた。と同時に、教会の鐘が鳴って。戦時中のことだった。この光景からも、私はヒントをうけて歌をつくった。これも、カントリー・ソングのクラシックさ」

「ディッキーの『フル・ムーンのたびに』をはじめて聞かされたとき、どうお思いになりましたか」

「ヒットすると確信したよ。リアルなんだ。もちろん、歌そのものはひとりのミュージシャンのつくりものだし、フィクションなんだけど、どうしてもこの歌を自分はつくりたいんだという、せっぱつまった願いみたいなものはとてもリアルなんだ。現実の自分が、自分とはすこしへだたったところにあるなにものか、あるいはなにごとかにぴたっと重なったとき、我々のような仕事だと、歌をつくりたくなる」

「ディッキー・ブライアントの場合も、そうだったのでしょうか」

マッコイは、アーロンを見た。世の荒波をくぐり抜けて成功をおさめ、現役として活躍しつつ初老の年齢に入りこんだハンサムな男の、古い樹のようなたくましさとやさしさの同居した顔だった。

「そうだね」

「フェニックスの〈アメリカン・バーン〉でディッキーは自分の歌のための決定的なきっかけをつかんだのですが、そのあと、どうやって歌にまとめたのでしょうか」

「誰にもわからんね。射たれた女性とは歌の話はしなかったというし、うちのバンドのメンバーもなにも知らない。クビにしたロイとおなじく、私も、ディッキーがあたためていた歌だと思った。フェニックスで二日目のショーがはねて、全員がモーテルに泊まったから、ひとりで起きていて、部屋にそなえつけの便箋に歌詞を書きつけたりしてつくったのさ」

「メロディは?」

「ディッキーくらいになると、どこにも発表してないメロディが、頭の中に無数に渦まいている。せっぱつまったきっかけがあると、そのうちのひとつが、ずっと出てくるんだ」

テキサス州の東の端、アーカンソー州との州境の町、テクサカーナ。そこで公演をすませたカントリー・バンプキンズは、一週間ぶりにホテルに宿を取っている。いまは真夜中。リーダーのラリー・マッコイの部屋で、アーロンは話を聞いている。

「アーロン・マッケルウェイ。きみは、ディッキーの『フル・ムーンのたびに』がつくられた状況やきっかけに関して、いまとなっては調べ得るすべてのことを調べてしまったんだ。私はつけ加えることは、もうなにもないよ」

「そうですか」

「うん」

ラリー・マッコイは、大きくうなずいた。

「たしかに、つけ加えることはなにもない。しかし、あえてなにかつけ加えるなら、あの歌をつくったとき、ディッキー・ブライアントは、あの歌の文句や雰囲気とまったくおなじ気持だったにちがいない」

「あの歌は失恋の歌ですね」

「うん」

「愛の永続性など二度と信じない、とうたってます」

「うん」

「歌の中でうたわれている失恋は、敗北や夢の崩壊の象徴だと言ってくれた人がいました」

「その人の意見は正しい」

「敗北の責任を、フル・ムーンに託しつつ他人になすりつけてる、とも言ってました」

「なんと正しい意見だろう。みんな正しい。カントリー・ソングのヒット曲は、あらゆる人の涙をとりこむんだ。人知れず泣きたい気持を代弁してくれるんだ」

「人知れず泣きながら、ディッキーはあの歌をつくったのですか」

「そのとおり。それが結論さ」

「これから、オデッサにいきます」

「人ちがいでディッキーを射った女を見舞ってやってくれよ。決して力を落としたりやけになったりすることのないようにと、この私が言っていたと伝えてくれないか」

「伝えます」

10

ロイを射とうとし、まちがえてディッキーを射った女性は、ジュディス・バーナディーンといった。

オデッサの町には、いなかった。ダルハートという町の、刑が確定する以前の女囚を収容する刑務所に入っている。オデッサの町の警察が、そう教えてくれた。

ダルハートは、オデッサからテキサス・パンハンドルの北にむかって、まっすぐに北上した地点にある。距離にして三百マイル以上。USハイウェイの385号線を、アーロンはジープ・ホンチョのピックアップ・トラックで、ひた走った。カントリー局の流すウェスタン・スイングがカー・ラジオから、聞えつづけた。

USハイウェイ385号線が、ダルハートの町を南北に抜ける。USハイウェイ54号線が、南西から北東へ、地図で見ると斜めに走り抜ける。そして、北西にむけて、西どなりのニューメキシコ州へまっすぐに、USハイウェイ87号線が、ダルハートの町からのびる。87号線でダルハートの町を完全に出はずれたさきに、ジュディス・バーナディーンの収容されている刑務所があった。褐色の原野のなかに、刑務所以外のなにものでもないたずまいで建っているその建物は、思いのほか大きかった。

さえぎるもののない荒野を、風が強く吹いた。前庭の国旗掲揚塔のてっぺんで、星条旗が音をたててはためいていた。

ジュディス・バーナディーンとの面会の事務をとってくれたのは、赤ら顔の肥った係員だった。

「あんた、ほんとに私立探偵かい」

と、みじかい時間の中で三度も、アーロンにきいた。そして営業許可証の提示を求めた。

しげしげとながめ、

「ふうーん」

と言い、

「時代は変わりつつある、そいつだけは確かだ」

と、許可証をアーロンにかえした。

「あんたのような子供みたいな私立探偵。それに、人ちがいで大の男をひとり、あの世に送ってしまう女。昔の女なら、狙った男をちゃんと一発で仕止めたものさ」

面会室へ、係員はアーロンを案内してくれた。この刑務所には三百名からの女囚が収容されているというが、そんな気配をなにも感じさせない静けさが漂っていた。

カウンターの金網ごしに、アーロンはジュディス・バーナディーンと向きあった。二十八歳。目鼻立ちがくっきりし、ラテン系の血をかすかに感じさせた。囚人服を着ていても、豊満な肉体がはっきりとうかがえた。

ロサンジェルスでロイに逢ったと言うアーロンに、ジュディスは低い声で言った。

「私にかわって、ぜひともロイを射殺してほしいわ。私立探偵って、人殺しは引き受けないの？」

「最初にロイのほうからぼくに射ってくるようにしむければ、射ち殺すのは簡単ですよ」

部屋の隅に立っている守衛に、ふたりの低い声は聞えない。

「なぜ、ロイを射ったのですか」

「私を利用しただけだから。自分の好みにあわせて、その好みの範囲の中だけで、私を適当にオモチャにしたから。そうはいかないんだということを思い知らせるために」

「ディッキー・ブライアントという男が、かわりに死んだのです」

「やりそこなって、ほんとに残念。でも、殺すつもりはなかったのよ。腹に一発、見せしめに射ちこむつもりだった。でも、ひどく酔ってたし。一発射ったら、自分の右手の人さし指が、次々に反射的に引金を引いてしまって」

「ディッキーの『フル・ムーンのたびに』を聞きましたか」

「身勝手な歌。フル・ムーンのたびに新しい夢を見つける男を、ハーフ・ムーンのたびに私は射ってやる」

「傷心というものを知っているすべての人に捧げる、とディッキーは言ってたそうですが」

「なにが傷心よ。相手の女がしっかりしていて、自分の思いどおりにならなくて、ふられてほうり出されただけでしょ。ディッキーも、ロイとおなじような男なのよ、きっと。雰囲気が、とてもよく似てた。体もおなじようだったし、ウェスタン・バンドのきんきらきんのユニフォームを着て。まちがえたのは残念だけど」

「どういう状況だったのですか」

「知らないの?」

「教えてください」

「ロイが洗面所へいったの。連中が出演してた店の。私はその洗面所の外で、壁によりかかって待ちかまえてたの。出てきたところを射ったわけ。ロイよりさきにトイレに入ってたディッキーだった。とても残念」

ジュディスは、アーロンの目を見た。

「ロイを射つ仕事を引き受けてよ」

11

カリフォルニアに帰るハイウェイ沿いの、田舎町の食堂からアーロンはプリシラ・オーアバックに電話をした。

「調査は終りました。帰ってから、詳しく報告します。書面にしましょうか」

「喋ってくれるだけでいいわ」

「ひとつだけ、ききたいことがあるのです」

「どうぞ」

「なぜディッキーと別れたのですか」

「自分にあわせて他人を変えようとしたから。自分の好みや必要以上には目をむけようとせず、相手の人間が持っているほかのさまざまな可能性については、考えようともしなかった。だから」

「三年もつづいたのは、どういうわけですか」

「ディッキーの考え方の幅をなんとか広げようとしてたから。でも、あまり効果はなかったみたい」

「彼は失恋した気持でいたのです。泣きたい気持でいたのです」

「ひとりで勝手にセンチメンタルな気持に落ちこんでいただけだと思うわ」

「ロサンジェルスに帰ったら、また連絡します」

「待ってるわ。楽しみに」

　席に帰ったアーロンは、店の奥にジュークボックスとピンボール・マシーンが置いてあるのに気づいた。

　立ちあがってそこへいき、ピンボールをワン・ゲームやってから、ジュークボックスの前に立った。おさめてあるレコードの曲名を、ひとつひとつ、見ていった。やはり、あった。曲名を表示してある細長い枠のひとつに、〈ディッキー・ブライアント『フル・ムーンのたびに』〉が、あった。スロットに硬貨を落としこみ、アーロンはその曲のボタン、

Mの19番を押した。

席にひき返すとすぐに、おばさんのウェートレスが、アーロンの注文した食事を持ってきてくれた。『フル・ムーンのたびに』が、鳴りはじめていた。

おばさんは、アーロンに言った。

「この歌をかけたのは、あなたなの？」

アーロンは、うなずいた。

「そうです」

おばさんは、真面目な顔をして、アーロンの目をじっと見た。

「この歌が好きなの？」

「聞いてみたくなったのです」

「この歌に関する私の意見も聞いてもらえるかしら」

「ぜひ」

明晰な声で、おばさんは、きっぱりと言った。

「ルーザー（敗け犬）の歌を聞くのにおカネを使うなんて、まるっきり無駄づかいだと、私は思うのよ」

ミス・リグビーの幸福

1

アスファルト舗装の、ゆるやかなS字カーヴのふたつつながったのぼり坂だ。のぼりきると台地の頂きに出た。道路はまっすぐになり、台地の西へむかってのびていた。

広い峡谷の中の、平たい台地だ。東側は、おなじような台地をもう一段つみあげたような高台だった。岩肌が黒く険しく、鮮明な陽ざしの中で静かに輝いていた。吹く風に、緑の樹の枝や丈の高い草が、ゆれつづけた。

道路は、台地の西端に近づいた。台地の縁ごしに、西に広がる峡谷が見おろせる位置まで来ると、黒い屋根の家が見えた。いちばん南にある一軒が見え、それから、北にむかってつながっている何軒もの家が目に入った。台地の表面にできている自然のくぼみを利用し、どの家もその中にはめこむようにして建てられていた。

直線と平面がいくつもの鋭角をつくり、それが複雑にかみ合った黒い屋根だった。

屋根ぜんたいのかたちは、見ているとなぜか不安な気持になるような雰囲気を持ち、鋭角と鋭角がかみ合った低い部分には、太陽エネルギーで湯をわかす装置が、鋭く光っていた。

濃い褐色の板壁が、陽を照りかえしていた。風の音だけが聞えた。台地の起伏にそって西へのびる道路から、それぞれの家へ、車寄せがのびていた。陽が当たり風が吹き、黒い岩や緑の樹々、そして家が、鋭い陽光をうけとめ、はねかえしていた。人の姿は見えなかった。

台地の下の峡谷と、その峡谷をはさんで両側にせまる山なみ、そして、山なみのあいだから遠望できる、山の外の広大な平野が、台地の縁に建っているどの家からも見渡せるはずだ。

見渡せる景色の大部分が、手つかずのままの自然だ。陽光の下にぼうっと白っぽくかすんでいる平野のむこうに、ロサンジェルスがある。自動車で五十分ほどの距離だ。

東側の、いちだんと高い台地を見上げると、その台地の西の縁にも、おなじようなかたちをした黒い屋根の家が、台地のなかのくぼみをそのまま利用して、ならんでいた。下から見上げると、その家々は、台地の黒い岩と共にいまにも崩れ落ちてくるのではないかと、ふと不安にかられた。

まっ青な空に、硬質な輝きがあった。手をさしのべてもとうてい届かない威厳ある距離のむこうから、巨大に青く、台地や峡谷の自然におおいかぶさっていた。

南から数えて六軒目の家の前に、くすんだ黄金色に輝くシヴォレー・インパラの2ドア・クーペがとまっていた。

車寄せの突き当たりはトレーラー・トラックがUターンできるほどの広さのスペースになっていて、シヴォレー・インパラはそのスペースのいちばん奥にとまっていた。

家は、ヴァケーション・ハウスのような造りだった。鋭角の複雑にかみ合った黒い屋根の下は、壁ぜんたいが板張りだ。木製のヴェランダが正面のポーチから建物の南半分をぐるっととり囲み、峡谷を見おろす西側へまわりこんでいた。

外から見るとヴァケーション・ハウスのようだが、内部は、大都会の周辺郊外地にある現代的で機械的なアパートメントを拡大したような造りだった。都会に仕事を持っている人の住む家だ。

空調のほどこされた家の中は、しんとしていた。なんの物音も聞えなかった。

いきなり、浴室の淡い黄色のドアが、開いた。女性がひとり、出てきた。都会的な身のこなしと雰囲気の、服装と化粧をきれいにととのえた女性だった。三十歳をすぎていることはすぐにわかるが、いくつすぎているか正確に察するのは、むずかしかった。

ドアを大きく開いて外へ出た。そして、開いたドアをそのままに、彼女は浴室をふりかえった。ドアよりもさらに淡い黄色の、四角いこまかなタイルで、フロアも壁も、埋めつくしてあった。いっぽうの壁に、横長に大きく鏡があり、室内植物をうえこんだ反対側の壁が映っていた。

　鏡の下に、洗面台、トイレット、そして、大きな窓に寄せて、湯船があった。洗面台とトイレット、それに湯船は濃い黄色だ。窓から、谷をはさんで台地のむこうにある山が見えた。よく見ると、人の気持を寄せつけない、無愛想なかたちをした荒涼たる山だった。

　彼女は、浴室のドアをしめた。

　歩き心地のいいカーペットを敷いた廊下を、彼女はキチンに歩いた。

　美しいキチンだった。機能的ななかに、ヴァケーション・ハウスの雰囲気もとりこんであった。清潔にかたづけてあり、モデル・ルームのように、人の住んでいる気配を感じさせなかった。

　テーブルの上に、皿に乗せた緑色のブドウと、コーヒー・カップが出ていた。メモ用紙のパッドと黒いボールポイント・ペンもあった。

　彼女は、椅子にすわった。テーブルにむかって椅子をひき寄せ、コーヒーをひと口、飲んだ。カップを受け皿に置いたときの音が、静かななかでとても大きく聞えた。

　メモ・パッドをひきよせ、彼女は右手にボールポイント・ペンを持った。右手首を前にまわし、メモ用紙のパッドを腕の中にかこいこむようにして、彼女は簡単なメモを書きつけた。これまでとっていた牛乳を今日かぎりでおしまいにします、という内容のメモだった。

書きおえてパッドからその一枚だけおだやかにちぎり、テーブルに置いた。立ちあがった彼女は、流し台へ歩いた。流し台のわきに、きれいに洗った大きな牛乳ビンが二本、あった。一本ずつ両手に持ち、テーブルにひきかえしてきた。二本の牛乳ビンを、テーブルに置いた。一本ずつ置いたから、二度、小さな音がした。

メモを書きつけた紙を、彼女は、たて長にふたつに折った。一本の牛乳ビンの中にそれを落としこみ、もう一度、一本ずつ両手に持った。正面玄関のドアまで、彼女は歩いた。

歩いていくうしろ姿は、都会の女性らしい、ほっそりと洗練されたものだった。まっすぐな肩から、きれいにのばした背すじが腰へ落ち、くびれた胴がかたち良く張った尻や腰に広がっていた。ぴったりと体に合ったブラウスとスカートが、彼女の体をおおっていた。長い脚はくるぶしでほどよくしまり、気品のあるハイヒール・サンダルのストラップが、ナイロン・ストッキングにくるまれた足首にまわっていた。

ドアの内側で立ちどまり、右手に持っていた牛乳ビンを左のわきの下にはさみこんだ。ドアを開いた。風の音が聞えた。上体をかがめた彼女は、ドアのわきに牛乳ビンを一本ずつ置いた。ビンが触れあい、小さな冷たい音がした。

彼女は、ドアをしめた。風の音が、聞えなくなった。

廊下を歩いた彼女は、寝室へいった。ドアをあけてなかに入り、うしろ手にドアをしめた。

天井と壁が、まっ白だった。屋根のかたちとは裏はらに、天井はまっ平らで低く、ざらついた感触に仕上げてあった。

壁は、つるつるした光沢のある平面だった。西に面して大きく窓がきってあり、厚いガラスごしに、ここからも峡谷のむこうの山が見えた。峡谷を底まで見おろすことはできない。空間のなかほどに宙吊りになったような、不安定な気持にさせる光景だった。

ベッドの台も白で、その上にオレンジ色のカバーでつつまれたベッドが乗っていた。フロアは、部屋の大きさいっぱいに、きれいな真鍮色の、毛足の長いカーペットが敷いてあった。

窓辺に歩いた彼女は、押しボタンを押し、電動のブラインドをしめた。ブラインドは正確に動き、おたがいにぴたりとかさなりあった。部屋の中は、薄暗くなった。空調を停止させるボタンを、彼女は押した。

ベッドが寄せてある白い壁とは反対側の壁に、クロゼットやドレッシング・テーブルがつくりつけてあった。

クロゼットの、左はじのドアを、彼女は開いた。たてに長い空間のなかほどに、こまかい引き出しがいくつかならんでいた。いちばん下の引き出しを、彼女は引いた。買いおきのナイロン・ストッキングの下から、大きくて分厚く平たい自動ピストルを一梃、彼女はとり出した。

グリップに差しこんだままロックされていなかった弾倉を、彼女は掌で押し、ロックさせた。小さな金属音がした。引き出しを、彼女はしめた。そして、クロゼットのドアを閉じた。

ピストルを右手に持ち、彼女はベッドに歩いた。ロサンジェルスの質屋で買った・45口径のコルトだ。1911A1といい、GIが戦場から記念品に持ちかえったものだ、と質屋の店主は言っていた。

ベッドに、彼女はあおむけに横たわった。枕に頭を乗せ、天井を見た。

顔のま上の部分の天井が、四角にくり抜かれ、透明なガラスのはまった明かりとりになっていた。天井の分厚さが、わかった。まっ白い天井に、そこだけぽかっと四角く、陽光に満ちたまっ青な空が見えた。夜には、星が見えるのだ。

右手に彼女はピストルを握り、左手で遊底を後方へいっぱいにスライドさせた。遊底は、バネの力でもとにもどった。撃鉄が起き、薬室の内部では弾倉の初弾が発射位置に送りこまれた。

ピストルを、彼女は逆手に持ちかえた。親指を引金にかけ、残る四本の指で軽くグリップの背面を支えた。

銃口を、かすかに左にそらせ、みぞおちに押し当てた。肋骨に守られている心臓を下から射ち抜けるよう、ピストルを腹に寝かせた。左のひざを立てた。ハイヒール・サンダルの細いヒールが、シーツに小さなくぼみをつくった。

そのままの姿勢で、彼女は、天井の四角い明かりとりのなかの青い空を見た。表情をかえずに空を見ていた彼女は、突然、目をぎゅうっと閉じた。

両方の目尻にしわが寄った。赤く塗った唇があえぐように開き、白い歯が見えた。

左手を銃身にそえて握り、右手に力をこめた。グリップ・セーフティ引金のメカニズムが、同時に作動した。

発射音が彼女の体内にこもった。銃弾が飛びこんできた衝撃で上体がベッドから持ちあがり、すぐにまたベッドに落ちた。ベッドがゆれた。右手が、はね飛ぶようにピストルといっしょに胸をはなれた。ベッドの左側のカーペットにピストルは重く落ち、エジェクションポ・ポートから蹴り出された空薬莢はベッドの右側をすれすれにこえて飛び、真鍮色のカーペットの、長い毛足の中に落ちて埋まった。

銃弾は、彼女の心臓を底から上部へ、斜めに切り裂くようにぶち抜き、肩の骨を砕き割り、肉をきった。ブラウスの肩に大穴をあけ、そこから骨や血まみれの肉片が、白い壁へ叩きつけられるように飛んだ。

2

公園は、高層のビルにかこまれていた。だが、公園は広く、地形が複雑で、外周の内側は帯状に林となっているから、ビル群にとりかこまれ出口をふさがれているような心理的な圧迫感はなかった。遠い樹々の上から、ビルがいくつも見えた。陽ざしのすこし弱くなった青い空が、ぜんたいを見おろしていた。

二十一歳の私立探偵、アーロン・マッケルウェイは、公園の南の端に近いコンクリートのベンチに、ひとり腰をおろしていた。

腰を前にずらして浅くすわり、ハーネス・ブーツをはいた両脚をのばし、近くまでひきよせた金網の大きなゴミかごの縁にかかとを乗せていた。

麦わらでつくったカウボーイ帽子を目深にかむり、ベンチの背に両腕を這わせ、前方の右と左を交互に見ていた。

不思議な光景だった。

右のほうには、五十メートルほど離れて、人が水を飲むためのファウンテンが立っていた。小鳥たちも来て水が飲めるよう、水の受け口は丸く大きく広がっていた。

そのファウンテンのむこうに、コートを着て頭から毛糸のショールを巻いた婦人がひとり、じっと立っていた。

公園に住みついている鳩が数羽、その老婦人の肩や腕にとまっていた。腕組みをして鳩をとまりやすいようにし、両方の掌の中の餌をすこしずつ食べさせているのだ。

鳩は彼女の足もとにもいた。羽ばたいて舞いあがり、ショールでおおわれた頭にとまったりする。

アーロンがこのベンチに来てすわったときには、老婦人はすでにそこに立っていた。あれから小一時間になるが、彼女はじっと立ったままだ。

左の前方、百メートル近くさきには、有名な現代彫刻の複製をならべた広場があった。白い全身タイツを身につけた男女が、そこでパントマイム舞踏の練習をしていた。

ギターを伴奏にフォークソングを合唱する声が、正面の林のむこうから聞えてきた。音階練習をしているトランペットの音も、ときたま、別の方向から風に乗ってきた。

背後のコンクリートの敷石に、足音がした。足音は、アーロンのすわっているベンチに近づいてきた。

なにかにいつも遠慮しているような、おだやかで小さな足音だった。ハイヒールをはいた、まだ若い女性の足音だ。見なくても、そのくらいのことはわかる。

アーロンのすぐうしろで、足音はとまった。肩ごしにふりかえり、アーロンは帽子を額の上に押しあげた。

ふたりの視線が、合った。

「アーロン・マッケルウェイさんですか」

と、ためらいがちに、低い声で、彼女が言った。声は低いけれども、明晰な喋り方だった。

まっすぐに彼女を見て、アーロンは微笑した。

「そうです」

アーロンは、立ちあがった。ベンチの端をまがって彼女の前に立ち、帽子をとった。

「昨日お電話をいただいた、ミス・リグビーですね」

「はい」

足を踏みかえ、彼女はなにか言おうとした。出かかった言葉をためらって抑制し、視線をはずして足もとを見た。そして、目を再びアーロンの顔にもどした。

アーロンはコンクリートのベンチを示した。

「どうぞ。おすわりになりませんか。お話をうかがわせていただきましょう」

素人芝居の舞台に出ている人のような足どりで、彼女はベンチの前へ歩いた。端のほうに、腰をおろした。アーロンが、彼女とならんですわった。そして、上体を彼女にむけた。

「お若いんですね」

アーロンを見て、ミス・リグビーが言った。ためらいの色が、視線からすこし消えていた。

「二十一です」

「その倍以上の年齢のかたを想像してました」

「誰もが、そう言います」

アーロンは、微笑した。少年の香りのまだ抜けきっていない細面に、微笑はさわやかすぎるほどさわやかに広がった。

「あの。お願いするお仕事のことですが」

「はい」

「引き受けていただけますか」

「たいていのことなら。簡単な調査だとおっしゃってましたね」

「簡単かどうか、やってみないとわかりませんでしょうけれど」

横長の大きなバッグを、ミス・リグビーは開いた。着ているあずき色のパンタロン・スーツに合わせた色のバッグだった。スーツの下のシャツも、そして靴も、色を定石どおりに合わせすぎたきらいがあった。

バッグから、彼女は紙切れをとりだした。ふたつ折りにした、新聞の切り抜きだった。

「読んでいただけますか。みじかい記事です」

白い指さきに持った切り抜きを、彼女はアーロンに渡した。

折ってある切り抜きをのばし、アーロンは記事を見た。

〈秘書、自殺す〉と見出しがあり、記事のなかほどに、魅力的と言えば言えなくもない女性の顔写真が小さく四角に入れてあった。その女性の名前が、写真の下に印刷してあった。エレン・B・グリーン。

昨日、十五日午後、推定時間三時五十分、ロサンジェルスの航空機用精密電子計器製造会社の重役秘書エレン・B・グリーン、三十三歳が、自宅でピストル自殺した。十六日、月曜日、定刻になっても出社せぬミス・グリーンから電話の連絡もないのを気づかった彼女の上司が、ロサンジェルスから北東へ五十マイルの峡谷を見おろす台地にある彼女の自宅を訪ね、死体を発見。警察の捜査および解剖の結果、ベッドわきに落ちていた古い官給コルト自動ピストルにて心臓を自ら射抜き、即死したものと判明。現在のところ動機はまったく不明。彼女を知る人たちも自殺の動機など思いあたらぬと言う。仕事では高く評価されていた。ミス・グリーンは、コネチカット州の出身で、一九六八年に離婚している。

ただそれだけの、素っけない記事だった。
読みおえたアーロンは、ミス・リグビーを見た。
「彼女が自殺した理由を調べていただきたいのです」

と、ミス・リグビーが言った。

「はい」

「調べられるでしょうか」

「理由として思いあたることはなにもないと、この記事には書いてありますね」

「理由なしに人は自殺するのですか？」

「調べてみないと、なんとも言えません」

「調べていただけますか？」

「やってみます」

「料金の一部分を前払いさせてください」

「はい。調査の実費に当てます」

バッグから出して持っていたカーキー色の封筒を、彼女はアーロンに渡した。

「五十ドルです」

「充分すぎる額です」

「調査が終ってから清算していただければ」

「そうします」

封筒をふたつに折り、アーロンはブルージーンズの尻ポケットに入れた。

「この調査は、ミス・リグビー、あなたにとって重要なことなのですね」

「そうなんです」

「なぜですか、ときいていいでしょうか」

ミス・リグビーは、彫刻の複製のある広場を見ていた。草の上に死んだように横たわっている白いレオタードの男女のあいだを、黒いレオタードの女が踊っていた。

「私も三十三歳だからです。それに、職業もおなじ秘書ですし。偶然ですけれど、一九六八年に離婚を経験してます」

「はあ」

「なにげなく読んだこの記事が、気になりはじめて、原因がわかったかどうか、きいてみたのです」

「どうでした？」

「わからない、ということでした。私立探偵に依頼することを思いついたのは、そのあとです」

「やってみます。今日は二十五日ですね。週末には、なにかご報告できるはずです」

「待ってます」

しばらく間を置き、ミス・リグビーは、立ちあがった。

「あまりお時間をおとりしてもいけませんので。今日はこれで――」

彼女が、そう言った。

アーロンも、立った。右腕を突き出すようにして、ミス・リグビーは右手をさしのべた。ふたりは、握手をした。

鳩に餌をやっている老婦人が、おなじ場所におなじように立ちつくしていた。ショールの陰になって顔は見えないのだが、自分たちをじっと見つめているその老婦人の視線をアーロンは感じた。

ふたりは、おなじ方向へならんで歩きはじめた。

帽子をあみだにかぶり、アーロンは両手をブルージーンズの尻のポケットに入れた。

「買ったばかりの、新品のリーヴァイスですよ。まだ、たたみじわがあるんです。歩くとごわごわします」

ミス・リグビーは、六フィート一インチのアーロンを見上げた。ごく薄く微笑し、

「そうですか」

と、彼女は言った。

3

もちろん、警察は、エレン・B・グリーンの自殺など、とっくに忘れていた。

壁ぎわのベンチで十五分待たされ、担当した刑事にアーロンは会うことができた。刑事は、自分の小さなオフィスへ、アーロンを案内した。廊下を何度も曲がり、時間にして三分以上歩いたところに、そのオフィスはあった。

部屋に入ろうとすると、ガラスのはまったドアが内側から開き、制服の警官が出てきた。事務職の警官だった。

「おさがしになっていたファイルは、デスクの上に置いておきました」

と、部屋の中を示しながら、警官が言った。

「サンキュー、ロイ」

さきに刑事が部屋に入り、アーロンのためにドアを開いたまま持っていてくれた。アーロンがドアを閉じ、刑事は自分のデスクに歩き、簡素な回転椅子に腰をおろした。

「すわってくれたまえ」

デスクにむかって斜めに置いてある、ビニール・レザー張りの黒いひじかけ椅子を刑事は示した。意外にすわり心地のいい椅子だった。アーロンは、脚を組んだ。

デスクの上に置いてあるファイルを両手に持ち、刑事はアーロンを見た。にこっと笑い、

「アメ玉でもさしあげたい感じだな」

と、言った。

「あるのだったら、ください」

アーロンがこたえた。

「ねえんだよ、それが。廊下に自動販売機があるんだが、誰もが偽造の硬貨を使うので、いつだって故障中さ」

刑事の名は、オフラハティといった。削りの荒い顔に、鋭い灰色の目が、深くくぼんだ眼孔の底で光っていた。無駄な肉のない、がっしりした体をグレーのスーツにつつみ、見るからにタフで冷徹そうだった。

オフラハティは、ファイルを開いた。書類のいちばん上に、大きくひきのばしたエレン・B・グリーンの写真があった。

手にとり、オフラハティは、首をいっぽうにかしげ、ながめた。

「けっこういい女じゃねえか。なぜ死んじまうんだ」

写真を、オフラハティはアーロンに見せた。新聞記事に出ていたのとおなじ写真だった。二枚目の写真は、死体の検証写真だった。それも、オフラハティはアーロンに見せた。

「ようするに、この二枚の写真が象徴してるよ。元気に微笑してるときの写真と、死んじまってからの写真と」

「その後、なにか進展はありましたか」

「ないよ、そんなもの」

オフラハティは、首を振った。

「警察が扱った事件としては、とっくに完了してしまってるから。典型的な自殺のタイプのひとつだな。よくあるんだ、こういうの」

「と言いますと？」

オフラハティは、ファイルの中の書類を見た。

「俺のほうがふたつ年上だ。だけど、年収は彼女のほうがずっと上。扶養家族なし、借金ゼロ。仕事はうまくいってるし、体は健康で、きちんと化粧すりゃ、いい女。恵まれた生活だし、なんの心配も不安もない。しかし、ある日、まったく理由なしに自殺して、静かにいなくなってしまう」

ミス・リグビーの言葉を、アーロンは思い出した。自分が彼女からきかれたとおりを、アーロンはくりかえした。

「理由もなしに人は自殺するのですか」

「知らねえよ、そんなこと」

オフラハティは、ファイルを閉じた。

「知りたければ調査すればいい」

ファイルを、オフラハティはデスクに落とした。

「坊や。こういう自殺の理由なんて、まずわからないよ。新聞に出たりすると、電話をかけてくる人がちらほらいるんだ。なんの縁もゆかりもない人が、あの自殺の理由はわかりましたかって」

オフラハティは、立ちあがった。ファイルを手で示し、アーロンに言った。

「見たかったら、どうぞ見てくれ」

エレン・B・グリーンが勤めていた会社にアーロンは電話してみた。エレンが秘書をしていた重役とお話をしたい、と交換手に告げた。

その重役が、電話に出た。エレンの残された個人的な問題の処理は、すべて保険会社にまかせたと、重役は言っていた。その保険会社の調査担当者が一時間後にここへあらわれるから、自分が車に乗せてエレンの自宅まで案内することになっている、と重役はつけ加えた。

ミス・リグビーから依頼された仕事の内容を、アーロンは手みじかに彼に伝えた。エレンの自宅へ自分もいっていいかどうか、きいてみた。重役は、気さくに承諾した。自分にできることならなんでも協力する、と約束してくれた。

二時間後、峡谷を見おろす台地に、アーロンはジープ・ホンチョのピックアップ・トラックで、のぼってきた。エレンの自宅だった、南から六軒目の家の車寄せに入った。

家の前に、リンカン・コンチネンタルの2ドア・クーペがとまっていた。信じがたいほどに鮮明なブルーだった。くすんだ黄金色のシヴォレー・インパラは、駐車スペースの南のわきの低い石垣に寄せてあった。

重役と保険会社の調査官が、アーロンをむかえた。三人はポーチの上で握手をかわした。どっしりとした体格の、落着いた真面目そうな人物の重役は、ジョゼフといった。白髪にちかい髪を、きれいにふんわりと盛り上げたスタイルにまとめていた。ジョーと呼んでくれ、とアーロンに言った。

保険会社の調査官は、二十七、八歳の女性だった。ラテン系の血の入った、浅黒い魅力的な顔立ちで、上下そろったフランスのジーンズにきれいな飾りスティッチの入ったカウボーイ・ブーツをはいていた。ピンクのスカーフが黒い髪によく似合った。名前は、エリザベス・ハンター。

かつてエレン・B・グリーンというひとりの女性が存在した事実を証拠だてるさまざまな書類が、キチンのテーブルに乗せてあった。椅子にすわった調査官エリザベスは、その書類のひとつひとつを見ながら、黄色い紙のノートにボールポイント・ペンでしきりになにごとか書きつけた。時たま、ジョーに指示をあおいだ。エレンの服や靴、その他、服飾品のすべては教会のバザーに無料で提供する、などとジョーは指示をあたえていた。

そのあいまをぬって、ジョーは、アーロンの質問にこたえてくれた。

エレンの自殺の理由など、まったく見当もつかない、というのがジョーの結論だった。非常に巧妙にたくまれた、おそろしい他殺事件ではないかという考えをすてきっていない、とすらジョーは言った。だが、警察の入念な現場捜査の結果、他殺の可能性は完璧なゼロに追いこまれた。

秘書としてのエレンは、群を抜いて優秀だったという。この七年間、ジョーはエレンを手もとから離さず、仕事の苦労を共にしてきた。仕事の内容は複雑多岐にわたることが多かったが、錯綜した人間関係に神経をすりへらすとか、達成不可能に近い仕事の重圧が次次にエレンにかかって彼女を消耗させるようなことはなかった、とジョーは言った。エレンは常に有能で積極的であり、性格は明朗、ひそかにかかえこんで次第に重みを増している悩みごとの徴候など、みじんもなかったということだった。

天井と壁がまっ白の寝室は、窓の左半分だけをブラインドがおおっていた。午後の西陽が斜めに射しこみ、空調がオフになっているため、空気はむっとするほどのあたたかさだった。

ベッドには、濃いグリーンのゴム引き布が、かけてあった。アーロンは、そのベッドに、あおむけに寝てみた。オフラハティ刑事の部屋で見てきたファイルによると、エレンは、このベッドに横たわり、心臓をピストルで射ち抜いたという。天井の明かりとりによって四角に切りとられた、まっ青な空が見えた。天井の白さと分厚さ、明かりとりの四角さ、そして空の青さのとりあわせは、悪い夢をもとに写実的に白いカンヴァスに描かれた絵のようだった。

エレンの個人生活について、重役のジョーは、ほとんどなにも知っていなかった。

アーロンは、ぶしつけな質問をしてみた。

「エレンを女として口説いてみたことはないのですか」

まっすぐに、ジョーは、アーロンを見た。そして、明快に、次のようにこたえた。

「自分の秘書をひとりの女として見て、口説くことを考える男。考えて実行に移してしまう男。そして、そんなことは考えてもみない男。この三種類の男が、世の中にはいると、私は思う。私は、いちばん最後の種類の男、つまり、エレンを女として口説くことなど、考えてみたこともない男なんだ」

誓ってもいい、とジョーは言った。アーロンは、ジョーを信じた。

ふたりはキチンにひきかえした。

エリザベスの仕事は、半日やそこらではとうてい終るものではなかった。今日はこれできりあげる、とエリザベスは言った。

三人は、帰ることになった。ジョーの車で来たエリザベスを、帰りにはアーロンが送ることにした。

できることがあればなんでもするから、いつでも遠慮なく連絡してくれ、とアーロンにかさねて言い、ジョーはブルーに輝くリンカン・コンチネンタルで帰っていった。

「収穫はあったの？」

アーロンのピックアップ・トラックの前で、エリザベスがきいた。

「別にこれといって、なかった」

「私も、たいていのことなら協力するわ」

「ありがとう」

「あのテーブルにあった書類の山の、四分の一ほどを今日は処理したの。その私に、私立探偵としてなにか質問してほしいわ」

西陽をうけた顔に微笑をうかべ、エリザベスが言った。

「男の話は?」

と、アーロンがきいた。

「なんですって?」

「女性の目から見て、エレンに男の気配を感じたかな。恋人とか、特定のボーイフレンドとか。あるいは、ひたすら数をこなしてたとか」

エリザベスはアーロンを見上げ、首を振った。

「ない。全然ない。自信を持ってそれは言える」

「なぜそんなに自信を持てるんだ」

「私は淫乱だから」

と、エリザベスは笑った。

かかえていたノートブックを開き、罫の引いてある黄色いページを一枚、破りとった。アーロンに差し出し、

「エレンが会員になってたアスレチック・クラブの名前と所在地。会員カードから写しておいたの。あなたの仕事の役に立つだろうと思って」

黄色いノートペーパーを、アーロンは受けとった。

「ありがとう」

「今日、私が調べた書類やカードの中で、エレンの肉体を感じることができたのは、そのアスレチック・クラブの会員カードだけだった」

4

アスレチック・クラブの女性指導員のひとり、サンディ・エヴァンズが、エレン・B・グリーンを知っていた。

「このクラブのなかだけのおつき合いだったけど、顔を合わせれば話をするという感じ。エレンは、トレーニングにとても熱心で、週に三日、欠かさずにきちんと通ってたみたい。もう何年も前にここの会員になったのじゃないかしら。調べてみればすぐにわかるけど」

サンディは、金髪が美しかった。大きなブルーの瞳で相手をまっすぐに見て、歯切れの良い口調で喋った。トレーニング用の真紅のレオタードに、白いバレー・シューズをはいていた。

ふたりは、サンディのオフィスにいた。上級の指導員には個別に部屋があたえられているのだ。椅子に腰をおろしたサンディは、両足をデスクに乗せ、アーロンと喋りながら脚を交互にあげては、太腿を額につけていた。まっすぐにのばしたままの脚が、きれいに大きく開く。

「エレンは、どんな感じでした？」

「そうねえ。ひとりで黙々と、トレーニングしてた。友だちをつくるためにここへ来る人が多いんだけど、エレンはトレーニングひとすじ。熱心だったし、きちんと基本を心得たうえにつみかさねてたから、いい体してたわよ。ほっそりとしまってて」

「トレーニングをすこしさぼるとたちまち肥るとか、そんな体質ですか？」

「そうではなくて、トレーニングをしなくても、肥る心配なんてなかったみたい。いつだったか、エレン自身が言ってた。なにをどんなに食べても、体重はぴたっと一定したままなんですって」

「なぜ、トレーニングにそんなに熱心だったのでしょう」

「人間の体って、使ったりきたえたりしないと、年と共にどんどん駄目になるから。きたえてれば、その緊張感だけでも支えになるし。それに、自分の体がいつもきちんとしているのは、気持のいいことだから」

「いい体だった、とおっしゃいましたね」

サンディは、にこっと笑った。

「セクシーでグラマラスだとか、ピンナップ写真に登場するような体だとかそんな意味ではないのよ。無駄がなくて、年齢にくらべてはるかに柔軟でひきしまり、いろんなふうに動ける体。体調が悪くて機嫌が良くなかったり仕事がうまくいかなかったり、といったこととのまったくない体。機能的なのよ。仕事や日常生活を自分の意図したとおり完璧にこなしていける体、とでも言うのかしら」

「特に色気のある体、というわけではなかったのですね」

サンディは、立ちあがった。両脚をまっすぐ上にのばし、両足のつまさきで立った。ひきしまったふくらはぎから両ひざをへて、太腿が女の色気を最小限に残しつつ無駄な肉をそぎ落として強靭だった。レオタードにつつまれた上からでも、それははっきりとわかった。

サンディは、つまさきだけでくるっと一回転してみせた。大きく張った腰に太腿ががっちりとはまり、女としての尻の丸さは太腿とおなじく最小限だった。

胴が、細くくびれていた。しなやかによく動く彼女の体の中心は、くびれた胴とその下の腰であるように思えた。胸のふくらみが、明確にふたつ盛り上がっていた。しかし、レオタードの下でよく押えてあるせいか、どんなに体を動かしても、胸のふくらみがゆれ動くことはなかった。肩や腕には、女をほとんど感じさせないほどに肉の丸みは薄かった。

サンディは、かかとをフロアに降ろした。

「色気だったら、私のほうが勝ちよ。レオタードを着てると、私のような体って抽象的になるけれど」

「エレンがやっていたのは、どんなトレーニングだったのですか」

「あとでやってみせてあげる。私の体に色気を感じてもらえないのかしら」

「感じてます」

「裸を見てほしいわ。いつだったか、エレンにも言ったのよ。クラブのトレーニングもいいけれど、ベッドで男にまたがってもだえるのもトレーニングのうちなのよって」

そう言って、サンディは笑った。

「結局、私みたいに女性が体をトレーニングして最高の状態に保っておくのは、そのためなんだから。体が最高の状態にあれば、まず生理的に気分がいいし、まわりの状況に敏感に反応できて、その緊張した関係が気持いい。仕事はうまくいくし、自分というものをすっきりと主張できるのよ」

「そうですね」

「まだ、つづきがあるの。そのつづきに対しても、そうですね、と言ってほしいわ」

サンディは、フロアにあおむけに横たわった。両脚をそろえてまっすぐのばし、足さきを高くあげ、太腿、尻、背中とフロアから離していき、天井に足さきをむけて直立した体を両肩で支えたかと思うと、両腕に巧みに体重を移し、きれいに逆立ちをした。しばらくそのままでいて、すとんと両足をフロアに落とし、立ちあがった。

「自分では最高の状態につくりあげた自分の体を感覚的に最高に楽しめるのは、セックスでしょう。それ以外にないと思う。最高の状態の自分を、男とふたりで賞味し合う。そのために、私はトレーニングを欠かさない。生きがいみたいになってきてるわ」

「エレンも、そうだったのでしょうか」

「そういう状態のセックスって、最高だと思わない？」

「思います」

「エレンはね、エレンはちがうの。仕事と体操クラブのトレーニング。それだけ、という印象だった。男っ気、なし」

「そうですか」

「そうよ。だから、不思議ねえ。あんなに熱心にトレーニングしてたのに、なにかが欠けたような体だったのよ。ひきしまった、無駄のない、しなやかないい体なのに、なにかが欠けてるのね。トレーニングが終ったエレンが、シャワーを浴び、大きな鏡に自分の体を映してるのを何度か見たことがあるわ。鏡ではなく男に見せるべきだったのよ。エレンのような体になるのが、私はこわいと思った」

エレンがおこなっていたようなトレーニングを、サンディはトレーニング・ジムでアーロンにやってみせた。体操選手がやるような、激しい体の動きと巧みな技を厳しく要求されるトレーニングだった。吊り輪や段ちがい平行棒、その他、見ているアーロンにはとてもこなせないことばかり、小休止を何度かはさんで二時間ちかくつづいた。

終って、アーロンは、サンディの部屋で待つように言われた。

待っていると、シャワーを浴びて着がえをすませたサンディが、部屋にもどってきた。レオタードのときとはちがって、きたえ抜かれたしなやかさが、女性の体が持つ深い魅力となって、発散されていた。セクシーだった。

思ったとおりを、アーロンはサンディに告げた。

「うれしい。言葉だけではなく、体でたしかめてほしい」

今日は仕事はもう終りだという。アーロンは、サンディといっしょにアスレチック・クラブを出た。

海岸に近いシー・フードのレストランに、サンディはアーロンを誘った。そこで海草と貝を食べるのが楽しみなのだと、彼女は言った。

「値の張る店じゃないのよ。いきましょう。おごるわ。でも、割り勘でもいいし」

サンディは自動車を持っていなかった。アーロンのピックアップ・トラックで、そのシー・フード・レストランにむかった。

5

いい雰囲気の店だった。小ぢんまりしていてきれいすぎず、人のあたたかみのようなものが伝わってきた。くつろいで気楽にふるまえるのだ。フロアも壁も、そして天井も板張りで、ほどよくくすんでいた。テーブルと椅子も、しっかりした造りの木製だった。

片隅の席に、丸いテーブルをはさんで、アーロンとサンディは、むきあってすわった。貝を食べながら、ふたりは話をした。ミス・リグビーに頼まれた仕事の内容を、アーロンはサンディに語った。

「明日は金曜だ。調査の経過を報告しなければならない」

「彼女は、エレンの自殺の理由を知りたがってるのね」

「エレンの記事を切り抜いていた。おなじ三十三歳で職業も秘書だから、エレンのことがなぜか気になりはじめたのだと言っていた」

「ミス・リグビーは、どんな女性だった？」

「おとなしい女性。すこし内気なのかな。人となにか話をしていても、心の中でふとちがうことを考えはじめ、話に集中できないまま、ふと考えはじめたことにずっと気をとられてしまうような」

「他人の自殺記事を持ち歩いてちゃ駄目だわ。体は？」

「ミス・リグビーの？」

「そう」

「ほっそりしていた」

「歩き方は、どんなだったの？」

「静かだ。軽くて」

「軽快なの？」

「そうではない。遠慮がち、と言えばいいだろうか」

「三十三歳ですって？」

「うん」

「潑溂とはしてないのね」

「発散してくるものが、そうだな、あまり強くない」

しばらく黙って、サンディは貝を食べた。やがて顔をあげ、ナプキンで唇をぬぐった。

「どんなふうに報告するの？」

「ぼくが調べたとおりを報告する。依頼されたのが水曜日で、今日と明日の半日ぐらいしか調査に使えない。もうすこし動けば、エレンの全体像がはっきりしてくるはずだ」

サンディは、また黙った。

フォークを置いた手を、アーロンの手にかさねた。テーブルに、彼の手を押しつけた。

「アーロン。ミス・リグビーに、いま、電話しなさい」

「なぜ？」

「なぜでもないの。とにかく、いま」

アーロンは、サンディを見た。彼女の目は、真剣だった。

「アスレチック・クラブにいて、人が体をきたえるトレーニングの指導をしていると、人のことがよくわかるようになるのよ。あなたの言葉を頼りに、ミス・リグビーを私なりに想像してみたの。いけないいわ。いけないい状態だわ、ミス・リグビーは。電話して」

「ほんとに？」

「ほんと。早く電話してあげて」

ミス・リグビーの電話番号は、仕事に関するすべてのことをメモしていつも持ち歩いているノートブックにひかえてある。

「電話して、なんでもいいから喋ってあげて」

アーロンは、席を立った。

店のいちばん奥に、ドアのついた電話ボックスがあった。中に入ったアーロンは、ノートブックを見ながら、ミス・リグビーの電話番号をまわした。

コールのベルが鳴りはじめるとすぐに、電話のむこうで受話器があがった。

「はい」

すこしぞんざいな感じのする、男の太い声だった。

「ミス・リグビーにお話をしたいのですが。マッケルウェイと言います」

「彼女の友だちかい」

「調査の仕事を依頼された者です」

「ここにはいないんだよ。救急車が持っていった」

「えっ！」

「自殺さ。救急車でここを出た時には、まだ自殺未遂だったけど」

ミス・リグビーが運ばれた病院の名を、アーロンはたずねた。男は、知らないとこたえた。自分は事後処理に立ち会っているパトロール・カーの警官だと言った。

「調べていただけませんか」

「どうしてもと言うなら」

「五分後にまた電話します」

「そうしてくれ」

ミス・リグビーは眠っていた。天井と壁が淡いグリーンに塗られた病室のベッドで、白いシーツのあいだに体を横たえ、意識不明の深い昏睡の底だった。

案内されたアーロンが部屋に入ると、三十六、七歳の若い男の医師がひとり、彼女の心電図をとっているところだった。医師は、ブレスケンドと名乗った。

まっ青なミス・リグビーの顔を、アーロンは見た。

「銃弾は摘出したけど、重体だね。どうなるか、神にしかわからない。最善をつくしてはいるのだが」

低い声で、ブレスケンドが言った。

「きみは、彼女の友だちかい」

「仕事を依頼されていた者です。そのことで電話をしたら、救急車で運ばれていったばかりだと言われたので」

「ピストルで心臓を射とうとして、ほかのところを射ってしまった。射つ瞬間にひるんで、銃口がそれるんだ」

「自殺の理由はまったくわからないそうです。現場の警官がそう言ってました」

ブレスケンドは、アーロンを見た。

「理由もなく人は死なない」

「そうでしょうけど——」

エレン・B・グリーンのことを、アーロンはブレスケンドに語った。

「このエレンの自殺理由を、ミス・リグビーは知りたがっていたのです。理由の調査を、ぼくが依頼されました」

「調査できたかい」

「まだです」

ブレスケンドは、ミス・リグビーを見た。

「理由のない自殺が、いまのとこ未遂だが、またひとつ増えたな。理由のない自殺の理由を知りたがった人が、自殺をはかった」

「そうなんです」

「理由はきっとどこかにあるんだ」

「そう思いますか」

「これが理由だ、とひとつの点を指すように示すことはできないだろうけど、どこかになにかがあるんだ」

ブレスケンドは、ベッドのわきに片ひざをついた。ミス・リグビーの左手を、彼は両手にやさしく握った。アーロンをふりあおいで、彼は言った。

「心電図が非常に不安定なんだ。おだやかに眠ってるように見えるけど、いまの彼女は、たったひとりで死線をさまよっている。なんにもわからない昏睡状態なんだ。しかし、こうして手を握っていると、心電図が安定してくる。人の体が自分の体に触れているのを彼女の体が本能的に察知して、その触れあいに安らぎを覚えるんだ。自殺の理由はまだわからないかもしれないけれど、いま彼女に必要なのは、こうして手を握っていてあげることなんだ。握ってやってくれ。私は心電図を見てくる」

ブレスケンドのわきに、アーロンはひざをついた。ミス・リグビーの左手を、両手にとった。ブレスケンドは、立ちあがった。

「あとで心電図を見せて、手を握っているときと握っていないときのちがいを、説明してあげる」

ブレスケンドは、ドアまで歩いた。

静かにしているミス・リグビーの青い顔を見つめたまま、アーロンはフロアにひざをつき、彼女の手をやさしく握った。ブレスケンドが部屋を出ていき、ドアがアーロンの背後でおだやかに閉じた。

ダブル・トラブル

1

モーテルの白い建物に夕陽が当たっていた。空が、紫色をおびた濃い茜色に変わりはじめた。

スペイン風の白い建物だ。どの部屋も別棟になっている。平たい屋根から太い四角な梁が壁から突き出し、壁面に黒い影をつくっていた。

幹の長い椰子の樹が、モーテルの敷地に何本も植わっていた。樹のてっぺんにだけ、葉がかさなりあって茂り、夕方になって方向の変わった風を受け、椰子の葉は硬い音をたてて鳴っていた。

濃い緑の葉をいっぱいにつけた植えこみがたくさんあった。オレンジ色の夕陽を浴びて葉は輝き、アスファルトのドライヴ・ウェイに落ちた椰子の樹の影は、ドライヴ・ウェイを斜めに横切って長くのび、モーテルの白い壁に這いあがっていた。くっきりとした、鮮明な輪郭の、黒い影だ。高い幹のてっぺんで風にゆれる葉の動きが、すぐそばの白い壁に映っていた。

二十一歳の私立探偵アーロン・マッケルウェイは、いつも乗っている濃いブルーの四輪駆動ピックアップ・トラックのエンジン・フードに乗り、運転席のガラスに背をもたせかけ、白い漆喰の壁に映った椰子の葉を見ていた。

ハワイアン・プリントの長袖シャツのえりが、風に動いた。風は、アーロンの真正面から吹いてきた。落日に近い時間の、芳しい空気の中に、自動車の排気ガスのにおいが、はっきりと感じられた。風の吹いてくるほうに、フリーウェイがあるのだ。排気ガスを風がそこから運んでくる。

エンジン・フードに長くのばしていた脚を、アーロンは組みかえた。ぬいとり飾りのたくさんついたカウボーイ・ブーツのヒールが、エンジン・フードのうえで重い音をたてた。静かだった。空のほうから聞えてくる椰子の葉鳴りのほかに音はなかった。人の姿も見当たらない。

モーテルの建物は、自然の地形を利用して巧みに配置されていた。植えこみや椰子の樹が、広い敷地いっぱいに建物をかこんでいた。夕陽の中にまるで無人の廃墟のように静かなたたずまいは、いつか見た悪い夢の中の光景のようだった。

太陽の位置が低くなるにつれて、白い壁面に映った椰子の影はその壁を上にむかってのび、同時にアーロンのほうへ近づいた。

自動車の音が、ドライヴ・ウェイのむこうに聞えた。音楽が、その音にかすかにともなっていた。

きらきらと輝く濃い緑の葉をつけた亜熱帯樹の植えこみのむこうから、まっ黄色な乗用車が一台、ゆっくり現われた。気が狂ったような黄色だ。

クライスラー・ニューヨーカーの、一九七七年モデルだった。4ドアのハードトップだ。大きく平らで四角く、重量感のあるウォーターフォール・フロントグリルの奇妙なクラシックさが、古いスペインの建物を模した白いモーテルの建物と亜熱帯樹たちに、よく似合った。それに、茜色の空や夕陽にも。

ハードトップは、ドライヴ・ウェイをゆっくり重く走ってきた。アーロンのピックアップ・トラックの右どなりにあいているスペースにむかい、曲がりこんだ。ガラスを降ろした窓から聞えているカー・ラジオの音楽は、ニール・ヤングのものだった。

エンジン・フードの上のアーロンに、クライスラーをひとりで運転している中年の男が微笑をむけ、手を振った。

アーロンのピックアップ・トラックのとなりにすべりこんだ黄色いクライスラーは、バンパーをブーゲンヴィリアの葉に触れさせ、とまった。

エンジンとカー・ラジオをオフにして、中年の男は運転席からアーロンを見上げた。

「きみが私立探偵かい」

低いけれどもきさくな声で、男が言った。

「そうです」

アーロンが、こたえた。

「待たせたかな」

「いいえ」

「それはよかった」

窓から、男はアーロンに右手をさしのべた。ふたりは、軽い握手をかわした。

「アーロン・マッケルウェイです」

「ジャック・ローウェル。会えてうれしいよ」

「私もです」

「ジョニー・アムステルダムが言ってたよ。若い男のアシスタントがいて、その男はとても有能で役に立つと言っていた。きみのことだったのだな」

「そうでしょうね」

ジャック・ローウェルは、運転席にすわったまま話をつづけた。

「これほど若いとは思わなかった。いくつだい」

「二十一です」

「息子が来年、二十一だよ。中学をおえるまえに、あいつはアルコール依存症になったからな。別れた女房がひきとって育ててたけど」

ジャックの横顔に、椰子の葉の影が映っていた。喋る声と同調されているかのように、彼の顔の上で黒い影が動いた。

ドアを開き、ジャック・ローウェルは車の外に出た。アーロンは、エンジン・フードに左手をつき、両脚をそろえて横飛びに飛び降りた。ピックアップ・トラックのエンジン・フードごしに、ジャックは言った。

「アムステルダムは、ほんとうにクレージーな男だよ。いまは刑務所に入っているとはいえ、あんなクレージーな男がいまでもこの世の中に生きていられるのが不思議だね」

「模範囚だそうです」

「いまになにかやらかすよ」

ジャックは、モーテルの白い建物を示した。

「私はここに住んでるんだ。中に入ろう。依頼する仕事の話をしなくてはいけない」

建物の入口にむかって、ふたりはならんで歩いた。アーロンに顔をむけ、ジャックは言った。

「きみもアムステルダムのようなクレージーだといいのだがな」

2

三杯目のブラック・コーヒーを飲みながら、アーロンは写真をながめた。インスタント・カメラでジャック・ローウェルが撮ったという写真だ。もとの写真とそっくりの色調で鮮明に複製できるコピー・マシーンでアーロンがコピーしてきたものだ。裸のジャックがいっしょに写っていたのだが、その部分は紙をはりつけてかくし、女性のほうだけをコピーしてきた。

魅力的な女性だ。顔は、美人だと言える。カメラのシャッターが落ちる瞬間、ほがらかに笑っていた。すこし乱れた髪が明るい笑顔によく調和して大人の女の色気となり、セクシーだった。淡いグリーンの瞳が輝き、赤い唇がかたちよく大きかった。

体も、素晴らしい。見る人によっては、すこし脂がまわっている、と言うかもしれない。太腿の厚い丸みや胴のくびれ、肩から腕につながっていくあたりに、女ざかりになってはじめて出来る、ほんのすこしだけ余計な脂肪があった。

彼女の場合、それが、彼女の魅力をたかめるために有利に作用していた。男性が自分の性的なエネルギーを解放したいと願うとき、多くの男性は、この写真に写っているステラのような体を思い描くのではないのか。

いつでも、どんなときでも、自分の性エネルギーを、しなやかに力強く受けとめてくれそうな体だ。男がふと夢想する、女性の健康な好色さが、ステラの裸の体には充満していた。髪の輝きや乱れから、足指の反りかたまで、ステラは、ある種の理想的な女体だった。

「見つけてほしいんだ」

と、ジャック・ローウェルは、住んでいるモーテルの部屋でアーロンに言ったのだ。

「ステラ、という名前だけしか知らない。しかも、一度寝ただけなんだ。ステラが本名だかどうかも、わからない。ジョニー・アムステルダムに頼もうと思ってたのだけど、ジョニーがあんなことになってしまって」

「ぼくがやります」

「引き受けてくれるかい」

「調査実費が、一日につき十五ドルほどになりますよ」

「かまわない」

と、ジャックは言った。

「離婚した女房の慰藉料と、彼女がひきとった二人の子供の養育費を払いおえたから、すこしは、ゆとりがあるんだ。車を、さっきの黄色いニューヨーカーに買いかえたりしてるほどだからね。すこしゆとりが出てくると、使ってしまいたくなるんだ。貧乏性のせいだよ、きっと」

大きな氷のうえにたっぷり注いだスコッチを飲みながら、ジャックは笑っていた。

「なぜ、このステラをさがしたいのですか」

「うん」

ジャックは、スコッチのグラスの底を見た。

「惚れた、というわけではないのさ。もう一度、逢いたい。そう言えば、いちばん正確だろう。つかのまのセックス、しかもカネを出して買ったセックスだが、それ以上のものをほとんどなにも期待していなかったのだけど、いまになって思い出すと、一度だけにしておくのは惜しいような気がする」

「惜しい?」

「つまり、意外にいい女性だった、ということさ。一度だけではつかみきれないほどに、いい部分が大きかった。その写真を見て空想したり思い出したりしていると、つかみそこねた部分がイメージとしてどんどんふくらんできてしまう。そのイメージと、現実の彼女とを、つきあわせてみたいんだ」

「はあ」

「わかるかな」

「わかります」

「アムステルダムだったら、俺とおなじ年だから、よくわかってもらえたと思うんだ」

「ぼくでも、わかります」

「よし。では、そのステラを、きみに見つけてもらおう」

ステラに会ったのはブームタウンでだった、とジャックは言っていた。

ブームタウンは、カリフォルニアとネヴァダ州の州境に近いところにある、長距離輸送トラック運転手たち相手のレストランやモーテルの巨大な集合体だ。町ではない。しかし、ちょっとした町をはるかにしのぐ規模であり、その集合体に屋号としてつけられたブームタウンという名にふさわしく、一年三百六十五日、二十四時間、いつもトラックがたくさんとまっていて明かりや音が絶えず、トラック・ドライヴァー以外の人たちも車で来て利用してにぎわっているから、州境の荒野にこつぜんと生まれたブームタウンであることにまちがいはない。

「ブームタウンで食事して仮眠をとろうと思ったんだ。食事をおえて、部屋をとったモーテルのほうに歩いていたら、ステラがどこからともなくあらわれ、話を持ちかけてきたんだ。値段は、相場だったよ。そのとき俺はひどく疲れてたから、断りたかったのだけど、彼女の雰囲気がとてもよくてね。いっしょに部屋へいき、結局ステラはカネを受けとらなかったよ。はじめからカネはとらないつもりだったのかな、という気持が、ちらとしたね。彼女といっしょの時間は、なかなか楽しかったよ。インスタント・カメラで写真を撮ってふざけたり。疲れは、おかげでとても気分のいい疲れにかわったんだ。その意味でも、彼女にもう一度、逢いたい。見つかるかなあ。三カ月も前のことだから」

「それ以後、ブームタウンには、いってないのですか」

「何度もいってるよ。彼女と逢えないかなと、いくたびに思うんだけど、いつもあまり時間がなくてね」

3

「そりゃあ、えれえいい女だな」

アーロンの頭のうしろで、男の声が言った。やくざにくずした、いまふうの喋りかただが、ヨーロッパのなまりが抜けきっていなかった。

コーヒー・カップを置いたアーロンは、肩ごしにふりむいた。

もみあげを長くし、銅色の髪をヘア・クリームでリーゼントにときつけた中年の男が、アーロンのうしろに立っていた。ブルージーンズの両脚を開いて立ち、両手の親指をベルト・ループにひっかけていた。白いTシャツの袖をたくましい肩まで丸めてめくりあげ、太い腕には両方ともいれずみが見えた。

「おにいちゃん、そりゃあいい女だよ」

男は、右手でアーロンの写真を指さした。

「おにいちゃんの恋人かい」

「まだ逢ったこともないのです」

「なんだ。エロ雑誌から切り抜いてきた写真か」

「すわりませんか」

アーロンは、となりの椅子を示した。

男は、その椅子にすわった。椅子をうしろに引き、カウボーイ・ブーツをはいた両足をテーブルの上にあげた。

「ぼくの仲間が、この女性に逢ったのです。このブームタウンのモーテルで、いっしょに寝たのですよ。とてもよかったのでもう一度逢いたいとその仲間は言ってます。おまえも気をつけてさがしてくれって、こうしていつも写真を持たされてるんです」

「ふうん。ブームタウンのパン助か。このブームタウンには、パン助が多いからね」

「そうですか」

「そうですかって、カマトトは気持わるいよ。すげえもんさ。なにしろ、長距離トラックの荒くれが、これだけ集まってくるんだから。俺もそのひとりだけどよう」

「この写真のステラに逢ったぼくの仲間も、長距離トラックの運転手なのです。ロサンジェルスとニューヨークの間を、三日半かけてトンボがえりばっかりやっています。奥さんと離婚してしまって、いまはロサンジェルスとニューヨークにそれぞれモーテルを借りて、ひとり住まいです」

「ふうん。ある種の典型だねえ、そりゃあ」

アーロンがさし出す写真を、男はうけとった。

「ステラさんねえ。まだお目にかかってないなあ」

「仲間が彼女といっしょに寝たのは、三ヵ月前なのです」

「三ヵ月」

ひとりごとのように、男は言った。そしてアーロンにむきなおり、

「なにしろこのブームタウンではパン助の数が多いから、二度めぐり逢うのは大変だ」

「そうですか」

「そうさ。オカマのパン助も多いし。普通の男の格好をしてるのと、女の格好してるのと。きみだって、おにいちゃん、ホモのパン助かもしれない」

アーロンは笑った。男は、話をつづけた。

「女の格好してると、まったくわからないからね。アメリカには、男みたいな女がたくさんいるから、きれいに化粧して女っぽくしてられると、男だかほんとに女だか、まるっきりわからない。アメリカに来て七年、長距離のトラックをやりはじめて五年になるけど、いまでも女装のオカマには、ひっかかるよ」

「はあ」

男は、ステラの写真をしげしげ見た。

「こういう女を見ると、男に生まれてきてよかったと思うなあ。男に突かれるためにできているような体だ。どうだい、おにいちゃんは」

「同感です」

「そうだろう、そうにちがいない。きれいな白いシーツをかけたベッドさえありゃあ、いくらでもやってやるよ」

ふたりのそばを、カウボーイ・ハットをかむった男がとおりかかった。赤とブルーの格子じまになったウェスタン・シャツに、まだ買って間もないブルージーンズ。そして、ヒールの高いカウボーイ・ブーツ。無駄な肉のない、頑強そうな中年の男だ。

足をとめ、帽子をあみだにかむりなおし、かがみこんでステラの写真を見た。

低くながく口笛を鳴らしたその男は、

「いい笑顔だなあ。こういうのは、あっちのほうも上等なんだ」

と、言った。

アーロンは、その男に、こう言った。

「三カ月前に、長距離トラックの仲間が、このブームタウンでこの女に会い、寝たのです。女のほうからもちかけてきたのだそうですけど、無料だったのです」

無料ということに、ふたりの男たちはいたく感銘した。写真のカラー・コピーを、アーロンは、ブルージーンズの尻のポケットに何枚も持っていた。ふたりの男に、一枚ずつ、進呈した。

4

ブームタウンにたくさんあるモーテルの一室にアーロンが泊まりこんで、今日で一週間になる。ステラの写真のコピーをひとかかえ持ってきたのだが、レストランで口をきく男ごとに配ってしまい、残りはすくなくなった。

一週間のあいだに、このブームタウンのなかにある全部のレストランに、平均して四回は、かよった。ステラの写真をきっかけに、何人の人間と口をきいただろう。

セルフ・サービスのカフェテリアでも、アーロンは、料金を計算するキャシーアにステラの写真を見せた。料理をいくつか取ったお盆に、ステラの写真を乗せておくのだ。

キャシーアが若い女性だと、ステラの写真を見て、

「お食事にはいつもそうやってママにつきあってもらうわけ、坊や」

などと、からかい半分にきいてよこす。

「デザートには、この写真にケチャップをかけて食うんだ」

「食あたりするわよ」

「なぜ？」

「こなしきれないわよ、坊やのお腹じゃ」

「お腹でこなすものなのかい」

「おや、洒落た口をきくわね。でも、口さきだけの強がりね」

「ためしてみるかい」

「おカネがかかるのよ」

「いくら」

「そうねえ。このブームタウンの相場っていうのもあるし」

「この写真の女のこは、ステラと言うんだ」

「平凡な名前」

「体は素晴らしいよ」

「あと三年か四年で、べったり崩れてくるわ。そういう性質の体だわ」

「いまさえ良ければ」

「あなたもファシストの男ね」

「しかも、ステラは無料なんだ」

「え？」

「ただでさせてくれたよ」

「きっと淫乱なのよ」

「最高さ、そういうの。また逢いたいんだけど、なかなかめぐり逢えなくて。きみの部屋の壁にでも貼っといてくれよ」

そう言って、ステラの写真を、あげてしまう。

こんなふうにして、会う人ごとにステラの写真を見せ、彼女の名前を伝えておけば、やがてそのことがステラに知らされるのではないかと、アーロンは期待をかけた。ステラ、おまえをさがしている男がブームタウンにいるよと、目には見えない情報網によって伝えられていくのではないのか。

一週間が、すぎた。何人もの娼婦たちから、アーロンは、商売の話を持ちかけられた。オカマたちも多かった。

そのたびに、アーロンはステラの写真を見せ、新興宗教のリーフレットのように、進呈していった。この女が無料でさせてくれるから、カネを払ってまできみといっしょに部屋へいく意志はまったくない、とつけ加えるのを忘れない。

たいていの娼婦たちが、ひどく怒る。アーロンに対してよりも、むしろステラに対して。ステラの写真をこまかく引き裂いて足もとにすて、ツバを吐きかけ、踏みにじり、ただでさせる好き女ほど商売のじゃまになるものはない、と憤慨する。

この一週間、長距離トラックの運転手や娼婦、オカマ、それにレストランのウェートレスたちにステラというひとりの女性を印象づけるのが、アーロンの仕事だった。

その一週間が、なにごともなく、過ぎた。ブームタウンの巨大さから推して、一週間くらいではまだ反応は出てこないかな、ともアーロンは思う。ステラを知っている運転手や娼婦たちに、アーロンはめぐり逢えずにいる。

二週間目が、スタートした。通算して十六日目に、はじめて反応があった。

レストランの手洗いから出てきたアーロンが、ドアのない電話ボックスのいくつもならんでいるせまい通路を歩いていくと、電話をかけていたホットパンツの小柄な女性が、アーロンの視線をつかまえた。右手で受話器を耳に当て、とおりすぎようとするアーロンに左手で合図した。歩いていきながらアーロンが彼女に目をむけると、彼女はアーロンの視線をつかまえたまま、受話器の送話口を顎の下へさげた。そして、

「ステラについて、あたし、知ってるわよ」

と、言った。

電話で喋っているふりをしつつ、とおりかかったアーロンにだけ話しかける巧みな方法だった。アーロンは、彼女に、目でうなずきかえした。

5

通路の曲がり角で待っていたアーロンのところへ、ホットパンツのその女性が、すぐにやって来た。

「ジニーって、いつも長電話なのよ、ごめんなさい。次から次にいろんな話をして、聞いているこっちは、ジニーが喋りすてる話のゴミ箱のようになってしまうの」

彼女はアーロンの手をとった。いっしょにならんで歩きながら、

「さっきの電話のところ、暑いの。汗っぽくなっちゃった。お部屋でシャワーを浴びるわ。あなたも、服を着替えたらいいわ」

アーロンとはすでにながいつきあいで、いっしょにこのブームタウンに来ている仲のように装った、完璧な偽装だ。なかなかじょうずだ。アーロンは調子を合わせた。

ふたりで、アーロンの部屋へ歩いた。廊下に、人はいなかった。部屋の前まで来て、彼女は小声で言った。

「ステラをさがしてるんでしょ。このところちょっと、ステラはブームタウンには来てないの。連絡をとれるようにしてあげる。いまからいっしょにこのお部屋に入るけど、お値段は相場でいいのよ」

アーロンは、彼女の肩を抱いた。キーをさしこんでドアを開き、なかに入った。ドアを入ってすぐ右側に、洗面台、トイレ、浴室がひとつにまとまった部分があり、ドアでさえぎられていた。そこを抜けて奥に入ると、がらんとした大きな部屋があった。シングル・ベッドがふたつ、ヘッドボードを壁に寄せて置いてあり、むかい側の壁には全身を映して見ることのできる鏡があった。右の壁は、つくりつけのクロゼット。そして、壁のまん中にテレビが一台、ぽつんとあった。

ホットパンツの彼女は、鏡の前へ歩いた。ポーズをとって立ち、自分の脚から腰にかけてのラインを見つめた。

彼女は、アーロンを見た。

「好いていただけるかしら」

と、甘い口調で、きいた。

赤いサンダルに、鮮明なブルーのホットパンツ。ストッキングをはいていない脚がすんなりとかたち良くのび、小さくひきしまった丸い尻が、ホットパンツを内部から充実させていた。

白い長袖のブラウスの裾を、へその前あたりでしぼっていた。胸のふくらみが固く突き出し、目の大きいラテン系の顔に黒い髪が魅力的だった。小柄だが、バランスのとれた体だ。エネルギーにあふれている。

「ふたりで、鏡の前に立ってみましょうよ」

手をのばし、彼女はアーロンを招いた。アーロンは、鏡の前まで歩いた。

アーロンの胴に片腕をまわし、彼の肩に顔をやさしくあずけた。自分の体の右側をアーロンの体にぴったり寄りそわせ、左脚をわきにのばした。自分の腰から太腿を、彼女は左手で何度も撫でた。

鏡の中に、クロゼットのある壁が、映っていた。中央に縦長のドアが四つあり、いちばん左のドアが、静かに内側から開いた。大きなピストルを右手に構えて、若い女性がひとり、クロゼットから出てくるのを、アーロンは鏡の中に見た。

「動かないで」

と、その女性が低い声で言った。アーロンたちのうしろにまわり、数メートルの間隔を置いて、まうしろに立った。

「J。彼から離れて」

ホットパンツの彼女は、残念そうにアーロンの胴にまわしていた腕を離し、鏡の中で彼に流し目をくれ、ゆっくりわきにどいた。

「身体検査は、したの？」

アーロンのうしろの女性が、言った。

「したわ。なにも持ってない」

ホットパンツのJが、こたえた。

「彼の名前は？」

「ここの宿帳だと、アーロン・マッケルウェイ」

「本名なの、アーロン」

「本名」

と、アーロンは、こたえた。そして、

「一歩だけでいいから、右か左へ移ってくれよ。美しい姿が見えない」

と、つけ加えた。

「そのまま両手をあげて。うしろむきに、ベッドのほうへさがってきてちょうだい。そう。はい、そこでとまって。ベッドのほうをむいて。フロアにすわりなさい」

広いフロアの中央に、アーロンは、すわらされた。

Jが手前のベッドに寝そべり、ピストルを構えた彼女が、そのベッドの足もとに立った。

背の高い、冷たい顔立ちの美女だった。ひざ下までの深さのブーツに、色のあせたブルージーンズ。絹のようなやわらかさと光沢の白い長袖シャツに、なめし革のヴェストをはおっていた。銀色にちかいような淡い金髪が美しかった。

フロアにすわったアーロンは、ふたりを見た。

「ステラをさがしてるんですって？」

大柄のほうの女性が、きいた。アーロンは、うなずいた。

「なぜ？」

「そんなききかたで、ぼくが本当のことを言うと思うかい」

彼女は、ベッドに寝そべっているJを見た。

「J、電話してちょうだい。警官に来るようにって。護送のパトカーでこの男を本署にひっぱっていくから」

アーロンに向きなおった彼女は、自分たちふたりはカリフォルニア州警察のものだ、と身分を明かした。

6

パトロール・カーや警官は、結局、呼ばなかった。なぜ自分がステラをさがしているのか、その本当の理由を、アーロンは、フロアにすわったまま喋ったからだ。

その理由をきいて、Jが、ベッドの上を転げまわって笑った。

「ステラと二度したがる男って、よっぽどナイーブで孤独なのよ」

というセリフが、Jの笑いのあいだから、やっと聞きとれた。

　金髪の大柄な女性は、ナンシー・ホプスンといった。ピカピカ光るステンレス・スチールの銃身を持った巨大なピストルをブルージーンズのひざに構えてアーロンを狙ったまま、ナンシーはアーロンの話を聞いた。Ｊのようには笑わなかった。

「ステラは、私たちとおなじ、カリフォルニア州警察の捜査官なのよ」

「なにを捜査してるのですか」

「このブームタウンのような長距離輸送トラックのたくさん集まるサービス・エリアが、インタステート・ハイウェイぞいにたくさんあるわね。そこで売春がさかんにおこなわれてるのよ。それの捜査。特に、売春とマフィア組織の結びつき」

「女性捜査官自身の売春類似行為は、捜査しないのですか」

　アーロンの言葉に、Ｊがまたひとしきり笑った。ナンシーは、笑わなかった。冷たい顔で、アーロンをにらみつけた。

「ステラの身持ちが良くないことは、承知の上なのよ」

「あなたたちも、ステラをさがしているのですか」

「そう」

「なぜですか」

「ステラがいなくなったの」

　ベッドに起きあがったＪが、腰でスプリングをはずませた。

「いなくなったのじゃなくて、ひょっとしたらとなりの部屋で、やり狂っているのかもしれないわよ」

と、Jが言った。

ナンシーは、Jを無視した。

「ステラの裸の写真をばらまいて、無料でさせるこの女に逢いたいと言ってさがしてる若い男がいるという情報が、私たちの情報網にひっかかったの」

「アーロン。私たちがあなたを尾行してたのは、今日で四日目よ」

と、Jが笑った。

「気がつかなかった」

「なんて素敵な私立探偵だこと！」

ナンシーは、ピストルを左手に持ちかえた。・44口径のマグナム銃弾を発射するためにつくられたオートマティック・ピストル、ＡＭＰ１８０だ。

「ステラが、完全に消えたのよ」

ナンシーが、言った。

「どうやら、そうらしい。あれだけ写真をばらまいたのに、なんにも手がかりはつかめなかったから」

ナンシーとJは、一時間ほどアーロンの部屋にいただろうか。ステラに関してアーロンがなんの情報もさぐり出し得ていないことを知ると、ふたりはアーロンにほぼ興味を失った。

捜査状況や結果を、毎日、報告するように義務づけられているのだが、この二ヵ月以上、ステラからの連絡は、ぱったり途絶えたままだという。

その夜、アーロンは、退屈しのぎに、ブームタウンからインタステート・ハイウェイを二時間ほど東にむけて走った。

小さなインタチェンジを降り、反対側の車線にあがり、ブームタウンにひきかえした。四時間ぶっとおしで走っているあいだ、アーロンは、考えた。これからどうすればいいのか、考えたのだ。

いい考えは、なにひとつ浮んでこなかった。自分がステラという女をさがしていることが、とりあえずJやナンシーたちステラの同僚には伝わったのだから、ほかにも伝わるべき方向があれば、そちらにも伝わっていておかしくはない。その方向とは、どんな方向なのか。アーロンには、見当もつかなかった。

ブームタウンにおける売春とマフィア組織の結びつきを捜査している、とナンシーは言っていた。ステラが消えたことに、マフィア組織がなんらかのかたちで関係しているのだろうか。

ブームタウンの西の端のメキシコ料理の店で夕食をすませたアーロンは、泊まっているモーテルへピックアップ・トラックで帰ってきた。

自分の部屋の駐車スペースにトラックを入れたアーロンは、エンジンを切った。ドアをあけて車の外に出た瞬間、となりの部屋の駐車スペースにとまっていたダークな色のヴァンに、室内灯がともった。

アーロンは、そのヴァンを見た。ヴァンのスライディング・ドアが開いていて、天井の室内灯が、ヴァンの中にいる人間を照らしていた。

ヴァンのフロアに、Jがあぐらをかいてすわっていた。

消音器を装着したオートマティック・ピストルをアーロンにむかって右手で構え、左手でアーロンを招いた。Jは、にこにこと笑っていた。

暗がりにむけてダイヴしようかと、一瞬、アーロンは考えた。だが、その考えを、自分ですぐに打ち消した。ピストルを構えたJの手招きするヴァンにむかって、アーロンは、静かにゆっくり歩いた。

7

「ヴァンの中に入りなさい。おかしなことをしたら、射つわよ」

Ｊが、銃口でアーロンの腹を狙ったまま、そう言った。

彼女の服装は、昼間とはちがっていた。相棒の捜査官、ナンシー・ホプスンの服装とそっくりおなじだ。昼間に見たナンシーを小柄なラテン系の女性に変えたようだった。

「入りなさい」

アーロンがヴァンの中へ入ると同時に、スライディング・ドアが外から重い音と共に閉じられた。外からは見えなかったのだが、ヴァンの後部に、男がふたりいた。ひとりは銃身を切りつめた散弾銃を、そしてもうひとりは、M16A1の機関銃を持っていた。ヴァンに入ってきたアーロンを、無関心に見た。

ヴァンの内部と運転席には、仕切りがあった。仕切りの中央に丸窓があり、その丸窓が開いた。

「いいかな、Ｊ」

と、男の声が、運転席から、きいた。

「ＯＫよ」

「出発する」

「どうぞ」

アーロンを見て、Ｊは、おかしそうに笑った。

丸窓が、閉じられた。と同時に、ヴァンの内部の照明が、すうっと薄暗くなった。目は、その照明に、すぐに慣れた。慣れると、ヴァンの内部は、低く落とした照明でもよく見えた。

エンジンが始動し、ヴァンはリヴァース・ギアで走りだした。ギアが入れかえられ、大きく半円を描きつつ、ヴァンはモーテルの部屋のカー・ポートを出た。

運転席との仕切りの壁に背をもたせかけ、アーロンはフロアに腰を降ろした。長い脚を、前にのばした。

Jが、また、くすくすと笑った。消音器をつけた銃口は、アーロンの胸をぴたりと狙ったままだ。

アーロンは、自分とJとの距離を考えた。すきを狙っていきなり飛びかかるには、すこし離れすぎていた。それに、後部には銃を持ったふたりの男がいる。

「どういうことなんだい」

両腕を広げて、アーロンは屈託のない声でJにきいた。

「あなたを誘拐してるのよ」

「なんのために？」

「じゃまだから」

と、Jは笑った。

「誘拐していって、閉じこめておくの」

「カリフォルニア州警察からこんなかたちで協力を受けるとは思わなかった」

「昼間はちがったけど、いまの私は、警察とはまるで反対側の人間なのよ」

Jは、後部に無表情なままますわっているふたりの男を示した。

「あのふたりが、カリフォルニア州警察に見える？」

ふたりの男は、黙ったままだった。M16A1の機関銃を持った男が、アーロンにウインクしてみせた。

ヴァンは、四時間ちかく、ひた走った。インタステート・ハイウェイを走っていることは、ヴァンが装着しているスチール・ラジアルのタイアをとおした路面のフィード・バックで、アーロンにはよくわかった。

インタステートを降りてさらに二時間、ヴァンは走った。そのあと、荒れた路面の道路に入りこみ、やがて、とまった。アーロンがモーテルから連れ去られたのが八時すぎだったから、午前三時ちかい。

夜の冷えこんだ空気が、ヴァンの中にいても感じられた。砂漠の中だ、とアーロンは思った。

ヴァンのスライディング・ドアが、外から開いた。後部にいるふたりの男たちがさきに降り、すこしヴァンから離れ、ドアにむけて銃を構えた。

「降りなさい」

と、Jが言った。寒い砂漠の夜の中へ、アーロンは出た。うしろに、Jがつづいた。ネヴァダ州の、砂漠のような荒野のまん中にいまは廃棄されて無人となったままの、小さな飛行場の建物の前だった。

先頭をJが歩き、あいだにアーロンをはさみ、ふたりの男がしんがりを守った。四人は、荒れるにまかせたコンクリートの建物に入った。

二階にある管制室へ、四人はのぼった。コントロール・ルームのとなりにもうひとつ部屋があり、アーロンはそこへ入れられた。

窓のない四角い部屋だった。いっぽうの壁によせて長いソファがふたつあり、その反対側の壁には、陸軍の放出品のシングル・ベッドがあった。

ソファには、ふたりの男がいた。ヴァンの中にいた男たちと、雰囲気がよく似ていた。ふたりとも、機関銃を抱いていた。

部屋に入れられたアーロンは、ソファにすわっていた男のひとりに、ベッドのほうに歩いていけと、機関銃の銃口で命じられた。

アーロンは、ベッドへ歩いた。シーツを敷いていないクッションの上に、毛布を体にまといつけて、人がひとり、眠っていた。アーロンの気配に、その人は、寝がえりを打ち、目をあけた。

そして、ふりあおいでアーロンを見た。

その人は、ステラだった。

8

「ちょうど退屈してたとこだった」

と、ソファにすわっている男のひとりが、言った。

「これはいい、退屈がまぎれて」

もうひとりが、おなじような調子の喋りかたで、言った。

ステラが寝ているベッドのわきに立ち、アーロンは、ソファにいるふたりの男を見た。

「いい女なんだけど、俺たちはもう、やりあきてしまったのさ」

もうひとりが、言葉をひきとった。

ふたりの男たちは、かけあいの漫才のように、ひとつずつ交互に、セリフを喋った。

「退屈している俺たちに、ショーを見せてくれよ」

「自分でやるのに飽きたら、人がやるのをショーみたいにながめるのが一番いい。楽だもんな」

「そうなんだよ」

「交代の連中が来るまでにはまだ時間があるから、ひとつさっそくショーの幕をあげてもらおう」

ベッドの上に、ステラが起き上がった。毛布がずり落ち、裸の体が腰のあたりまであらわになった。あの写真に写っていたステラと、まさにおなじだった。

ステラは、アーロンを見た。

「ハロー、ステラ」

と、アーロンが言った。

ステラの目が、大きく見開かれた。

「なぜ私の名前を知ってるの？」

「さがしてたんだ」

ソファの男たちふたりが、拍手した。

「はじまった、はじまった、ショーがはじまった」

「ポルノ・ショーにしては、珍しくメロドラマふうな幕あきだな」

「ふたりは知りあいなんだね」

「思いがけないところで、ばったり逢ったふたり」

ふたりの男は、そこで黙った。

「なぜ、私をさがしてたの？　あなたは、誰なの？」

ジャック・ローウェルについて、アーロンは手みじかに説明した。

すまなそうな表情をして、ステラは首を振った。うなじにまといついていた髪を指さきでかきあげ、

「ブームタウンではいろんな男と寝たから、いきなりジャック・ローウェルと言われても、おぼえてない」

「ほかにもきみをさがしてる人がいたよ」

「誰？」

「カリフォルニア州警察の、ナンシー・ホプスンと、Jというふたりの女性」

「ナンシーは女なのよ、たしかに。でも、Jは男だわ」

ホットパンツ姿のJを、アーロンは思いおこしてみた。

「Jが男だって？」

「そう」

いきなり、機関銃の連射があった。窓のない部屋に銃声がひとつにかさなりあい、轟音になって充満した。銃弾は、ベッドのわきに立っているアーロンの頭上をこえ、壁にめりこんだ。コンクリートの飛沫が飛び散り、轟音に打ちのめされたように首をすくめたふたりに、降りかかった。

「イントロが長すぎるよ」

「早くしろ」

「脱げ」

「やれ！」

命令にしたがわざるを得なかった。

裸になったアーロンは、ベッドの上でステラを抱いた。足で毛布を丸めたステラは、ベッドの下へ蹴り落とした。

行為をはじめながら、ふたりは、おたがいの事情を語り合った。

アーロンとおなじように、三カ月まえのある夜、ステラはブームタウンから連れ去られた。ネヴァダ州の荒野の中にある売春宿につれていかれ、ビデオ・カメラと盗聴マイクによる監視のもとに、売春を強制させられた。いまは使用されていない廃墟であるこの小さな飛行場に移されたのは、三日前だという。

「小型のプロペラ機に乗せられてきたの。飛び立つ音を聞いてないから、まだ格納庫に入ったままだと思う」

ソファの男たちの視線にこたえて体を動かしつつ、アーロンの耳に唇をつけたステラは、やっと聞きとれるほどの小さな声で、そう言った。

「おい、ショーを盛り上げろ！」

「激しくやれ！」

ソファの男たちがそう命令した直後に、階下ですさまじい銃撃の音が、突然、嵐のようにまきおこった。

「なんだ、あれは！」

「あれは、なんだ！」

ソファの男たちが、同時に立ちあがった。その瞬間、電気が消えた。部屋の中は、まっ暗になった。

9

ヒューヒューという、調子の狂った笛のような音が、操縦席を中心に、いくつもかさなりあって聞えていた。あの小さな飛行場を飛び立つとき、胴体にいくつもの銃弾をくらったのだ。その穴に風が吹きこみ、ヒューヒューと鳴っている。

東の空から、夜明けがすでにはじまっていた。地平線の上空が、鮮烈なオレンジ色に燃えていた。空ぜんたいが東から西へ、夜の暗さを急速に失いつつあった。

プロペラ機は、快調に飛んでいた。あの銃撃戦の中で、機体の重要な部分に一発も弾丸をくらわなかったのは、奇跡だ。

すっ裸のステラが、操縦席で操縦桿を握っていた。となりの助手席には、おなじく丸裸のアーロンがいた。

ヒーターのあまりきかないコックピットは、裸では寒かった。ふたりの体に、鳥肌が立ったままだ。

「たしかに、カリフォルニア州警察は、ブームタウンでの売春を捜査してたのよ」

と、ステラは言った。飛んでいく真正面に、日の出に燃える東の空があった。

「売春と、マフィアのような組織の結びつきね」

「きみも、捜査官のひとりなのか」

「そうなの」

ステラは、笑った。

「カリフォルニアは、まさに現代なのね。捜査していく途中でわかったのだけど、ブームタウンでおカネをとって売春してるのは、十件のうち九件までが、オカマなのよ。長距離トラックの運転手を目あてに集まってくる女性も多いけど、彼女たちは、たいていの場合、おカネをとってない。おカネをとる必要のない女性たちが、ブームタウンに来ては、タダでさせてる」

「なぜ、長距離トラックの運転手なんだ」

「いま、流行なのよ、アメリカ的な男らしさのシンボルは、いま、長距離輸送のトラッカーたちなの。彼らに無料でセックスを捧げるわけね」

「私立探偵は？」

「遠い昔の物語だわ」

　ふたりは、いままさに地平線からのぼろうとする朝日を、しばらくながめた。

「タダでさせる女たちが急に増えて、プロの女たちはしめだされてしまったのよ。仕事がやりにくいから、ほかに移っていくわけ。残ったのは、オカマね。オカマちゃんたちは、まだ無料でさせるほどに状況が進歩してないから、ひと昔まえのプロの女性たちとおなじような状態にあって、マフィアと結びついてるのよ。彼らの敵は、無料でさせる女性たち。そんな女性がもう何人も行方不明になり、そのうちの何件かは、殺人事件のにおいもしてきたので、州警察が捜査に乗りだしたのよ」

「ジャック・ローウェルが、しきりに逢いたがってた」

「ほんとに、おぼえてないわ」

「無料でさせたのは、捜査の一部なのか、それとも、趣味なのか」

「両方よ。絶妙に溶け合ってるわ」

「Jは、なになんだ」

「オカマの捜査官。彼こそ、趣味に生きた人だわ。最後は組織のほうについてしまって、スパイのようになってたけど」

「銃撃戦はまだつづいてるかな」

「そうねえ。カリフォルニア州警察と、バイ・セクシュアルやトランスヴェスタイトたちとの銃撃戦」

「しかし、ジャック・ローウェルには、逢ってもらいたいんだ。きみをさがし出して、ひきあわせるところまで、仕事としてひきうけてしまったから」

「センチメンタルになりすぎてるのよ、そのジャックという人。よくないことだわ」

地平線に、太陽がのぼってきた。コックピットの中にも、鮮明な陽光がさしこんだ。裸のふたりに、陽が当たった。

ステラは、アーロンにむかって片手をのばした。

「ジャックはあとまわしにして、さっきやりかけていたことをやってしまいましょうよ。飛行機の操縦席でも、気持よくできるのよ」

探偵アムステルダム、最後の事件

1

ノックにこたえて、

「カム・イン」

と、アストリッドの優しい声が聞えると、ほっとする。

アムステルダム探偵事務所のドアを開いてなかに入る。安堵の気持は、さらに強まる。レセプショニストのデスクにアストリッドがすわっているのを見て、不自然な緊張のいっさいが、自然に解きほぐされていくのだ。

アストリッドは、自分のデスクで、ダイレクト・メールを開封していた。数十通のダイレクト・メールを片方につみあげ、ガーヴァーのフォールディング・ナイフで封筒の端を切り開いていた。

入ってきたアーロン・マッケルウェイに、アストリッドは、微笑をむけた。フランスに生まれ、フランスで育った美しい女性だけに可能な微笑だった。

「山火事は、まだ燃えさかってるのね。テレビジョンのニュースで見たわ」

「ロサンジェルスの町は、煙でおおわれている。灰も飛んでくるし。炎にあおられた、熱い風も吹いてくる」

アーロンは、アストリッドのデスクへ歩いた。

片方の太腿をデスクに乗せ、アーロンはアストリッドを見おろした。

白い男物のシャツの上に、淡いラクダ色のカシミアのセーター。はきこんで色あせたブルージーンズに、本物のカウボーイが牧場ではく、質実剛健なハーネス・ブーツ。首に巻いた細いゴールドのチェーンが、白い喉もとで光っていた。

きわめてさりげないこんな着こなしが、アストリッドの手にかかると、二十五歳の美しいひとりのフランス女性が具現している、色気と知性、それに、女性というセックスの素晴らしさの、総体的な表現になってしまう。

おだやかな色調の栗色の髪を、フォールディング・ナイフの柄でうなじにときつけ、アストリッドは言った。

「町のすぐ近くで、山火事が一週間も燃えさかり、町は煙と灰につつまれるなんて。想像もできないことだわ」

「もう、おさまるよ」

「テレビジョンも、そう言ってた。これからさらに燃え広がるだろうと予想される山林の面積は、この山火事がはじまって以来、今日がいちばん小さいのですって」

アストリッドは英語に不自由しない。だが、喋りかたには、フランスふうなくせがある。アメリカに来てまだ三ヵ月なのだ。

「この町が山火事の煙につつまれると、気の狂った白夜みたい。ものすごく幻想的で。人工的でアンリアルな印象がいちだんと強まるの。だのに、煙の香りは、天然の樹木が燃えるときの、なつかしくて芳しい香りなのね」

この一週間、アストリッドは、山火事に夢中だ。サンタ・モニカ・マウンテンズにおこったその山火事は、ブレントウッドやベル・エアの、高級住宅地である丘陵地帯まで、燃え広がっていた。ロサンジェルスをすっぽりとおおっている煙は、二百マイル内陸の町、フレズノからでも、西の青空にぼうっと白く、目撃することができた。

「山火事に、たいへんな影響をうけてるようだね」

「とっても大きな影響だわ」

「たとえば、どんなふうな？」

「そうねえ」

アストリッドは、自分の右手が持っているフォールディング・ナイフを見た。量産品だが美しく仕上がったぜんたいは、静かな攻撃性をたたえて冷たく鋭かった。

美しい指の動きを見せ、アストリッドは片手だけでナイフを閉じた。アーロンに教えてもらった芸当だ。

「たとえば、このナイフのように」

と、アーロンを見上げて、アストリッドは言った。

「自分の肉体に対抗するものとしてこのナイフを考えると、このナイフは、人工的でグロテスクな機能性が充満しているわ。美しい肌や筋肉を切り裂くし、たったいままで生きて動きつづけていた心臓を、ひと突きで死なせてぺしゃんこにしてしまう。でも、私は、このナイフを持つのが好きなの。生きている自分の肉体を、より鋭く感知できるから。よく出来たナイフがセクシーなのは、そのせいだわ」

デスクにナイフを置き、アストリッドは椅子をうしろにずらせた。かたちの良い脚をまっすぐにのばしてかさねあわせ、ベルトに両手の親指をかけた。

アーロンを見上げ、彼女は言った。

「私の言ってることは、哲学的すぎるかしら」

「具体的だ。よくわかる」

「私は、自分の肉体を中心にして、ものごとを考えるから。山火事だって、そうなのよ。ロサンジェルスは、人工的でクレージーな町だわ。どんなことがおこっても不思議ではないエネルギーに満ちていて。そこに、山火事の煙が吹きこむと、人工的なものと自然のものとの対比がきわだつでしょう。人工的なものの極致である死ととなりあわせで、自然が鋭く感知できるの」

「肉体的に作用してくるわけだな」

「そう。自分の肉体の基本的な能力、つまりセクシーでエロチックな気持になっていく能力が、高められていくの」

「山火事のとらえかたとしては、とても面白い」

「スケールを小さくすれば、この部屋についてもおなじことが言えるわ」

片手で、アストリッドは、室内ぜんたいを示した。

「現代的なインテリアとしては、とっても居心地よく工夫されてるでしょ。照明とか、足が埋まりそうな絨毯とか、空調とか。でも、居心地よくするための工夫に注ぎこまれているエネルギーは、結局、この部屋というとても不自然な環境をつくっていて、その不自然さのなかに身を置くと、自分の体が持っている自然さが、刻々とセクシーになっていくの。生きている自分の体を、エロチックに感じるわ。ここや、ここ、そして、ここで」

と、アストリッドは、自分の股間と胸を手で押え、頭を指で示した。

「ハリウッドの女優たちがなぜあんなに荒淫か、その理由がわかっただろう」

アーロンの言葉に、アストリッドは、うなずいた。

「わかった。でも、私だって、負けてはいない」

アーロンは、アストリッドのデスクから立ちあがった。

「今日のオフィス・アワーも、まもなく終りだ。二十分だけ時間をくれたら、車で自宅まで送ってあげる」

「待ってるわ」

アストリッドは、ロサンジェルスのフリーウェイを自動車で走ることが、まだできない。

「アムステルダムは？」

「出かけたままなの」

「ベル・エアにある彼の自宅も、今日のうちには焼け落ちるだろう」

「プールの水が煮えたぎるだろうから、そのお湯で車海老をゆでるのだと言って、電話で注文してたわよ」

ふたりは笑った。

笑いがおさまったとき、アストリッドのデスクの電話が鳴った。

優美なこなしでアストリッドは受話器をとり、

「アムステルダム探偵調査局です」

と、言った。

アーロンは、奥にある自分の個室にむかった。その自分のオフィス・ルームで、かっきり二十分、アーロンは仕事をした。

一日の仕事をしめくくってレセプション・ルームに出てくると、アストリッドが壁のテレビを見ていた。いっぽうの壁面に組みこまれた飾り棚のなかのテレビだ。

画面には、山火事の現状を伝えるニュース中継が映っていた。

ニュースを見て、ふたりはオフィスを出た。エレヴェーターで下に降りながら、アストリッドが言った。

「さっきかかってきた電話が、今日のオフィス・アワーに受けた最後の仕事だったの。あなたのアサインメントにしておいたわよ」

「どんな仕事だい」

「まだ若い女性だと思うけど、三人の人間にどうしても伝えておきたいメッセージがあるんですって。そのメッセージを伝えてまわる仕事なの」

「簡単そうだな」

「ええ」

「助手のぼくでも、できるだろう」

「依頼人の女性には、明日、会ってちょうだい。出むけないから自宅まで来てほしい、と言ってたわ。アポイントメントは、午後の一時」

「ＯＫ」

地下二階の駐車場にも、山火事の煙の香りがあった。

外は、落日の時間だった。いつもなら、太平洋の上へ大きく傾いた太陽がオレンジ色の光を放ち、あらゆるものがそのオレンジ色の夕陽にひたされ、くっきりした黒い影を背後につくる幻想的な時間がながくつづくのだが、この一週間、白い煙のもやにさえぎられ、夕陽はぼうっと乳白色をおびた気味の悪い黄色だった。空間の感覚がなくなり、町は二次元に書き割りされた悪夢のようだ。

山火事の煙は、なつかしい焚き火の香りだった。そして、濃霧とおなじく、フリーウェイの網の目を、いたるところで通行止めにしていた。

2

奥行きを失った乳白色の空ぜんたいから、ぼうっと輝く薄黄色い光が、地表にむかってにじみ出していた。

山火事の煙は、町の上空を完全におおっていた。風に乗って、煙の香りが、町のなかを走り抜けた。

午後一時にあとすこしという時間だが、白っぽい空を見ているかぎりにおいては、正確に時間の見当をつけることはできなかった。立体感なしに頭上におおいかぶさり、太陽光線をまんべんなく散光させている白い空は、どこか遠い異星の空を思わせた。

ジープ社製の四輪駆動ピックアップ・トラック、ホンチョのヘッドライトを点灯して、アーロン・マッケルウェイは、住宅地のなかのゆるやかなのぼり坂になったS字カーヴの連続をあがってきた。

幅の広いアスファルト舗装の道路の両側に、おなじような造りの平屋建ての民家が、ならんでいた。

等間隔に植えられた椰子の樹が、白い空をバックに、黒くシルエットになって見えた。

住宅地は、静かだった。歩道に人の姿はなかった。自動車も走っていなかった。いつもの、底の抜けたような青空のかわりに、白い空が異次元的な抑圧感をともなって、不透明なホリゾントになっていた。

住宅地は、そのかたちだけ美しく残った廃墟のように思えた。

さがしている家の番号がちかくなり、アーロンはジープを右に寄せ、スピードを落とした。

のぼり坂になった道路のむこう側を、スケートボードに乗った少年がひとり、滑り降りてきた。

ならんでいる民家の玄関前に、コンクリートの四角いカー・ポートが、おなじような形につくってある。家と家との間から植えこみが歩道にむかって突き出し、カー・ポートは一軒ごとに四角く歩道からひっこんだ白いスペースだった。

スケートボードの少年は、歩道からそのカー・ポートのスペースに一軒ずつ入りこんでは、四隅をなめるように旋回し、植えこみの前をまわり、となりのカー・ポートに入っていくのだった。

少年は、静かに熱中して、おなじ動作をひとりでくりかえしつづけた。

さがしあてた家のカー・ポートに、アーロンは、ジープを入れた。カー・ポートの奥には、オレンジ色のフォルクスワーゲンが一台だけとまっていた。スペースは充分にあった。

トラックを降り、アーロンはドアへ歩いた。

チャイムのボタンを押した。家の中で鳴っているチャイムが、かすかに聞えた。

ドアのむこうに、人の気配がした。足音が聞え、

「どなた?」

と、若い女性の声が、きいてよこした。張りのある、明晰な声だった。

「アムステルダム探偵調査局から来ました。アーロン・マッケルウェイです」

ドアが、内側へ開いた。

「待ってたの。どうぞ、お入りになって」

アーロンは、なかに入った。彼女が、ドアを閉じた。

「まっすぐ歩いて左側が居間なのよ」

彼のうしろで、彼女が言った。

ふたりは、居間に入った。

いっぽうの壁に寄せて、ひとりがけの布張りのソファがあった。花模様の布だ。そのソファを、彼女は示した。

「おかけになって」

ソファにすわったアーロンを、彼女は見た。

「なにか飲みものでも」

「水をください」

「水と、なに？」

「水だけです」

「水だけ」

「そうです」

アストリッドが書いてくれたアサインメント・ノートによると、彼女の名前はサニー・レッドモンド。

栗色の髪をはなやかなカールにまとめ、顔いちめんのソバカスを深い陽焼けの底に沈ませていた。唇をワイルド・ローズのピンクに塗り、瞳は淡いグリーンのきらめきだった。

おそらくワンピースの水着だろう、胸のふくらみのあいだをヘソの近くまで切りこんでいる黒くて薄いナイロンの布が胸と腹をぴったりとつつみこみ、腰骨にひっかけるようにして、幾何学模様のスカーフを腰布のように巻きつけていた。素足に紫色のサンダルだった。

「わかったわ。水だけね」

彼女は、居間を出ていった。

すぐに、ひきかえしてきた。両手に大きなグラスをひとつずつ持ち、わきの下にタイプライティング・ペーパーを一枚、はさんでいた。

「こっちが、水」

と、水の入ったグラスをアーロンに渡し、むこうの壁に寄せたひとりがけのソファにすわった。アーロンがすわっているのと対になったソファだった。

ソファのわきの、鉢植えの観葉植物の乗った小さなテーブルに、サニーはグラスを置いた。わきの下にはさんでいた紙を右手にとり、アーロンを見た。

彼女のうしろの白い壁には、虹のアーチがポスター・カラーで描いてあった。白いポリウレタンの板を切り抜いてつくった雲が壁にとりつけてあり、虹はその雲から出て、観葉植物の葉かげに消えていた。

サニーは、脚を組んだ。アーロンをまっすぐに見て、

「お名前をうかがったかしら」

「アーロンです。アーロン・マッケルウェイ」

「私は、サニー・レッドモンド」

「知ってます」

テーブルのグラスに、サニーは手をのばした。長い指をグラスに巻きつけるようにしてグラスを持ち、氷を浮かせた透明な液体を飲んだ。氷がグラスに触れ、涼しい音をつくった。

「用件は、簡単なのよ」

と、サニーが言った。

「そうですか」

「ここにタイプしてあるメッセージを」

と、サニーは、右手に持っていた紙を、振ってみせた。

「このメッセージを、三人の人間に、確実に伝えてほしいの」

「はあ」

「それだけ」

「メッセージを読ませていただけますか」

「どうぞ」

紙を持った右手を、サニーは、ソファにすわったまま、いっぱいにのばした。

立ちあがって紙をうけとり、アーロンは花模様のソファにすわりなおした。

メッセージは、わずかに2パラグラフの、みじかいものだった。

あなたたちは、おたがいに相手を真剣に愛してはいません。エゴの殻に閉じこもったまま、愛の名をかたってそれぞれのエゴ・トリップを楽しんでいるだけです。そのことにあなたたちは気づいていませんし、気づこうという志もないのです。

このようなあなたたちの人間関係の中で、いつまでも消えない記念すべき汚点となるために、私は自殺します。

文末には、サニー・レッドモンドの署名がしてあった。そして、その下の余白に、このメッセージを伝える相手である三人の人間の名前と住所、電話番号が、きれいにタイプしてあった。三人のうち二人は女性だった。

アーロンは、顔をあげた。サニーがグラスの液体を飲んでいた。

「読んだ？」

「読みました」

「わからないところは？」

「文面に関しては、べつにわからないところはありません」

「そのメッセージを、そこにあがってる三人に、確実に伝えてほしいの」

「はい」

「仕事はそれだけ」

「はい」

「なんだか頼りないわねえ、若くって」

「だいじょうぶです」

サニーは、笑った。

「ほんと？」

「ご心配でしたら、オフィスに電話して、アムステルダムにきいてみてください。ぼくは有能な助手です」

「あら、知らなかった。助手なの。アムステルダム自身にやってもらいたくて依頼したのに」

「では、アムステルダムにやらせます」

サニーは、うなずいた。グラスを唇へはこび、透明な冷たそうな液体を飲んだ。飲んでいるサニーに、アーロンがきいた。

「自殺するというのは、ほんとですか」

飲みこんでから、サニーはこたえた。

「ほんと」

「いつですか」

「メッセージを伝えていただいたころには」

そうこたえて、サニーはまた笑った。

3

このメッセージの裏にある事情を説明してもらえないか、とアーロンはリクエストした。サニーは、そのリクエストを、拒絶した。

「そこまでは語らない、という約束でこの仕事をひきうけてもらったのだから」

戦術をあれこれ変えながらアーロンは粘った。だが、サニーは、事情は語らないという方針を崩さなかった。

メッセージをタイプした紙を、アーロンは、小さく折りたたんだ。シャツの胸ポケットに入れた。

立ちあがると、サニーもソファを立った。

「すぐに、仕事にかかります」

「アムステルダムが、じきじきによ」

「そうです」

サニーが持っているグラスを、アーロンは見た。

「それは、なにですか」

と、彼はきいた。

「ウォッカのレモネード割り」

サニーが、こたえた。

「お飲みになる？」

「いいえ。ぼくは酒を飲みません」

玄関のドアまで、サニーはアーロンを送った。外に出たアーロンに自分から右手をさし出し、握手をかわした。

「お会いできて、よかったわ」

「ぼくもです」

ドアは、閉じられた。

空は、白くよどんだままだった。住宅地の上に、低くおおいかぶさっていた。煙の香りが、強く鼻を打った。

ピックアップ・トラックに乗り、アーロンはドアをしめた。エンジンを始動させた。ゆっくりバックアップし、道路に出た。

シャツの胸ポケットに入れた紙を意識しつつ、アーロンはハンドルを切りかえし、ゆるやかなダウングレードの下へ、ピックアップの車首をむけた。

トラックを走らせながら、どうしたらいいのか、アーロンは考えた。どこかで電話をみつけ、できるだけ早くにアムステルダムと連絡をとろう、と思った。サニー・レッドモンドから引き受けたような内容の仕事にどう対処していいのか、アーロンにはわからなかった。

十五分も走ると、住宅地を抜け出た。平たくて大きい丘のスロープにきざみつけた道路を、アーロンのピックアップ・トラックは、風を巻きこんでひきちぎりながら、降りていった。

丘の上に計画造成された住宅地を出ると、建物は一軒もなかった。愛想のない荒涼たる丘の斜面を一本の道路がぶち抜いているだけだ。丘と丘とのあいだの、低くなった荒野には、高圧送電線の鉄塔が、白っぽくかすんだ彼方へ、等間隔につらなっていた。

サニー・レッドモンドの自宅を出てからずっと、なにかがアーロンに語りかけていた。はじめのうち、なにがどんな内容のことを語りかけているのか、はっきりしなかった。

はっきりしたとたん、アーロンは、ピックアップ・トラックを右いっぱいに寄せた。アクセル・ペダルから足を浮かせつつ、ハンドルを左へフル・ロックまで、す早く送りこんだ。

送りきって両手で押えこみ、後続車がないのをミラーに確認しながら、アクセル・ペダルを踏みこんだ。

一直線の長いくだり坂の途中で、アーロンの四輪駆動ピックアップ・トラックは、敢然と奮い立つように、最小回転半径のUターンをした。

路面を蹴りとばし、のぼり坂を猛然と駆けあがった。エンジンがうなり、車体のあらゆる部分が風をひきちぎった。

直線をのぼりきり、カーヴに入った。左側の車線を、スケートボードの少年が滑り降りてきた。さきほど見かけた少年だ。スケートボードの上でダウンヒルのポーズをきめたまま、少年は、突進して走り去るピックアップ・トラックに、おどろきの表情を見せた。

サニーの自宅の手前で急激に減速し、コンクリート敷きの四角なカー・ポートに入りこんだ。オレンジ色のフォルクスワーゲンに、あやうく追突するところだった。

エンジンをかけたままのトラックから飛び降り、アーロンはドアに走った。一陣の突風に、髪があおられた。シャツのえりが、立ちあがった。

ドアは、ロックされていた。数歩さがり、肩を丸めてドアに体当たりした。こういう民家の華奢なドア・ロックは、これであっさりとはじけ飛ぶ。

ドアごと、アーロンは家の中へ飛びこんだ。

「サニー！」

と叫びながら、廊下を居間へ走った。

走りながら、アーロンの嗅覚は、まぎれもなくその匂いをかぎあてていた。銃弾を発射したあとの、焼けたガン・パウダーの匂いと、その銃弾がひきちぎった人間の体の、血の匂いだ。

サニーの死体は居間にあった。

アーロンとむきあって話をしていたときにすわっていたソファに、崩れ落ちつつかろうじて彼女の体はひっかかっていた。

開いた両脚が力なくフロアに投げ出され、両腕がだらんと垂れていた。スミス・アンド・ウエッスンのリヴォルヴァーが一梃、フロアに転がっていた。

頭のうしろ半分が、銃弾で吹きとばされていた。白い壁に描いた虹に、血や脳みそ、それに頭骨の破片が、べったりと飛び散っていた。

大きく息をしながら、居間の入口のアーチの下に立ち、アーロンは死体をながめた。

「サニー」

と、呼んでみた。

返事は、もちろん、なかった。

林にかこまれた人工の湖に、建物ぜんたいが突き出ていた。

ボールルーム、劇場レストラン、普通のレストラン、それにカクテル・ラウンジなどがひとまとめになった建物だ。

白い石造りの、平べったくて四角ばった、愛想のない建物だ。だが、いまのように夜には、赤と青のフラッド・ライトに効果的に照らし出され、ちょっとした夢のお城のようだった。亜熱帯樹の植えこみが、幻想的な黒い影をつくっていた。

植えこみのなかをぬっている一方通行のドライヴ・ウェイを、まっ赤なポンティアック・グランプリが一台、走ってきた。

カクテル・ラウンジの入口の前で、その車はとまった。

制服を着た初老の男が、車をあずかりに出てきた。運転席の若い女性が車から降りるあいだ、開いたドアに片手をかけて待った。降りてきた彼女を笑顔でむかえ、チップとキーを巧みに受け取った。

夜の大人の時間をすごすための服を着た彼女は、足早にカクテル・ラウンジに入っていった。

ほっそりした、きれいな体つきの、金髪の美人だった。二十代のなかばを何年まえにこえただろう。手入れがいいし若く見えるから、いまのうちなら、二十七とか八とかサバをよんだまま三、四年はすごせる。そんな年齢だった。

カクテル・ラウンジのバーへ、彼女は歩いた。

バーのカウンターには、客がいつもより多かった。客席が目立たない。カウンターにそって、彼女は歩いた。

待ち合わせの相手は、カウンターのなかほどにいた。

となりの客席にすべりこむように腰をおろし、

「今夜はそれが一杯目なのね、バッド」

と、言った。魅力的にかすれる、深みのある声だった。

「イヴォンヌ」

と、バッド・ハレルセンが言った。彼女のブルーの瞳をのぞきこむように見て、やさしく手をとった。

「今夜はまた、素晴らしいじゃないか。セクシーだ」

ほめ言葉にこたえて、イヴォンヌは笑った。

「あなたが飲んでるそれは、水なの？」

バッドの前にあるグラスには、氷のかたまりをひとつ浮かせた透明な液体が入っていた。

グラスの表面に、水滴がいくつも宿っていた。

「ホワイト・ラムのソーダ割りだ。わるくない。飲むかい」

「いただくわ」

「飲んでるあいだに、テーブル席を見つけてもらおう」

飲みものを注文したバッドに、イヴォンヌはむきなおった。上体を彼に寄せ、

「バッド。私を見てちょうだい」

と、真剣な調子で言った。

「はっきりと、よく見てちょうだい」

「命令されなくたって、きみくらい美しければ、いくらでも見るよ」

「バッド。本気で」

バッドは、イヴォンヌの顔を見た。彼の唇の端に、微笑が宿っていた。ほどよい渋さをたたえた、男らしい微笑だ。

「いつもと変わらないきみだ」

「ほんとに？」

「ほんとさ」

「今日は、私、たいへんショックを受けたの。ものすごいショック。ひとりでここへ出てこれるかどうか自信なかったけど、事故もやらずにたどりついたわ。ショックが顔に出てるでしょ」

「出てない」

「きっと、おびえてるはずよ。ショックというよりも、恐怖だわ」

「なにがあったんだい」

ホワイト・ラムのソーダ割りが、できてきた。きれいな笑顔で、イヴォンヌはバーテンダーに礼を言った。バーテンダーがお愛想を言ってかえした。

「なにがあったか、いま言うわ。あなたのテストもかねてるのよ」

ソーダで割った冷たいラムを、ひと口、イヴォンヌは飲んだ。

「私の顔を、よく見てて。いい？」

「いいよ」

「サニー・レッドモンドが自殺したわ」

と、イヴォンヌは言った。

バッド・ハレルセンの男らしい眉が、おたがいに引き寄せられ、間隔をつめた。眉間にたてじわが寄った。眼が細まり、その上へ、眉がかぶさるようにさがってきた。頬の筋肉が軽く突っ張り、唇が一文字にひきしまった。

「なんだって？」

囁くように、彼が言った。

「いま言ったとおりよ。サニー・レッドモンドが自殺したの。ジョニー・アムステルダムという私立探偵が、電話で知らせてくれたの」

「私立探偵？」

「そう」

「私立探偵なんかに、なんの関係があるんだ」

「私たちあてのメッセージを、遺書がわりにサニーがその私立探偵に託したのよ」

「メッセージ？」

「ええ。暗記してきたわ」

光る瞳で、イヴォンヌ・エドワーズは、バッドを見た。

「聞かせましょうか」

バッドの目が、さらに細まった。目尻にしわが走り、険悪な表情になった。バッドは、かすかにうなずいた。

「聞かせろ」

4

私立探偵ジョニー・アムステルダムは、金髪の美丈夫だ。北欧系だということは、誰の目にも明らかだ。眉毛まで金髪で、顎の先端には、くっきりと一本、太くたてじわが刻みこまれている。今年でちょうど四十歳。いまのままの若さが、おそらくこれからさき数年は、続くだろう。

　分厚く幅の広い肩からのびたたくましい両腕は、いまのように自動車のハンドルを軽く操作しているときでも、みなぎる力を感じさせた。なにごとかにむかって、あるときいきなり、全力をふりしぼることがいつだって可能な、そんな力強さだ。

　ジョニー・アムステルダムの体は、いま彼が運転しているリンカン・コンチネンタル・マークVの運転席を、充分に威圧していた。となりの席の助手、アーロン・マッケルウェイは、ほっそりと華奢に見えた。

「サニーを自殺させてしまったのは、まずかったなあ」

　と、ジョニーが言った。

「後悔してます」

「したってはじまらない」

「サニーの自宅から、あなたに連絡をとるべきでした」

「まあ、いいさ。サニーが自殺しなければ、この事件ははじまらなかったのだから」

「自殺の裏にある事情は、どんなものだったのですか。事情は、つかめましたか」

「だいたい、つかめた」

　フリーウェイの両側に見おろす町に、ジョニーは目をむけた。

「イヴォンヌ・エドワーズという女性に、会ってきたんだ。サニーが自分のメッセージを伝えてくれと頼んでいた三人の人間のうちのひとりだ。若い美人だった」

「はあ」

「ようするに、三角関係がふたつかさなってるんだ。中心になってるのは、バッド・ハレルセンという中年の実業家だ。苦味の走ったマスクの、たくましい、いい男だ。大学ではフットボールの選手をやり、朝鮮戦争では勲章をもらってる。このアメリカは、自由競争とおカネの社会だ、と信じこんでこれっぽっちも疑ってない男なんだな。自分の力で自由競争の階段を上へ上へとあがっていき、あがっていきながらより多くのおカネをもうける。それが、バッド・ハレルセンの人生だ」

「その人生は、うまくいってるのですか」

「うまくいってるようだ」

「お会いになったのですか」

「まだ。これから、おまえといっしょに、会いにいく。バッドの妻、ヘレンにも会えるはずだ」

「どこで会うのですか」

「サンタ・カタリナ島」

「これから、そこへいくのですか」

「そうだ。サン・ペドロから飛行機に乗る。二十分で島に着く。バッド・ハレルセンの別荘が、その島にある。この週末は、夫婦そろってその別荘だそうだ。日本から来る商売相手を招待するのだと言ってた」

アーロンを仕事に連れ出すとき、どこへいってなにをするのか、ジョニーはいつもひとことも言わない。車で走りながら、アーロンの質問にこたえつつ行動予定を語るのが、いつものジョニーのやり方だ。

「バッド・ハレルセンとイヴォンヌ・エドワーズは、浮気の仲だ。もう二年以上、つづいている。そして、イヴォンヌとの関係ができる以前は、自殺したサニーが、バッドの恋人だった」

「サニーは、イヴォンヌによって、退場させられたのですか」

アーロンの質問に、ジョニーは首を振った。

「ちがう。サニーとも、イヴォンヌとも、同時進行でつづいていた」

「なるほど」

「イヴォンヌ・エドワーズとは、ながい時間、この問題について語り合ってきた。サニーの自殺には、たいへんなショックを受けたようだ」

「どんなショックですか」

「イヴォンヌは、明晰な頭を持った、わりあい見どころのある女性だ。サニーの自殺によって、自分の生き方の土台が、ぐらついたようだ」

「サニーが嫌悪していた人間関係というのは、バッド・ハレルセンを中心にした、ふたつの三角関係の重なりあいなのですね」

「そう」

ハンドルを両手で押えたまま、ジョニーは、両肩をぐるぐるまわした。

「中年になったバッド・ハレルセンにとって、最初の本格的な浮気の相手は、サニー・レッドモンドだった」

「本格的な浮気？」

「つまり、行きずりに一夜だけとか、カネで買うとか、そういうことではなしに、もっと長期間にわたってからみあうことだ」

「からみあう？」

「バッド・ハレルセンには、エゴを発散させる相手が必要だった。仕事でも家庭でも、奥さんでもない相手。仕事や家庭では、エゴはすでに充分に発散されている。新しい領域で、自分のエゴを解放する必要がおこってきた。そのエゴの対象として、サニー・レッドモンドという恋人をつくった」

「エゴの解放とは、そのエゴによってひとりの人間の生き方を左右してみたい、というようなことですか」

「まあ、そうだな。自分の力で思いどおりに操作できる新しい対象として、若いひとりの女性が、魅力を持ってうかびあがってきた。男が中年になったときに見せる、顕著な徴候のひとつだ。よく覚えておけ」

アーロンは、微笑した。

その微笑を、ジョニー・アムステルダムは見た。

「なにを笑ってるんだ。真剣な話だぞ」

「いつも真剣だから、うれしくなったのです」

「エゴを丸出しにしたまま操作できるわけではないので、からくりが必要になってくる。なんだと思う」

「さあ」

「考えてみろ」

「経験不足です」

「イマジネーションの問題だ」

「はあ」

「愛だよ、アーロン、愛なんだ」

「古い手口ですねえ」

「古い手口こそ、常に有効だ」

「バッド・ハレルセンの場合にも、それは有効だったのですか」

「有効だった。たとえばサニーに対して、これが愛だよ、と一度言えば、そのひと言を支点にして、サニーを百度は操れた」

「なんとなく、わかります」

「サニーとの仲は四年目だった」

「つづきましたねえ」

「二年目の終りに、バッド・ハレルセンは、イヴォンヌというふたり目の恋人をつくった」

「サニーは、そのままですか」

「そのまま。サニーを操ってきたバッドのエゴは、新たな挑戦の対象を求めた」

「サニーを口説いたのとおなじように、新しくイヴォンヌを口説いたのですね」

「それもある。それに加えて、イヴォンヌという新しい別な女の存在をサニーが知ったらサニーはどう出るか、という屈折した興味もあった」

「やっかいだな」

「やっかいだ。サニーは、それを、誰もがおたがいに相手を真剣には愛していない関係、と呼んだけれど」

「イヴォンヌはサニーの存在を知っていたのですか」

「知っていた」

「自分たちの関係を、イヴォンヌはどんなふうに見ていたのですか」

「サニーが脱落するのを待っていた。バッドをより強く自分のほうに引きつけることによって、サニーを突き落とせるのではないか、と期待した」

「愛のゲームですね」

「愛のゲームは、とても遊びやすい、簡単なゲームだからな」

「ある意味では、サニーはたしかに脱落したのですね」

「無駄にしたくない」

と、ジョニーは言った。

アーロンは、ジョニーを見た。

「どういうことですか？」

その問いに、ジョニーはこたえなかった。こたえずに、別なことを喋った。

「バッド・ハレルセンのエゴの問題は、イヴォンヌから聞いたことに俺が補足したものだ。まず、まちがってはいない」

5

サンタ・カタリナ島も、きれいな快晴だった。信じがたいほどのまっ青な空の下に、明るい陽ざしが満ち、さわやかな風が吹いた。

アストリッドが、レンタカーを手配しておいてくれた。空港にあるレンタカーの事務所へいき、車を受け取るための簡単な手続きをした。

ジョニー・アムステルダムがいい男なので、オフィスの若い女性が、駐車場まで案内してくれた。ブレザーにホットパンツという組み合わせのユニホームを着た、きれいな女性だった。よくみがきこんだ銅板のような色の髪が、陽ざしにけたたましく光った。

車は、ダーク・ブルーのシヴォレー・カマロだった。

「なにかかさねてご用がおありのときは、オフィスにいつでもお電話ください。名前は、カレンと言います」

レンタカー・オフィスの女性が、自分をジョニーに売りこんだ。

エンジン・フードに手を置き、ジョニーは空をあおいだ。風が、彼の金髪をさか立てた。ボタンをかけていない上衣が、はためいた。リーヴァイ・ストラウスの紳士服、パナテラだ。チェックのスラックスに合わせた濃いベージュの上衣だ。スラックスとおなじ柄のヴェストに、淡いベージュのシャツをネクタイなしで着ていた。わきの下にピストルを吊るショルダー・ハーネスをシャツの上につけ、ヴェルトからはピストルだけが外に出ている。コルトのオートマティック・ピストル、MKⅣゴールド・カップ・ナショナル・マッチが、そでに立っているカレンにも見えた。

「アーロン。きみが運転してくれ」

そう言って、ジョニーは、助手席のドアを開いた。助手席に入ってから、窓ごしにカレンを見上げ、ウインクした。

人が歩くことを主体にして町づくりがされているサンタ・カタリナ島で、シヴォレーのカマロは、愚鈍なものに思えた。乗っているふたりの男たちを、歩いている人たちが不思議そうに見た。

バッド・ハレルセンの別荘は、アヴァロンの町はずれ、港を見おろす山裾の中腹にあった。樹木にかこまれた古風な造りの建物で、港の光景も含めて、ぜんたい的な雰囲気は一九四〇年代の初期を感じさせた。

道路のわきに駐車スペースがつくってあった。そこにカマロをとめ、ふたりは、白い階段をあがっていった。

建物のドアは、開け放たれていた。ふたりがその前に立つと、男がひとり、前庭から姿を現わした。バッド・ハレルセンだった。ハレルセンは、ふたりを見た。自分にとってふたりは歓迎したくない客であることを充分に伝えるしかめっ面をしてから、

「きみたちが私立探偵か?」

と、きいた。

「アムステルダムです」

と、ジョニーは言い、アーロンを示して、

「助手のマッケルウェイといいます」

「入りたまえ」

ハレルセンは、さきにたって玄関のドアを中に入った。

ふたりは、居間にとおされた。奥まった片隅にテレビがあり、画面に山火事のニュースが映っていた。

「すわってください」

すわってもすわらなくてもどうでもいいのだという調子でソファを示し、

「なにか、飲みものでも」

と、ふたりを見た。このときからしかめっ面は消え、愛想の良さの裏に冷徹でタフな計算を秘めた中年のビジネス・マンの顔にもどった。

「なにもいりません」

アムステルダムが、首を振った。

「用事をすませてしまいましょう」

「そうしますか。妻は外に出てますが、すぐ帰ってきますから」

三人は、ソファにすわった。フロアをはさんでアムステルダムとハレルセンがむきあい、そのふたりをアーロンが横から見る位置になった。

「サニー・レッドモンドという女性から、メッセージを手渡しで伝えるように頼まれたのです。メッセージの内容はお電話でお聞かせしたとおりですが、サニーがタイプしたもののコピーを置いていきます」

封筒をふたつ、アムステルダムは上衣の内ポケットから出した。

「二通あります。一通は、奥さんに渡さなくてはいけません。サニーおよびイヴォンヌとハレルセンさんの仲を、奥さんはご存知ですか」

「知ってる」

ハレルセンは、うなずいた。

「知ってるけれども、さわぎ立てるほど馬鹿じゃないよ。離婚するときに私に請求する慰藉料の額を、自分の弁護士といっしょに計算しはじめてるよ、きっと」

「サニーの残したメッセージについては、どうお考えですか」

「そんな質問にはこたえる必要ないのだが、サニーのとった態度は非現実的だと思う。あまりにも文学的で、観念的だ。自己満足として自分の内部には作用力を持つけれど、他人には作用しない」

「サニーの自殺からは、影響を受けてないのですね」

「ショックではあった。悲しくもあった。私はサニーを愛していた。だが、自殺は無駄だったと思う」

アムステルダムは、アーロンに顔をむけた。そして、おだやかに言った。

「アーロン。すまないが、キチンへいって、水を一杯、持ってきてくれないか」

立ちあがったアーロンに、ハレルセンがキチンの場所を教えた。キチンでアーロンがグラスに水を注ぎおえたとき、居間から銃声が聞えた。銃声は、一発だけだった。・45口径のオートマティック・ピストルの発射音だ。

水の入ったグラスを持ち、アーロンは居間に走った。はね水が、掌にかかった。

居間の中央に、アムステルダムが立っていた。右手に、コルトのMKⅣを握っていた。ソファの前に、ハレルセンが倒れていた。体を弓なりに反らせ、絶命する瞬間だった。

足もとに落ちている空薬莢を、アムステルダムは、ブーツのかかとで蹴りとばした。薬莢は、死んだばかりのハレルセンの右手の近くまで、転がっていった。

アムステルダムは、アーロンを見た。

「俺が射ち殺した。エゴの殻は、人がひとり自殺したくらいでは破れないんだ。銃弾でないと、破れない」

ふたりは、ハレルセンの死体をながめた。左手に持っていた二通の封筒のうち一通を、アムステルダムはハレルセンにほうった。

玄関に人の足音が聞えた。足音は、家の中に入ってきた。

「バッド！」

と、中年女性の声が呼んだ。

「お客さまなの？」

足音は、さらに近づいた。ハレルセンの妻、ヘレンが居間に入ってきた。

ヘレンは、まっさきに、夫の死体を見た。

「バッド！」

と叫び、かけ寄った。かたわらにひざまずこうとして、アムステルダムとアーロンを見た。

アムステルダムが、首を振った。

「死んでる。私が殺した」

「いったい——あなたは、なぜ——これは——」

驚愕のため、ヘレンの言葉は、まともに出てこなかった。

彼女に歩み寄り、アムステルダムは封筒をさし出した。

「読んでください」

ふるえる手で封筒を受けとり、ヘレンはなかの紙を出した。紙をひろげ、メッセージを読んだ。

アムステルダムを見上げて、ヘレンは言った。

「夫が浮気していた小娘でしょ。私には関係ないわ！　私は――」

　と言いかけたヘレンをコルトＭＫⅣの銃声がさえぎった。鼻柱から脳の中へ銃弾を叩きこまれ、ヘレンはトンボをきるようにひっくりかえり、あおむけに落ちた。落ちたときにはすでに死んでいた。

　ピストルをわきの下のホルスターにかえしながら、アムステルダムが言った。

「これでいい。ようするに、当時者たち全員が、いなくなれば、事件も消滅するのだから」

　持っていたグラスの水をひと口、アーロンは飲んだ。そして、

「イヴォンヌは？」

　と、きいた。

　アムステルダムは、アーロンを見た。そして、にっこり微笑し、

「射ち殺してきた」

　と、こたえた。

ムーヴィン・オン

1

人口が二千名に満たない町には、交通信号は三つしかなかった。町を東西に抜けているハイウェイの入口、町のまんなか、そして、町を出るところ。この三個所だ。

濃いブルーのピックアップ・トラックは、はじめのふたつの信号をグリーンで抜けた。三番目の信号で、とめられた。

十二歳くらいの男の子が、母親と共に、横断歩道を渡っていった。男の子は、両腕いっぱいに買物の荷物をかかえさせられていた。

ピックアップ・トラックのまえを歩いていくとき、少年は、荷物を支えている左手の親指だけ荷物に残し、あとの四本の指を、ピックアップのドライヴァーにむかって、ひらひらと振ってみせた。

運転席のアーロン・マッケルウェイは、手をあげてそれにこたえた。小さな退屈な田舎町の少年にできるほんとにささやかな気晴らしは、町を走り抜ける見知らぬ自動車のドライヴァーに手を振り、挨拶をかえしてもらうことだ。

信号が変わるのを待っているピックアップ・トラックの右わきに、ボディぜんたいを黄色に塗ったダッジのロイアル・モナコが、ゆっくり滑りこんできて、とまった。屋根に、赤色回転灯をつけていた。アリゾナ・ハイウェイ・パトロールの車だ。

運転席にいた三十五歳くらいの鼻ひげをたくわえた男が、アーロンのほうに顔をむけた。ドア・ガラスを降ろし、強烈な陽ざしのなかへ左腕と顔を半分、出した。

ピックアップ・トラックのドアを、そのパトロールマンは、軽く叩いた。助手席をこえて反対側のドアに体をのばし、アーロンはガラスを降ろした。夏のはじめの熱気が、車のなかに吹きこんだ。パトロール・カーの黄色い車体が、鋭く陽ざしを照りかえした。

「きみのトラックには、カリフォルニアのプレートがついているねえ」

パトロールマンは、のんびりとそう言った。

「ついています」

アーロンのこたえに、パトロールマンは微笑した。

「たしかに、ついてるよ。まさかカリフォルニアまで走って帰るんじゃないだろうね」

「カリフォルニアへ帰る途中です」

やりとりを聞いていた助手席のパトロールマンが、うれしそうになにか言い、後部席をふりかえった。

後部席には、帽子をひざに置いた老婦人がひとり、すわっていた。

「それはご苦労なことだ。しかし、ありがたい。ヒッチハイカーをひとり、乗せてあげてくれないか」

「いいですよ。大歓迎です。話し相手が欲しかったところだから」

アーロンがこたえた。そして、つけ加えた。

「まさか、警官殿、あなたではないでしょうね」

パトロールマンは首を振った。

「俺は地べたを車で這いずりまわるのは好かんのだよ。うしろにいらっしゃるご婦人だ」

アーロンは、パトロール・カーの後部席に再び目をむけた。やせた老婦人が可愛らしく笑い、手を振っていた。

微笑をかえしてうなずいたアーロンは、パトロールマンに視線をかえした。

「もうすこしさきにガス・ステーションが右側にあるから、そこまでついてきてくれ」

信号はとっくにグリーンに変わっていた。ハイウェイ・パトロールの車が、さきに出た。

ピックアップ・トラックが、そのうしろにしたがった。

ガス・ステーションのコンクリートの敷地には、頭上から陽が照りつけていた。四角い建物の正面から給油ポンプのならんでいるところまで、大きなひさしが張り出していた。その下が、かろうじて日陰だった。

ハイウェイ・パトロールのロイアル・モナコがエンジン・フードを陽のなかに突き出させて日陰にとまり、そのうしろにアーロンのピックアップが入った。

両側のドアが同時に開き、パトロールマンが車から出てきた。ひとりが後部席のドアを開いた。その警官の手をかりて、老婦人が車を降りた。

彼女は、マージョリー・ローリングスといった。テネシー州からカリフォルニアのリヴァーサイドまで、ヒッチハイクで帰るところだという。

「車が故障してしまったの。修理には二週間かかるというので、ヒッチハイクをはじめたわけ」

マージョリーの声は、非常にソフトだった。低い小さな声でもあるのだが、ただ単に声量がないとか音域が低いというのではなく、そよ風のように柔らかいのだ。声帯に故障があるのかそれとも病みあがりかとアーロンは思ったが、そうではなかった。甘くせつない、ほどよく枯れた色気すらある、たいそうソフトな声なのだった。

骨太の体はすっきりとやせていた。見事なまでにどこもかしこもしわくちゃで、老人性のしみがいたるところに浮かんでいた。だが、動作は適確で、かくしゃくとしていた。六十歳にはまだすこし間がありそうだ。

ガス・ステーションのオフィスに入ったパトロールマンが、アイス・キャンデーを四本、持ってきた。全員に一本ずつ配った。マージョリーがよろこんだ。

「まあ！　まだこのブランドのアイス・キャンデーがあるの！　十年ぶりくらいだわ。会社はどこかと合併したって聞いたけど」

「合併してすぐにまた、このアイス・キャンデーをつくりはじめたのですよ。市民の絶大な要望にこたえて。こういういいものがなくなるなんていうと、市民たちは黙ってませんからね」

もうひとりのパトロールマンが、アーロンに歩み寄った。

「気を悪くしないでもらいたいんだが、コンピューターに無線できいてみたところ、おたくはじつは私立探偵なんだって？」

「ええ」

「どうかね、商売は」

「いまその商売の途中です」

「なるほど。事件を調査中か」

アリゾナ・ハイウェイ・パトロールの同僚に、私立探偵が主役の小説を書いてニューヨークの出版社から本にして出した男がいる、とそのパトロールマンは言い、彼について語りはじめた。

アイス・キャンデーを食べおえ、マージョリーは化粧室へいった。彼女がもどってきてから、パトロールマンたちは車に乗りこみ、陽ざしのなかへ出ていった。

2

マージョリーのために助手席のドアを開き、彼女がピックアップ・トラックに乗りこんでから、おだやかに閉じた。エンジン・フードのまえをまわって運転席に入り、エンジンをかけた。

「サングラスをかけてもいいでしょう?」

と、アーロンに許しを求めてから、サングラスをハンドバッグから出した。目尻の吊りあがった、いささか古風な雰囲気の、濃いグリーンのサングラスだった。

ピックアップ・トラックは、陽ざしのなかに走り出た。そして、ハイウェイを、西にむかった。

マージョリー・ローリングスは、お喋りの好きな女性だった。だが、聞いていて快適なお喋りだ。押しつけがましくなく、適度にユーモアを溶かしこみながら、ソフトな声で可愛らしく喋った。

ひとしきり世間話をしたあと、マージョリーは、ダッシュボードの下に組みこまれているカーステレオに目を丸くした。こんなに素晴らしいのは初めて見ると言い、これでぜひ音楽を聴きたい、とアーロンに言った。

カセット・テープをアーロンが選ぼうとすると、マージョリーは、

「私もテープを持ってるのよ。よかったら聴いていただけないかしら。カントリー・ソングはお好き？」

と、助手席のなかでアーロンにむきなおった。いつのまにかバッグから出した透明なカセット・テープを右手に持っていた。

「大好きです」

「そうでしょうねえ。素敵なカウボーイ・ブーツをはいてるから。好きになってもらえると思うわ。ぜひ聴いてみて」

カセットをうけとってデッキにさしこみ、アーロンはボタンを押した。ふたつのスピーカーからカントリー・ソングが流れ出て、車内をいっぱいに満たした。

スタンダード編成のカントリー・バンドが、昔ながらのカントリー・ソングを演奏していた。実ることのなかった悲しい恋の歌であることは、前奏を聴いただけで明白だった。

男の歌手が、うたいはじめた。歌手の名前を、アーロンは知っていた。二十数年まえに最盛期を持ち、その最盛期のまんなかで事故死した。アーロンが知っているだけではなく、

全米的なスケールで非常に数多くの人が知っているはずだ。

いまスピーカーから聞えている歌も、アーロンは知っている。何度も聴いたことがある。部分的になら、歌詞をそらんじてもいる。

可愛らしい歌だ。カントリー・ソングのスタンダードとして、現在でもうたいつがれている。実らぬ恋の彼方を遠ざかりつつある美しい女性に、嫌味ではない自己憐憫の底で身もだえしつつ、届かぬ想いのありったけをロマンチックにうたっていた。素朴なメロディと歌詞のなかに、強い説得力があった。

歌が終った。手をのばしたマージョリーはボタンを押していったんテープをとめ、

「どう。気に入っていただけた?」

と熱意に輝く目で、アーロンを見た。

「ぼくの好きな歌です」

「お若いから、ご存知ではないかと思った」

「昔から好きです」

「それはよかった。もう一度、お聴きになりたい?」

「ぜひとも」

マージョリーは、ボタンから手をはなした。テープが回転し、おなじ歌がまた聞えはじめた。テープには、おなじ歌をくりかえし録音してあるのだ。

歌が終ってマージョリーはテープをとめた。シートのなかに体を落着けなおし、

「あれから二十六年になるの」

と、しみじみ言った。

「はあ」

「ジミーが亡くなって、二十六年。ずいぶん昔のことになってしまったわ」

「ジミーといいますと?」

「いまの歌手。歌手としてはほかの名前をつかってたけれど、本名はジミーといったの。そして、私は、ジミーとして、彼のことを記憶しているわけ」

「ご存知だったのですか」

「最盛期に三年、つきあったわ。名曲を次々につくってはヒットを飛ばしていた時期。私たちは婚約までしてたのよ」

「はあ」

「彼が自動車事故で死んで、結婚は実現しなかったけれど」

マージョリーはアーロンを見た。遠く過ぎ去った出来事を懐かしく思い出すような表情でおだやかに微笑し、ゆっくり首を振った。

「あれから二十六年。なんという遠くへ、しかも私ひとりだけで、来てしまったのでしょう。彼の命日に、テネシー州のお墓に、花をそなえにいったの。二十六年、一度も欠かし

てないわ」

「美しいことです」

と、アーロンは言った。

「そうよ。美しいわ」

マージョリーが、こたえた。

「いま、ふたりで聴いた歌。半日と時間をかけずにジミーがつくった歌なのだけど、つくるための直接のきっかけは、この私だったの。思い出話を、聞いてくださる？」

「聞きます。聞かせてください」

3

ジミーが自動車事故で他界する二年まえの夏だった。マージョリーが彼とつきあいはじめて、ちょうど一年。

当時、マージョリーは、アラバマ州のモンゴメリーに住んでいた。ポピュラー・ソングの世界にも強力にクロスオーバーしつつ、ジミーがウェスタン歌手として人気の絶頂にのぼりつめつつあった頃だ。

アメリカの各地をパーソナル・アピアランスの巡業で飛びまわっていたジミーは、その夏、久しぶりに、テネシー州に帰って来た。ナッシュヴィルのラジオ局、WSM局が週末ごとにおこなうカントリー・ソングの番組〈グランド・オール・オプリイ〉に何週間かつづけて長期連続出演する契約を結んだジミーは、その第一回出演のため、ナッシュヴィルに飛行機で来た。

モンゴメリーのドラグストアの、小さな電話ボックスから、二十二歳のマージョリーは、ジミーが宿泊するホテルに、電話をかけた。

ジミーは、そのホテルでもっとも豪華なスイート・ルームに長期滞在することになっていた。

マージョリーがその部屋に電話をかけたとき、部屋では、ジミーを歓迎するためのパーティがおこなわれていた。

仕事のからんだ場所では、たくさんの人を集めてはなやかにわっとさわぐのが好きだったジミーにふさわしく、このパーティも、にぎやかなものだった。ナッシュヴィルのカントリー・ソング関係者の、主だった連中はほとんど顔を出していた。ちょうど酒が陽気にまわりはじめた時間だったから、その部屋に電話をとりついでもらったマージョリーは、聞えてくる大さわぎに、思わず受話器を耳からはずしたほどだ。

ジミーの声が、受話器のむこうに、聞えた。歌をうたうときと、まったく変わらない声だ。その声を自分の耳でたしかめた瞬間、とうてい言葉にはならないうれしさが、マージョリーの全身を、内部からくまなくひたした。彼の声を聞くと、彼女はいつだって、そうなった。

「ジミー! なんて素敵なんでしょう、あなたの声。お元気そうね」

「マージョリー!」

ジミーは、大よろこびしていた。

「ぼくはいまきみのそばにいるんだよ。テネシーとアラバマの州境一本へだたっているだけなんだ!」

「そうよ。うれしいわ。近くに来ているというだけで、目のまえにいるみたい」

「目のまえでいいのかい」

「どういう意味?」

「腕のなか、と言ってほしいんだ」

「まあ、ジミー。腕のなかは、実際にお会いしてからよ」

パーティがおこなわれているその部屋で、大合唱がはじまった。ジミーの最初の大ヒットとなった歌だ。ギターを弾いている人たちが、何人もいるようだった。

ジミーは、声を大きくして、なにか言った。よく聞きとれなかった。聞きかえすマージョリーの言葉が、部屋のなかのさわぎにかき消され、ジミーには聞えなかった。

おたがいに相手の言葉をききかえすやりとりを、ふたりは、何度かくりかえした。受話器からは、男たちの大合唱が聞える。ジミーがなにか言う。聞えない。マージョリーの言葉も、ジミーには伝わらない。

もどかしい数秒間だった。合唱が終り、拍手と歓声があがった。それがしずまったとき、ジミーの言葉が、はっきり、マージョリーに聞えた。途中からだったが、ジミーは次のように言っていた。

「もっと大きな声で喋るか、あるいは、きみの甘い唇をもっと電話に近づけなきゃ。きみの声は、ソフトすぎてこの馬鹿さわぎのなかでは、聞えないんだ」

「ジミー」

「それよりも、マージョリー、ちょっと待ってくれないか。人のいない静かな部屋にこの電話をまわしてもらおう」

しばらく待つと、電話交換台の接続音のあと、パーティのさわぎが、ふっと消えた。そして、ジミーの声が、鮮明に、くっきり、まるで彼の腕のなかにいるときのように、聞えてきた。

週末のラジオ番組をおえると、次の週の前半、ジミーの体はあいていた。いろんなスケジュールがびっしりとつまっているなかで、ジミーが無理してあけたのだ。マージョリーと逢うためだった。

マージョリーはアラバマ州のモンゴメリーからハイウェイを北にむかって、そしてジミーはテネシー州のナッシュヴィルからおなじハイウェイを南へ、走った。どのあたりで落ちあえるかを、ジミーが計算してくれた。巡業に自動車を使っているジミーは、このような計算が得意だった。

ジミーが指定した州境の町の、ハイウェイぞいのレストランで、ふたりは、時間どおりに、逢うことができた。

レストランの外の駐車場で、ジミーは待っていてくれた。マージョリーの車が入ってくると、手を振りながら軽快に走り寄り、とまった車の窓から首を突っこんだ。そのまま、ふたりは、ながい接吻をかわした。

車に乗ってハイウェイに飛び出す直前までスケジュールをこなしていたとかで、ジミーはステージ・カウボーイの衣裳のままだった。鮮やかなライト・ブルーのウェスタン・スーツに、きらきら輝くきれいな赤や金色の布地で飾りをつけた、美しい衣裳だった。

手をかけた、いかにも値の張りそうなウェスタン・ブーツに、やはり高価なカウボーイ・ハット。ジミーは、この帽子を、部屋のなかでも、かむっている。年齢に似合わず、はげあがっているからだ。

レストランは客のすくない時間だった。サインぜめ握手ぜめにならずに、ちょっとした時間をそこですごした。ヴァニラ・アイスクリームに苦味の勝ったチョコレートのフレークと砕いたアーモンドをたっぷりかけて、マージョリーは食べた。ジミーは、水をまるで薬のようにすすりながら、マージョリーをいとおしそうに見ていた。

レストランを出て、どこへというあてもなく、車で走った。ジミーは疲れているのを、マージョリーは見抜いていた。だから、マージョリーが運転した。

話は、つきることなくつづいた。モンゴメリーから自動車で走ってくるときから気になっていたことを、やっとマージョリーは言葉にした。

「あなたがナッシュヴィルに来て、私がお部屋に電話したとき、あなたはとても素敵なことを言ったのよ」

「きみのためなら、なんだって言ってしまうさ」

「お部屋でパーティがあって、私の声がよく聞きとれなかったとき」

「きみの声は素晴らしい。気持が、ものすごく安まるんだ」

「もっと大きな声で喋るか、あるいは、きみの甘い唇をもっと電話に近づけなきゃ。あなたは、そう言ったのよ、ジミー」

シートにぐったりと体をあずけ、声だけは無理して元気そうにはずませていたジミーは、体を起こした。

マージョリーにむきなおり、

「ほんとかい！　ほんとにぼくは、そんなことを言ったのかい！」

と、歓喜するように叫んだ。

「ほんとよ。一生、忘れないわ」

「こいつは素晴らしい。歌の文句になるぞ、これは！」

ジミーが興味を示したのは、自分がマージョリーに電話で喋った言葉の後半の部分、〈きみの甘い唇をもっと電話に近づけなきゃ〉というところだった。

「これは、いい！　歌がつくれる。よし、マージョリー、ぼくはいまの文句を使って歌をつくるぞ。ぼくがどんなふうにして歌をつくるか、知ってるかい」

「知ってるわ」

ほんのちょっとしたことをきっかけに、ほとんどの場合その場で、あっというまにつくってしまう。雑誌や新聞に何度も書かれ、すでに広く知られている事実だ。

さっきの町に楽器店があるから、町にむかってひきかえしてくれ、とジミーは言った。ハイウェイのまんなかで、マージョリーはUターンした。

町に着くまで、ふたりはほかの話をしていた。楽器店のまえに車をとめ、ふたりで店のなかに入った。

人気歌手がいきなり入ってきたので、店の人はびっくりした。ジミーは、ギターを買った。その店に展示してあるギターのなかでは、もっとも美しくて高価なものだった。

ストラップを肩にかけ、ギターをかかえ、ジミーはマージョリーにむきなおった。彼女の瞳の底をのぞきこむように見ながら、やさしく、ジミーはこう言った。

「マージョリー。さっき言ったとおり、ぼくは歌をひとつ、つくったんだ。ぼくがきみに電話で言ったという、あの文句を出発点にして。きみがいなかったら、この歌は生まれなかった。ありがとう、マージョリー。この歌は、きみに捧げる」

ギターの伴奏をつけて、ジミーは、うたいはじめた。

4

もう一度、その歌を、マージョリーはアーロンに聴かせてくれた。終ってから、マージョリーが言った。

「ジミーが亡くなる二年まえだから、この歌ができて二十八年。つくった明くる日に、ジミーはナッシュヴィルで録音したの。発売と同時に、大ヒットになったわ」

マージョリーがアーロンに語ったところによると、二十八年間にこの歌は二百八十回、録音されたという。さまざまな歌手によって、あるいは、ときにはおなじ歌手によって。平均すると、月に一度は、誰かがこの歌をレコードにしていることになる。

「この曲の印税をジミーは私にプレゼントしてくれたの。いまでも、コピーライト所有者は、私よ。あの店で買ったギターもくれた。彼を記念してつくられた博物館に寄付したけれど」

マージョリーは、おだやかに笑った。自分を軽くたしなめるような笑いだった。

「すっかりお喋りしてしまったわ。自分のことばかり。さあ、こんどは、あなたのことについて喋りましょう」

マージョリーは、アーロンに顔をむけた。

アーロンは、ギンガムの半袖シャツに、はき古したブルージーンズ。それに、気に入っているカウボーイ・ブーツ。淡いスモークのサングラスごしに、陽の照りつけるハイウェイを見て、ハンドルを握っていた。

「なんてお若いこと」

「二十一歳です」

「私がジミーと知り合ったときの年齢だわ」

マージョリーは、感嘆していた。

「その若さで、なにをなさってるの？」

「私立探偵です」

「私・立・探・偵！」

マージョリーは、驚いた。アーロンは、彼女の驚きに笑った。二十一歳の頃のマージョリーは相当な美人だったはずだということに、アーロンは、はじめて気がついた。

首をゆっくりと左右に振りながら、マージョリーはアーロンを見て、言った。

「けっしてあなたを責めるつもりで言ってるのではないから、みじめな気持になったりしてほしくないの。私がジミーとつきあった最後の年には、ニュー・イアーズ・デイから私立探偵に追いかけまわされたの」

「なぜですか」

「ジミーには、正式な奥さんがいたから」

「はあ」

「子供がふたりいたのだけど、ジミーの結婚生活は不幸だったの。ジミーがまだ有名になるまえには、苦しい生活を理由に自分のほうから別居を申し出た女性よ。ジミーが歌手として名をあげると、またもどって来て」

「なぜ私立探偵に追いまわされたのですか」

「ジミーが奥さんに離婚を申し入れてたから。最初のうち、奥さんは離婚に応じなかったのだけど、ジミーの意志は固いと知って、こんどは離婚をできるだけ自分に有利になるようにしようと思いはじめたのね。ジミーの不貞の事実をつかむため、私立探偵が私をつけ狙ってたわ」

「昔の私立探偵は、そんな仕事をしてたのですね」

「トレンチコートを着て、フラッシュのついたカメラを持って」

「カメラ？」

「そうよ。不貞の証拠写真を撮るために」

マージョリーが笑った。

「また自分のことを喋ってしまった。あなたがまだ生まれていない時代のことを」

アリゾナの平坦な荒野のなかを、ハイウェイはまっすぐにのびていた。遠くの紫色の山なみが、かげろうの彼方にかすんでいた。陽ざしの透明な鮮烈さを見ただけで、外の熱気が想像できた。

いま、このピックアップ・トラックのエンジン・フードにバターをひいて生卵を割って落とせば、たちどころに目玉焼きができるにちがいない。

「いまの私立探偵は、どんな仕事をなさるのかしら」

「いろんなことをします。主として、大企業の下請けや、大きな調査機関からまわされてくる仕事です」

「スパイ映画みたいね」

「もっと危険です」

「でも、エキサイティングだわ」

「ぼくがいまやっているのは、人をひとり、さがし出すことです」

「行方不明の人？」

「ええ」

と、アーロンは、こたえた。

「あるひとりの男性が、八年まえに別れたっきりの女性を、さがしているのです」

マージョリーは、感嘆した。

「なんてロマンチックなんでしょう！　まだカリフォルニアまで、道は遠いわ。ねえ、アーロン。その話を、私に聞かせてちょうだい。それとも、仕事の話は、スパイ映画のスパイのように、外部にもらしてはいけないことなの？」

5

アーロンのデスクのインタフォンから、レセプショニストのアストリッドの声が、やわらかく色気をたたえて聞えた。

「アーロン。ミスタ・ロン・コールビーがご来訪です。三時にあなたとアポイントメントをお持ちです」

「処刑室におとおしして」

「わかりました」

処刑室とは、来訪者に会うための部屋のことだ。

デスクのうえにのっている、黄色いカーペンターズ・スクールバスのミニチュア・カーを、指さきでアーロンは突いた。

ミニチュア・カーは、デスクの上をなめらかに走った。窓に、緑色の数字が、うかびあがった。ミニチュア・カーの内部には、液晶のディジタル時計が組みこんであり、窓が文字盤だ。すこし動かしてやると、時間が緑色の数字で表示される。日本製だ。

アーロンは、デスクから立ちあがった。黄色いメモ・パッドと4Bの鉛筆を持ち、自分のオフィスを出て〝処刑室〟へいった。

初対面のロン・コールビーの年齢を、三十五歳、と正確にアーロンは推量した。ロンと話をしていて、彼が三十五歳であることが、すぐにわかった。

握手をかわしたふたりは、低い横長のデスクをはさみ、すわり心地のいい革張りの椅子に、斜めにむきあった。

ロン・コールビーは、二枚目だった。端正であってなおかつ男っぽい顔立ちには、ほのかに愁いをたたえた色気があり、したがって、たとえばいまのように、一日ぶんの無精ヒゲがよく似合ってしまう。身長六フィート三インチ。グレンデールに住み、主としてロサンジェルスで、スタジオ・ミュージシャンをやっているという。

「きみは、アシスタントかなにかかい」

と、コールビーが言った。

「私立探偵です」

「若いな」

「仕事にはさしつかえありません。むしろ、有利です」

「なるほど。しかし、私が依頼したいのは、男と女のあいだの問題だから」

「内容をうかがいましょう」

「この部屋では煙草を喫っていいのかな」

コールビーは、部屋を見渡した。

「どうぞ」

くしゃくしゃになったチェスタフィールドの両切りをスラックスのポケットから出し、シー・フード・レストランのマッチで、コールビーは火をつけた。

煙をひと口、吐き出してから、

「女性をひとり、見つけだしてほしいんだ」

「見つければいいのですか」

「そう。あまり面白くはないだろうけれど」

「人をさがすのは、ぼくは好きです。いやがる私立探偵もいますけど」

「面白がってもらえるなら、ありがたい」

持ってきたマニラ紙の書類フォルダーを、コールビーはデスクに置いた。

「彼女に関して私がいまでも持っているもののすべてだ」

書類フォルダーを持ち、アーロンは開いてみた。古い手紙やスナップ写真などが、入っていた。写真館で撮ってもらったポートレートが一枚、あった。アーロンはそれを見た。

「彼女の名前は、サラ・ジェーン・アンダスン」

と、コールビーが言った。

サラは、美人だった。このポートレートを撮影したカメラマンの、ライティングや修正の技術は凡庸だが、サラの美しさは、ぬきん出ていた。女としての色気のきらめきのなかに、理知的な心くばりのようなものが、気持よくおさえこまれていた。すくなくとも、写真を見ながら一方的に感情移入すると、そんなふうに感じられるのだ。

「八年まえ、俺が二十七歳だったとき、テネシー州で別れた。三年間、テネシーでいっしょに住んでいた。結婚していたのではなくて、いずれは結婚したいという思いをおたがいに抱いて、いっしょに生活していた」

メモ・パッドに、アーロンはコールビーの話の要点を書きとった。

「いずれはとは、つまり、俺の経済的な土台がちゃんとできたら、という意味だし、いっしょに生活していたとは、彼女が働いて俺たちふたりの生活を支えていた、ということでもあるんだ」

当時のコールビーは、いくつものヒット・ソングを夢見るそれほど若くもない無名のミュージシャンとして、テネシー州を中心にカントリー・ミュージックの世界で仕事をしていた。いつも歌のことばかり考え、ひっきりなしにつくっていたのだが、ものにならなかった。生活のためにはロードハウスにかけもちで出演したり、巡業のカントリー・バンドに加わって旅から旅へと転々としなければならなかった。

「三年間、サラは、俺につきあってくれた。そして、もっと安定と将来性のある生活を求めて、俺から去っていった。ひとりの女として当然のことだから、俺は彼女を責めなかったし、いまでも責めていない」

「なぜ、さがし出したいのですか」

「センチメンタルな理由からだ」

「サラとは、音信不通ですか」

自分のブーツのつまさきを、コールビーは、軽く放心したように見ていた。しばらく無言でいてから、うなずいた。

「音信不通。どこでなにをしてるのか、まったくわからない。別れてから二年目に、ある日、突然、彼女は電話をくれた。そのときのことが忘れられなくて、もう一度、たとえ電話で話をするだけでもいいから――」

コールビーは文章を完結させず、宙に浮かせたままにした。

サラ・ジェーン・アンダスンといっしょに住みはじめる以前から、そしていっしょに住みはじめてからもずっと、コールビーは歌をつくっていた。何人かの歌手が何曲かレコーディングしたのだが、不発に終った。サラと別れてからは歌づくりを中断し、いつのまにか二年もたってしまってから、突然、サラから電話をもらった。

「どうしてるかと思って。ただそれだけ。なんとなく」

電話の理由をサラはそんなふうに説明した。長距離電話に特有の遠い声を聞きながら、コールビーは、かつて経験したことのないほどの気持のたかまりをおさえかねていた。うれしいような興奮したような、不思議な気持だった。

サラは、たしかに、なつかしかった。だが受話器から聞えてくる彼女の声は、奇妙に過去を感じさせなかった。あっというまに飛んで去った二年の歳月をさらに先まわりして、未来のなかから、サラの声は届いてくるようだった。すでに未来のほうへいってしまったサラが、コールビーをからめとって、よどんでいる時間のなかから彼をひっぱり出してくれるような感じがあった。

このときの感情の高揚をそのまま土台にして、コールビーは、カントリー・ソングをつくった。別れた女から久しぶりに電話がかかってくるという、現実の体験を素材に、失われた愛の歌に仕立てあげた。

よくできた歌なのかどうか、自分では正確に判断できないまま、かつてバックバンドの一員をつとめたことのある一流のウェスタン歌手のところへ、コールビーは自分で持ちこんだ。

その一流歌手は、その日、二日酔いでなかば死んだようになり自宅のプールサイドのデッキ・チェアにひっくりかえっていた。

ギターを借りたコールビーは、うたって聞かせた。二度うたわせたその歌手は、まっ赤に充血した目を薄く開いてコールビーを見た。

「楽譜はそこへ置いてってくれ。おまえ、やっとヒットをつくったな」

と、彼は言った。

その歌手の言葉どおり、その歌はレコードになり、大ヒットした。だが、それから六年、ロン・コールビーには、ヒットがひとつもない。歌をつくることも、ほぼやめてしまった。

「サラを見つけてくれ。俺はまた歌をつくりたいんだ」

あきらめて投げ出したようなコールビーの表情のなかに、細いけれどもひたむきに必死な光をひとすじ、アーロンは見たように思った。

6

「ねえ、アーロン。いまのお話は、ほんとなの？」

純粋なおどろきを、マージョリーはそんなふうに言葉にした。アーロンにむきなおり、顔を突き出し、熱意にあふれた少女のような目で、アーロンを見つめた。

「アーロン。ほんとなの？」

「ほんとの話です」

「まあ、おどろいた。なんという偶然の一致でしょう。アリゾナの荒野のまんなかで、一生に一度あるかないかの確率でめぐりあった私たちが、カントリー・ソングの世界を共通に持ってるなんて！」

「そうですね。こわいような偶然です」

ロン・コールビーを、マージョリーは知らなかった。彼のようなミュージシャンは、カントリー・ミュージックの世界には、はいてすてるほどいる。

「サラという女性は、見つかったの？」

「まだです。調査をはじめたばかりですから」

「見つかるといいわね」

「再び真剣に歌をつくりはじめるには、ぜひともサラに会う必要があるんだ、とコールビーは言ってました」

「魔法の瞬間なのよ」

と、マージョリーは言った。

「私が、よくジミーに、魔法の瞬間って、言ってたの。ちょっとしたことでいいからなにかきっかけをつかんで、そのきっかけを起爆薬のようにして感情のたかまりを自分のなかにつくりだし、よし、これで自分は歌がつくれる、と確信する瞬間のことなの」

「コールビーは、それを求めているのですね」

「そうね」

じっと動かない遠くの景色を見つめたまま、マージョリーはしばらく黙っていた。

「ジミーは、幸運だったわ。魔法の瞬間がひんぱんにあったから」

「感受性が豊かだったのでしょう」

「それもあるわ。そして、それ以上に、ジミーの心のなかには、欠けた部分がいつもあったのね。満たされていない部分」

「心の傷というやつですか」

「ええ。傷口が複雑に開いてささくれだっているほど、ふとしたチャンスでそこにいろんなものがひっかかってジミーの心に痛さを覚えさせ、それが魔法の瞬間につながったのよ」

持ちまえのソフトな声を、マージョリーは、さらにソフトにおさえた。

「ジミーを見ていると、こわかったわ。いい歌を次々につくって、それがみんな大ヒットになっていくのですもの。歌ができるのはうれしいけれど、やはり、こわかった。この調子で生きつづけたら、急激に燃えつきるはずだと予感できたし、悲しかった。自分もこの人になってみたい、この人がかかえこんでいるさびしさとか悲しさのような心の傷を、自分もとことん知ってみたい、と願うのだけど、ふたりっきりで裸で抱き合っていても、私がジミーになるなんてこと、できない。だから、悲しかった」

両手を頭にあげたマージョリーは、上品にまとめた白髪を、掌で撫でつけた。

「ジミーのことを、もっと聞いてくださる？　あなたのいまのお仕事にとって、参考になるかもしれないわ」

「聞かせてください。ジミーには、なぜそんなに深い心の傷があったのですか」

「そうねえ」

マージョリーは、すこし間を置いた。そして、やさしく、次のように言った。

「幸いにして、そのことについて考える時間が、二十六年もあったのよ」

「結論は出ましたか」

「結論ではないけれど、ジミーの深い心の傷は生まれつきだったと思うようになったの。私の話を聞いていただければ納得できるわ」

7

ジミーとマージョリーは、会いたいときいつでもおたがいに自由に会えるわけではなかった。ジミーのほうは個人的な生活など完璧に近いまでに失ってしまった忙しさだったし、マージョリーは、人目を気にする必要があった。すくなくともジミーにとって、マージョリーは永遠に変わらない愛の対象であり、正真正銘の恋人だったのだが、なにごともスキャンダルとして書き立てなければおさまらない新聞や雑誌では、彼女は〈美人情婦〉であり〈影の愛人〉であり〈妻以外の、もうひとりの女性〉だった。

巡業に出っぱなしの日々には、ジミーは旅さきからマージョリーに電話をかけたり手紙を書き送ったりした。毎日つづけて、一日に何遍もの手紙が届いたこともあった。

そして、マージョリーの住んでいたアラバマ州のモンゴメリーの近くまで巡業で来ることがあると、ジミーはなんとかして時間をつくり、マージョリーとふたりだけの時間が持てるようにした。恋人に対するやさしい配慮というよりも、生きていくためにはジミーはぜひともマージョリーを必要としていたからだった。

ジミーが自動車事故で命を落とす年の初夏、彼は、巡業でテネシー州のチャタヌーガまで来た。マージョリーは、おなじくテネシー州のノックスヴィルに住む叔母を訪ねていた。

ノックスヴィルはチャタヌーガから北東へなにほどの距離でもない。チャタヌーガでのステージをおえたジミーは、テネシー州の東端、ヴァージニア州と接する近くの町へむかうことになっていた。

ジミーは、マージョリーの叔母の家へ電話してきた。

「ノックスヴィルまで自動車でおいで。そこから次の巡業地まで、ぼくの車で、ふたりだけで走ろう」

ジミーの言葉によろこんでしたがったマージョリーは、ジミーが指定したノックスヴィルのガス・ステーションで、彼を待った。

買ったばかりだという新型のキャデラックに乗って、その日もまた、ジミーは派手なステージ衣裳のまま、やって来た。

このガス・ステーションへ自分あてに電話がかかってくることになっている、とジミーは言っていた。だが、約束の時間になっても、電話はかかってこなかった。さらに十五分、待った。電話はなかった。

「電話なんか、かかってきてもこなくても、どっちでもいいんだよ。さあ、いこう」

キャデラックに乗りこみ、走りはじめてから、冗談のつもりでマージョリーは言った。

待たせたマージョリーの肩を抱き、ジミーはそう言った。

「どっちでもいいんだよ、といういまのあなたの言葉。誰もがよくつかう平凡な言葉だけど、言いかたはとてもあなたらしかった。この言葉をタイトルにして、あなたの魔法で、歌がつくれる？」

　ジミーは笑ってマージョリーを見た。

「そういうタイトルの歌をきみがほんとうに欲しいなら、ぼくはつくるよ」

「欲しい」

「よし。つくろう」

　夕方のまだ早い時間、ふたりはモーテルに入った。ふたりでまるでティーンエージャーみたいにシャワーを浴びながら、ジミーは、早くもつくってしまった『どっちでもいいんだよ』という歌を、うたって聞かせてくれた。まえに会ったときよりも、いちだんとジミーはやせているようだった。

『どっちでもいいんだよ』をレコードにするつもりは、ジミーにはなかった。だが所属するレコード会社の担当プロデューサーに電話でうたって聞かせると気に入ってしまい、録音させられた。ジミーのヒットは、またひとつ増えた。

　夜になって、ふたりはモーテルを出た。夜のなかをふたりだけで車で走ろう、とジミーは言ったのだ。

　グレート・スモーキー・マウンテンズの北側の裾野にそって、ジミーの運転するキャデラックは走った。山なみの上空に、青い月が昇っていた。

おたがい離れて生活しているあいだに自分の身のまわりに起こったことを、ふたりは語りあった。真夜中をこえてさらに一時間、二時間と、走りつづけた。徹夜は体によくないからどこかに泊まろう、とマージョリーは言った。だが、ジミーは、走りたがった。

いつのまにか、助手席で、マージョリーは眠ってしまった。どのくらい眠っただろう。ふと気がついて、マージョリーは目を覚ました。車の振動もエンジンの音も消えていた。キャデラックは、山のなかのハイウェイにとまっていた。ガラスを降ろした窓から、山の夜の心が洗われるような気持のいい風が、車内に吹きこんでいた。夜のなかに、青い月光が満ちていた。

片手をハンドルにかけたジミーが、じっとマージョリーの顔を見ていた。目覚めたマージョリーを見て、微笑がゆっくりとジミーの顔に広がった。

「ベイビー、たったいま歌がまたできたよ」

月光が口をきいたかと思えるほどおだやかにやさしく、ジミーは言った。

「私、眠ってたわ。なぜ、とまったの?」

「きみをじっくり見るためさ。眠っているきみは、まるで天使のようだった」

車の外へ出よう、とジミーは言った。ふたりの足音と声のほかにはなんの音もしない夜のなかで、ジミーは、つくったばかりの歌をマージョリーにうたって聞かせた。

素晴らしい歌だった。マージョリーは、その歌の底にある澄みきった悲しさに、泣いた。

「きみがぼくのそばにいなくて、ぼくひとりが徹夜で車を走らせているのだったらどんな気持だろうかと思ってきみの寝顔を見てたら、この歌ができたんだ」

うたい終ってそんなふうに言うジミーを抱きしめ、マージョリーは、こきざみにふるえていた。こわかったのだ。ジミーの心にある、治ることのない傷の深奥部を、ほんの一瞬、のぞき見たこわさだった。

次の日も、ジミーは、歌をつくった。

明け方にモーテルに泊まって眠り、お昼まえに出発し、ハイウェイぞいのレストランに入り、朝食をとった。

ぜひともサインをいただきたいと言って店の人が持ってきたギターをマージョリーがテーブルの上に横たえ、なに気なく片手を弦の上に置いたら、

「その手を動かさないでくれ、マージョリー」

と、ジミーは言った。

マージョリーの手は、ギターの六本ある弦のうち、5弦、4弦、3弦、2弦の四本を押えていた。強く押えさせたジミーは、5弦から順に、親指の腹で弾いた。可愛らしいコードのような音がした。そのまま、きれいな歌の出だしとして使えそうだった。

そして、そのとおりを、ジミーは、やってみせた。マージョリーの手が偶然に押えた四本のギター弦の音を出だしにして、その場でメロディを仕上げた。歌詞はファースト・ヴ

ァースとブリッジの部分だけこしらえ、残りは三日後に仕上げた。前日の夜、山のなかでつくった歌と共に、ジミーのベストのうちに数えられているヒットになった。

8

ハイウェイの右側に、いまにも地面に崩れ落ちそうな古い小さな木造の建物が見えた。営業を停止して何十年にもなるガス・ステーションだった。古風な給油ポンプがまっ赤にさびて陽ざしのなかに立ち、建物のわきには古い年式の乗用車が一台、地面にうずくまるように静止していた。エンジン・フードが、ぱっくりとはねあがったままだった。

その古いガス・ステーションにつづいて、かつては人が住んでいた小さな町が、ハイウェイの両側に見えてきた。小さな町といっても、ハイウェイをはさんであそこにひとつ、ここにひとつと、四角い木造の建物がさびしく散らばっている、ささやかな集落だ。昔、なにかの理由で人がここに住みつき、何年かあとに、また別のなにかの理由によって、ゴースト・タウンとなったのだ。

やがて、ハイウェイの両側には再びなにもなく、荒野だけがつづいた。

「その年の十二月。クリスマスの前日に、ジミーは死んだわ。ナッシュヴィルの〈グランド・オール・オプリイ〉に出演するために夜どおしキャデラックを飛ばしていて、ハイウェイをはみ出し、ひっくりかえったの。キャデラックの残骸はいまでも彼の博物館にあるわ」

　マージョリーの昔語りは、ほぼ終りだった。

「サラ・ジェーン・アンダスンは、見つかるといいわねえ」

「ベストはつくします」

「でも、ひとつだけ、問題があるわ」

「なにですか」

「サラを見つけることが、ロン・コールビーにとって、過去をふりかえる行為になってはいけないのよ。立ちどまるだけでも、いけないことだわ。立ちどまったら、悲しみやさびしさに追いつかれてしまい、肩をつかまれる。立ちどまって過去をふりかえるなんて、死神に手をさしのべるようなものよ」

「現在およびこれからに目をむけるのですね」

「そうなの」

　と、マージョリーは、深くうなずいた。

「コールビーに伝えてほしいわ。ジミーの昔の情婦が、信条はただひとつ、ムーヴィン・オン（動いていくこと）があるだけだと言ってたって。ジミーが教えてくれたことだわ。

彼の場合は、傷が深すぎて、うしろから追いかけてくるものをついにふりきることができなかったけれど」

時には星の下で眠る

1

表情が、彼女の年齢を告げていた。微妙なニュアンスがいっさいなく、意味のこもった影もなかった。無表情にしていると、顔ぜんたいがつるっとして、つっけんどんに見えた。十七歳。十八歳にはなっていないはずだ。

きれいな女のこなのだ。どこといって特徴はないが、きれいだ。髪を長めにしてスタイルをととのえれば、ティーンエージャーむけの雑誌のシャンプーやヘア・リンスの広告に出てくる女のこのようになるだろう。みじかくした栗色の髪をパーマでダックテイルにまとめていた。

スリムなホワイト・ジーンズに、Tシャツを着ていた。変わり種のTシャツだ。Tシャツというよりもブラウスに近い。胴からわきの下にかけてゆったりしていて、裾と袖口にはゴム編みになった別布が幅広くぬいつけてあった。Vネックのえりもとも、おなじゴム編みの別布だ。

淡いブルー地に、白い大きな羽根が何枚も踊っている。それにかさなりあうようにして、グリーンの葉と、赤と青の花が、鮮やかな色でプリントしてあった。なんの花だか正体は不明だが、熱帯の花の雰囲気を出してあった。

カウンターの上に煙草とマッチ、それにレイバンのサングラスと車のキーを置いていた。煙草はデケイド、マッチはなにも印刷されていない白いブランクのままの、マッチ・ブックだった。キーがついているホルダーは、ダイバーが腕時計のストラップにはめて使用する小さな水温計がついていた。

右手で煙草を喫い、左手で飲み物を飲んだ。色も味も香りもついていないソーダにミントを溶かして氷を浮べたものだ。

彼女は、腕時計を見た。となりの席のアーロン・マッケルウェイと話をしはじめてから、彼女が腕時計を見るのはこれで四度目だ。

ミント・ソーダをひと口飲んで背の高いグラスをコースターの上に置き、彼女はアーロンを見た。そして、

「そんなことって、あるのかしらねえ」

と、言った。カリフォルニアで生まれて育った若い女性の喋り方だった。

「きっとあると思う」

アーロンがこたえた。

「そうかしら」

「うん」

アヴォカードの種を鉢に植えて芽を出させ、小さな苗木を育てるという趣味について、彼女は喋っていたのだ。友人の女のこたちふたりがこの趣味をはじめていて、ひとりは元気な苗木をいくつも育てつつあるのだが、もうひとりは種を鉢に植えるとそのたびに種を腐らせてしまう。本に書いてあるとおりにやるのだが、種はなぜだか腐ってしまう。友人から元気な苗木をもらってくると、ひと月ほどで苗木は枯れる。

原因は自分にあるのではないかと考えたその友人は、精神分析医にかかった。分析医とのセッションを何度か重ねているうちに、その友人は、意識下の世界でカリフォルニアに憎悪の感情を抱いているということが判明した。彼女は幼い頃、東部からカリフォルニアに引越してきた。なれ親しんだ土地からいきなりひきはがされて大陸の反対側へ連れてこられたことが心の傷として意識下に残りつづけ、カリフォルニアに対する憎悪を燃やしてきたのではないか。そして、カリフォルニアの象徴としてのアヴォカードにその憎悪が作用し、鉢に植えた種は腐る。精神分析医は、そんなふうに分析してみせたのだという。

「植物には人間の気持を察しとる能力があるんだよ」

「気味悪いわ」

「植物にとっては自然なことなんだ」

彼女の十七歳の顔にうっすらと恐怖の色がうかんだ。

「カリフォルニアのオレンジ畑を見てごらんなさいよ。あんなにたくさんのオレンジの樹が、人間にジュースを供給するために強制的に育てられて」

「やがてオレンジに復讐されるかな」

「こわい」

彼女は、腕時計を見た。煙草を喫い、ミント・ソーダを飲んだ。

店の奥で、ジュークボックスが鳴りはじめた。縦に長い店ぜんたいに、低音のブースターをきかせたジュークボックスの音が、ひびき渡った。古いカントリー・ソングだった。店のいっぽうの壁にそって長くカウンターがあり、カウンターは店の奥で直角にカーヴし、いきなり終っていた。

カウンターのむかい側の壁には、ボックス席がならんでいた。店の奥は右にむかって長方形にスペースが張り出し、そこにも、より落着けるボックス席があった。

直角にカーヴしたカウンターのむこうには、化粧室への通路が見えた。通路の左側の角には、壁にはめこんだかたちで電話ボックスがあり、右側にはピンボール・マシーンが置いてあった。ピンボール・マシーンは二台あり、ジュークボックスはそのあいだにあるのだった。

もう一度、彼女は、腕時計を見た。そして、ストゥールを降りた。

「ちょっと失礼」

と、アーロンに言い、店の奥へ歩いた。

しばらくして、アーロンもストゥールを降りた。化粧室へいき、顔を洗った。いささか寝不足で、そのせいか顔に汗がうかんだようで不快だった。

化粧室を出て、アーロンは電話ボックスの前をとおりかかった。彼女が、電話していた。ジュークボックスが、うるさいくらいの音で鳴っていた。

電話ボックスの、ガラスのはまったドアが開いた。片脚でドアにつっかえ棒をし、片手で送話口にふたをした彼女は、

「ねえ」

と、アーロンを呼びとめた。

「ジュークボックスの音を小さくするように、カウンターの人に言ってもらえないかしら。うるさくて電話の声が聞えやしない」

「ＯＫ」

アーロンは、うなずいた。

そして、カウンターの端まで歩いてきたとき、男の怒声につづいて、店の手前のほうで銃声が響いた。ガラスの砕ける音に、女性の鋭い悲鳴が重なった。二度目の銃声が轟いた。

男の声が、なにか叫んだ。

反射的に、アーロンは、フロアに身を投げた。身を投げながら、彼は銃声がしたほうに視線をむけた。赤いスポーツ・シャツの男が銃身の長いピストルを威嚇的にふりまわしているのが、一瞬、見えた。

「罪人たちよ」

と、男の声が怒鳴った。現実から完全に浮きあがった、狂った人の抑揚だった。

「ひれ伏せ、罪人どもめ！」

銃声が一発、その声に重なった。体にこたえる重い発射音と空気をふるわせて伝わってくる衝撃は・44マグナム弾のものだ。

「すこしでも動いてみろ、その瞬間に頭を吹きとばしてやる」

平たく横たわっているアーロンは、フロアに足音を聞いた。足音は店の奥にむかっていた。

「罪人ども」

囁くような小さい声だが、はっきりと聞えた。いま、店のなかには、なんの物音もなかった。ジュークボックスはレコードが終ったか、あるいは、レコードがかわっている途中だった。

「動いてみろ、悪魔が裁くぞ」

とまっていた足音が、再び聞えた。

いきなり、ジュークボックスが鳴りはじめた。

「売女めっ！」

男の声が怒鳴った。二、三歩、大股に駆け寄る音がし、銃声が二発、ひとつに重なって轟いた。ガラスやプラスチックのはじけ飛ぶ音がし、ジュークボックスはうめいた。回転が急激に落ちたレコードが生む奇妙な音だ。そして、その音はとまった。

男は歩きはじめた。足音がアーロンのほうに近づいてくる。フロアに右の頬を押しつけて平たく這いつくばっている彼は、目を大きく見開いた。もうすこしで、ボックス席の角から、男の脚が見えるはずだ。

男は、立ちどまった。しばらくして、また歩きはじめた。

「どいつを先に殺せばいいんだ。どれが最初の生贄なんだ。悪魔よ、教えてくれ」

つぶやくような男の声につづいて、突然、銃声があがった。・44マグナムとはちがう発射音だった。銃声は、速射で三発、重なりあった。

フロアを踏みつける乱れた足音がし、男の脚がアーロンの視界に入った。よろめく体を必死に支えつつ、ふりむこうとしていた。うがいをするような音がし、男の足もとに血の大きなかたまりがいくつも、落下してはじけ、飛び散った。

もう一発、銃声があった。

よろけた千鳥足で、男は数歩、歩いた。そして立ちどまり、酔っ払いが踊りのステップを踏むように両足を操り、そのあと、つんのめるように前へ走った。

走る途中で両ひざから力が抜けきって崩れ、上体が前へひき倒された。男の手を離れたピストルがフロアに落ち、倒れる途中でピンボール・マシーンの角に顎をしたたかに打ちつけ、男はフロアに転がった。

アーロンは、ピストルに飛びついた。握って男にむけて構えつつ、立ちあがった。もし弾倉に六発装塡してあったなら、弾丸はあと一発、残っているはずだ。

静かな時間が、しばらくつづいた。

「みなさん。立っていいですよ。騒ぎは、おさまりました」

と、保安官デイヴィスの、低く押えた渋い声が店の隅々にまでいきわたった。

デイヴィスの歩いてくる音がした。ロスコーの足音もいっしょだ。店の奥の、長方形のスペースにいるアーロンに、保安官とロスコーの姿が見えた。アーロンは構えを崩し、デイヴィスのそばへ歩いた。

デイヴィスが、アーロンを見た。そして、首を振った。フロアにのびている赤いスポーツ・シャツの男に顎をしゃくり、

「死んじまった」

と、言った。六インチ銃身の・357マグナム、コルト・トルーパー・マークⅢを腰の

ホルスターにおさめた。

手錠をかけられた両手をさらにもう一対の手錠でデイヴィスの左手につながれているロスコーが、低く口笛を吹いた。

「死んじまったなんてもんじゃないよ、これは」

デイヴィスが背後から射ちこんだ三発のうち、二発は、男の体を貫通していた。ホロー・ポイントの弾丸は着弾と同時に弾頭をキノコのようにふくらませつつ、男の内臓をひきちぎってからめとり、電話ボックスの前の通路に血や内臓の切れはしをまき散らしていた。なまぐさい臭いが、あたりに漂った。

人々が、起きあがりはじめていた。首をおこしておっかなびっくりあたりの様子をうかがい、すこしずつ立ちあがった。その人たちのあいだに、話し声が広がった。
・44マグナムのシリンダーを出し、エジェクターを押し下げ、アーロンは空薬莢と一発の弾丸を掌に出した。マグナムといっしょに、テーブルに置いた。
そして、ふと、電話ボックスを見た。電話のとりつけてある壁とは反対側の壁がガラスのはまった窓になっている。そのガラスが、粉々に割れていた。電話ボックスのフロアに、彼女が、丸くうずくまるように倒れていた。通路へ流れ出ている大量の血を、アーロンは見た。

「デイヴィス！　怪我人だ」

叫んで、アーロンは電話ボックスに駆けよった。

彼女のわきの下に両腕をさしこみ、通路にひっぱり出した。彼女の体は、あらゆる筋肉から力の消えたデッド・ウエイトだった。すでに生命が彼女の体から去っていることを、アーロンは自分の両腕で直感した。

歩みより、のぞきこんだ人たちが、うめき声をあげた。女性がひとり、悲鳴を発した。そして、ほかの女性が、気絶した。

「救急車を呼べ！」

誰かが叫んだ。

彼女のかたわらにひざをついていた保安官デイヴィスが、それにこたえた。

「必要ない。死んでる」

アーロンは電話ボックスのなかを見た。電話機の下の台に彼女の大きなバッグがあり、受話器が垂れ下がったままになっていた。

電話ボックスに入ったアーロンは、受話器を手にとった。耳に当て、

「ハロー」

と、低い声で言ってみた。

電話は、まだ、つながったままだった。だが、返事はなかった。

「ハロー」

と、アーロンは、くりかえした。

返事はない。だが、電話のむこうで誰かが受話器を耳に当てたまま様子をうかがっている気配があった。直感で察することができた。

表情を故意に殺した声で、アーロンは送話口に言った。

「たったいま、発砲事件がありました。お話になられていたお相手は、不幸にも被弾しました。ご返事がなければ電話を切りますが」

「待ってくれ」

と、男の声がこたえた。

「なんの事件だって？」

緊張した声だった。興奮に近い緊張だ。そしてそれを必死に抑えながら慎重になろうとしていた。

「発砲事件です」

「どういうことなんだ」

「気のふれた男がピストルを出して、いきなり射ちはじめたのです」

絶妙に呼吸をはかったタイミングで間を置き、

「ジャネットは被弾しました」

と、アーロンは言った。

電話の相手が息をのむ気配を、アーロンは感じとった。

「なぜ彼女の名を知ってるんだ」

と、相手の男は言った。そして、思わず、つけ加えた。

「あんた、誰なんだ」

2

この店のカウンターでとなり合わせにすわったアーロンを相手に世間話をはじめたとき、彼女は名前を教えてくれた。

「ジャネット・エイクレス。ACRESSと書くのよ。〈女優〉という言葉からTの字をとったのとおなじ」

と、ジャネットは言ったのだ。

電話機の下の台に置いたままのジャネットのバッグを、アーロンは見つめた。そして、送話口にこう言った。

「知り合ってまだほんとうに間もない者です」

「そこは、どこなんだ」

町の名を、アーロンは、こたえた。

「なにかの店か？」

「軽食堂を兼ねたバーみたいな店ですね」

電話の相手は、沈黙した。その沈黙にむかって、アーロンが言った。

「カウンターにとなり合わせにすわって、世間話をしてたのです。やがてジャネットは電話をかけに立ち、ぼくが化粧室から帰ってくると、客のなかにいた頭の狂った男が、いきなりピストルを射ちはじめました」

相手は、なにもこたえなかった。

誰かが店の外の電話で警察に通報したのだろう。パトロール・カーのサイレンの音が近づいてきた。

「簡単にいうとそんな事情です」

アーロンが言った。すこしおくれて、相手は、

「なるほど」

と、返事をした。

さきほどから気になっていたことを、アーロンは言葉にした。

「お知りになりたくありませんか」

「なにを」

「被弾したジャネットがどんな様子か」

「どうなんだ」

「死にました」

低いうめき声のようなものが、アーロンの耳に届いた。それっきり、電話の相手は黙った。しばらく黙ったあと、男は次のように言った。

「とにかく、知らせてもらえて、ありがたい。なにしろ突然のことなんで。ついさっきまで電話で話をしてたジャネットが死んだなんて。ほんとに死んだのか」

「たしかです」

店の前にパトロール・カーがとまり、サイレンがやんだ。制服の警官がふたり店に入ってくるのを、アーロンは銃弾が砕いたガラス窓ごしに見た。

「とにかく、ショックなので、しばらく時間をくれないか」

「いいですよ」

「こちらからそこへ、かけなおす」

「どうぞ」

「番号を教えてくれ」

電話機のダイアルのまんなかに貼りつけてある番号を、アーロンは相手に伝えた。

「おたくの名前は？」

「アーロン・マッケルウェイ」

「十五分ほどで電話するよ。すまないが、そこにいてもらえるかな」

「つきあいましょう」

「それはどうも」

　相手がさきに切るのを待ち、アーロンは受話器をフックにかえした。ジャネットのバッグを持ち、電話ボックスを出た。

　保安官デイヴィスが、制服警官のひとりを相手に、事情を説明した。ノートにメモしながら、警官は聞いていた。

　もうひとりの警官が、ふたつの死体をあらためた。

　パトロール・カーにつづいて、救急車も来た。気絶していまは意識をとりもどした女性を、救急隊員が看護した。興奮のため情緒不安定になっている中年の女性も、手当てをうけた。結局、ふたりとも、救急車で病院に連れていかれた。店の外には、野次馬がたかっていた。

　カウンターの、自分がいた席まで、アーロンはもどった。

　ジャネットの飲んでいたミント・ソーダの大きなグラスが、割れてふっ飛んでいた。分厚い底だけがカウンターに残り、煙草とマッチ、それに車のキーが、ミント・ソーダのなかにひたっていた。

車のキーを、アーロンは、つまみあげた。

やってきた係官が現場の調べをおえ、ポラロイド写真を撮ると、ふたつの死体は担架に乗せられ、死体収容車で運ばれていった。

保安官デイヴィスは、調書のために警察までいくことになった。証人といっしょに、店の外へ出た。アーロンも、出た。

「ロスコーは車のなかへ置いとくからな」

アーロンを見て、デイヴィスは言った。

「おまえ、どうするんだ」

「ここにいます」

「よし」

うなずいたデイヴィスは、自動車が数台、ばらっととまっている駐車場へ歩いた。

「連れてってくださいよ」

と、ロスコーがデイヴィスに言っていた。

「手錠かけられたままこんなところに置いとかれたら、俺が犯人だと思われてしまう」

まだ店の前に残っている野次馬たちの好奇の目がロスコーに集中していた。

「あきらめて、おとなしくしてろ」

自分の車の後部ドアを、デイヴィスは開いた。濃紺のクライスラー・ニューヨーカーの

4ドアだ。デイヴィス個人の私用車だが、彼が保安官をやっている郡のパトロール・カーとしても使えるよう、無線などいっさいの装備がととのっている。

ロスコーを後部席に押しこむように乗せ、警官が待つパトロール・カーへデイヴィスは歩いた。

肩ごしにふりかえり、

「すぐにもどってくる」

とアーロンに言い、パトロール・カーの後部席に入った。パトロール・カーは、走り去った。

「おい、アーロン。ここにいてくれ」

ロスコーが、車のなかから哀願するように言った。アーロンはロスコーを見た。

「店のなかで電話を受けなくてはいけない」

「頼むよ」

「電話が終ったら、すぐに出てくる」

アーロンは店にもどった。店の男が、掃除をしていた。客はひとりもいなくなっていた。専門の清掃業者が来るまで応急的に掃除をしておくのだ、とその男は言った。

カウンターのもとの席に、アーロンはすわった。割れたグラス、そしてジャネットの煙草とマッチが、まだそのままだった。ミント・ソーダは、かわきつつあった。

五分も待たずに、電話ボックスで電話が鳴った。アーロンは、ストゥールを降りた。

「ぼくだ。かかってくることになってたんだ」

と、店の男に言い、電話ボックスへ歩いた。

ボックスのなかには、ジャネットの血の臭いが、こもっていた。フロアには、割れたガラスがさらにこまかく砕けて、散っていた。

アーロンは受話器をとった。

「ハロー」

「マッケルウェイ?」

「そう」

さきほどとおなじ男だった。

「迷惑をかけてすまない」

「いいんだよ」

「ジャネットは?」

「警察が死体を運んでいった」

「狂った男が店のなかでピストルをぶっ放したのだって?」

「そう」

「その弾丸がジャネットに当たったのか」

「うん」

「かわいそうに」

アーロンは黙っていた。

あの男が乱射した一発が、電話ボックスの窓ガラスを叩き、ジャネットの体にめりこんだにちがいない。貫通した形跡は、どこにもなかった。

「その町の警察には、こっちから連絡をとるから」

「うん」

「ジャネットはなにか持ってたかい」

「バッグ。それに煙草とマッチと車のキー」

「バッグはどうしたろう」

「警察が持っていった」

電話のむこうに沈黙があった。

「そうか」

男は、また、黙った。

「車のキーもいっしょにか」

質問というよりは確認だった。車のキーは警察が持っていったハンドバッグのなかだ、と勝手にきめてそのことに絶望しているような調子だった。

「キーは、ここにある」

「え？」

「キーはここにある」

「そうか」

しばらく沈黙があった。そして、

「車は？」

「店の駐車場」

「もうひとつだけ頼んでいいかな」

「どうぞ」

「車のキーを送ってほしいんだ。封筒に入れて送ってくれればいい。郵便料金は受信人払いで。宛先を言うから、書きとってくれるか」

台の上のメモ・パッドをひきよせ、そなえつけのボールポイントをアーロンは持った。

「いいかい」

「どうぞ」

カリフォルニア州リヴァーサイドの所番地を、男は言った。それをアーロンは書きとった。

「そこへ宛て、キーを送ってくれないか」

「カリフォルニアまで帰る途中なんだがなあ」

「なんだって？」

「カリフォルニアへ帰る途中なんだ」

「車でか？」

「まあ、ヒッチハイクみたいなもんだ」

「なるほど」

相手はしばらく黙った。黙るたびに、なにか考えるのだ。

「よかったら車を使ってもらってもいい」

と、男が言った。ごく気楽に軽い好意を申し出るような口調だった。だが、その裏に、緊張がはりつめていた。

「よかったら使ってくれ」

と、その男はかさねて言った。

「そうだな」

「使ってもらえば、車をここまで持ってきてもらえることにもなるし。一石二鳥だ」

「うん」

「使ってくれるかい」

「二日後にはカリフォルニアに着ける」

「それでいいんだ」

「よし。名前と電話番号を教えてくれ」

男の名はメル・タッパンといった。リヴァーサイドに入ってこの番号に電話をくれたら、どこでどんなふうにして車の受け渡しをするかきめよう、とメルは言った。

3

保安官デイヴィスは、四十五歳ぐらいの男だ。がっしりした体格の体ぜんたいに、うっすらと脂がまわりはじめていた。所属しているガン・クラブのユニフォームとなっているカーキー色のスラックスの太腿から腰にかけて、重さをたたえた丸い張りがまさに四十五歳だ。

濃いグリーンの半袖シャツも、ガン・クラブのユニフォームだ。太い腕が袖口をいっぱいに埋め、腹や胸まわりでは生地が分厚い筋肉をつつみこんで、ぴんと張っていた。まっすぐに立っているときには腹の出っぱりはまだ目立たないが、椅子にすわると、余分な脂肪がガン・ベルトの上にはみ出てくるのだ。

ガン・ベルトは、きれいな細工ものだった。小さな花模様が手づくりでいくつも浮き彫りにしてあり、ピストルをす早く抜き出すためにさまざまな工夫を盛りこんだホルスターが、右腰についていた。さしこんである六インチ銃身の・357マグナムと一体になって、一見、なんの飾りもない、素っ気なくて簡素なホルスターに見える。

プラチナ・ブロンドの髪をすこし長目にし、スタイリッシュにまとめている。すこしも薄くなったりはげはじめたりしていないこの髪がデイヴィスの自慢であり、大事に手入れを欠かさない。

顔は、保安官によくある手の顔だ。下層の上から中層の中にかけての肉体労働的な仕事を数多く体験してきた顔だから、タフで冷徹な表情がもっとも目立つ。大きな顔のわりに口が意外に小さく、顔ぜんたいがつるっとした赤ら顔で、ひげがすこしもない。眉は、まっ白だ。丸くて鋭い光を持った灰色の目が、まっ白い眉の下にある。ずる賢く状況を判断しつつ、その判断を最終的には自分の利益のために利己的に利用せずにはおかないという、タフな目だ。いやしい目、と感じる人も多いにちがいない。

このことには、デイヴィス自身、気づいている。目の表情を柔和にするよう努力はしているのだが、効果はなかなかあらわれない。だから、デイヴィスは、できるだけひんぱんに笑い、微笑したりすることを仕事のようにしている。

笑うと、つるんとしたひげのない赤ら顔は、愛嬌をたたえる。だが、目は笑っていない。

笑ったり微笑したりすることによって、目は笑っていない事実が目立つこともあるので、デイヴィスは笑いかたを工夫した。目を細めて笑うのだ。

目を細めると、丸い目が上下からせばまると同時に、白い眉がかぶさってきて、目の表情を大きくかくすことができる。

両脚を開いて突っ立ち、ガン・ベルトに両手の親指をカジュアルにひっかけ、首を片方へかしげぎみにし、目を細くしてにっこり笑うと、タフだけど気持のやさしい、頼りになる保安官、というイメージがかもし出される。

モーテルの駐車場に得意のポーズと微笑で突っ立ったデイヴィスは、アーロンとロスコーを見ていた。

アーロンはデイヴィスの車のエンジン・フードに腰をもたせかけるようにして立ち、そのとなりのロスコーは、手錠をかけられた左手を車の窓のセンター・ピラーにつながれていた。

「モーテルは、いやだって?」

と、デイヴィスが言った。

「今夜くらい、夜営させてください」

自由な左手で、ロスコーは空を示した。

「こんなにいい天気じゃないですか。外に寝たら気持いいですよ」

「俺はいやだね」

「なにがいいんですか」

「寝るならベッドだよ。きれいなシーツを敷いた、柔らかいベッド。これが一番だ」

「背骨によくないんですよ。腰痛の原因になります」

「俺は、おまえらの年齢よりもっと若いころから、ベッド以外のいろんなところで、さんざん寝てきたんだ。天気がいいから野営しようなどという、なまっ白いアウト・ドア派とはちがうんだ」

「そうですか」

「そうとも。背骨のことなんか心配してくれなくていい。いまさら腰痛などには、なりっこない」

モーテルの建物を、ロスコーは見渡した。顔をしかめ、空をあおぎ、デイヴィスに視線をかえした。

「野営させてください。ときには星の下で眠りたいですよ」

ロスコーの言葉に、デイヴィスは笑った。

「星の下で眠りたいか。なるほど。それもそうだろう。これから先何十年か、おまえは刑務所の屋根の下で眠ることになるんだから」

「刑務所の話は、よしましょう」

デイヴィスは、ふたりに歩みよった。

「よし。今夜は野営だ。夜の星の見おさめをさせてやる」

夕暮れに近い時間の空を、デイヴィスもふりあおいだ。

「星の下で眠るのも、そう言やあ、久しぶりだな」

デイヴィスの言葉に、ロスコーがアーロンへウインクした。

ロスコーはアーロンの友人だ。アーロンよりもふたつ年上の二十三歳。デイヴィスのような保安官のえじきになる青年として、ひとつの典型のような風貌と雰囲気だ。

黒い髪には不思議な艶がある。肌は浅黒い。アーロンとおなじほどの背たけで、骨太だが無駄な肉がなく、やせて華奢に見える。

ロサンジェルスで生まれてそこに育ち、自然と都会のせめぎあいの不条理がつくり出したキャラクターとして、ここでもまたロスコーはひとつの見本のようだ。楽観的な無鉄砲さが身上であり、ひとつの無鉄砲さが生み出した悪しき結果を、反省も修正もせず、さらに無鉄砲さをかさねて、解決しようとする。

十代の後半まではなん度もそれできり抜けてきたのだが、二十代のなかばにさしかかろうとするいま、壁にぶつかろうとしている。アーロンとはハイスクールでずっといっしょだった。

あの店で・44マグナムをいきなり射ちはじめた赤いスポーツ・シャツの男は、捜査の結果、身もとは簡単に割れた。似たような発砲歴が、以前に二度もあり、精神病院に出たり入ったりをくりかえしてきた男だという。

死んだジャネット・エイクレスは、不幸なまきぞえであったことが確認された。したがって、あの事件は、そこで落着した。

ジャネットは、モデルだった。緊急事の連絡さきとして、彼女が持っていた手帳には、所属するモデル・クラブの名があげてあった。そこをとおして彼女の両親に連絡がとれ、遺体を回送する手続きをあの町の警察はその日のうちにすませた。

自動車をリヴァーサイドに住むメル・タッパンという男のところへ回送する許可を、保安官デイヴィスをとおしてアーロンはとりつけた。

車は、真紅のシヴォレー・マリブ2ドア・クーペだった。

保安官デイヴィスは、カリフォルニア州の手前、ネヴァダ州の、自分が保安官をやっている郡まで、ロスコーをつれて帰る。これまで、デイヴィスの車に三人が乗ってきた。車が一台ふえることに関して、デイヴィスに不満はなかった。

モーテルのとなりの食堂で食事だけすませた三人は、二台の自動車で再び西にむかって走った。ロスコーが言うように、ほんとうに快適な天気だった。次第に赤い色を濃くしていく西の空を行手の正面にすえて、二台の自動車は走った。そして、陽が落ちきるまえに、野営地をみつけた。

ロスコーは、銀行強盗の犯人としてFBIによって全米に指名手配されている。その銀行強盗は、五年前の出来事だ。

五年前、十八歳のロスコーは、友人と二人で銀行強盗を計画し実行した。手ごろな大きさの町の銀行に狙いをつけ、友人と二人で、まるで昔の映画のように、閉店まぎわの銀行に押し入ったのだ。

そのときのロスコーの相棒には、結婚している妻がいた。そして、彼女は、お腹のなかに夫の子供を宿していた。

銀行から多額の現金を強奪して逃げるさい、射ち合いとなった。ロスコーは無事に銃撃戦をきり抜けたのだが、相棒は被弾した。重傷だった。逃走用に用意した自動車で計画どおりに逃げきり、かくれ家に落着いた。そこには、相棒の妻が、三カ月分をこえる量の食糧や日用品を用意して、待っていた。

だが、相棒は、その夜のうちに、銃弾による傷で、死んだ。それから一週間後、かくれ家が警察によって発見されてしまった。ロスコーは現金を持って逃げ、相棒の妻は逮捕された。彼女は、獄中で出産した。いったん施設にあずけられたその赤ん坊は、もらい子としてネヴァダ州に住む人のところへ、もらわれていった。

刑務所で五年をすごした彼女は、出所してきた。自分の子供を自分の手にとりかえしたくなった彼女は、しかるべき機関をとおして、訴えを出した。訴えは、却下された。その子供を育てている人のところへ直接に交渉もしたのだが、彼女の願いは、きき入れてもらえなかった。子供に会うことすら拒否された。

そんなとき、ロスコーから、彼女のところへ連絡が入った。警察の目を五年間のがれつづけてきたロスコーは、昔の死んだ相棒の妻が出所したことを知り、危険を承知で、連絡をとった。

銀行で強奪してきた現金の分け前を、彼女に渡さなくてはいけない。それに、相棒の取り分も、彼女の手に渡るべきだ。ロスコーが彼女に連絡をとったのは、ロスコーがそんなふうに考えたからだ。ロスコーは、律義なのだ。

自分に渡るべき現金とひきかえに、彼女は、ロスコーに仕事を依頼した。ネヴァダ州でもらい子として育てられている自分の子供を誘拐してとりかえしてくる仕事だ。

ロスコーは、その仕事を、ひきうけてしまった。

計画を練るためには現場を見なくてはいけない。現場の下見にいった帰り道、休暇で小旅行に出ていた保安官デイヴィスに、正体を見破られた。全米指名手配の人間たちについてこまかな部分まで完全に記憶することに関して、デイヴィスは天才的だった。

ガス・ステーションで給油中のロスコーの正体を見抜いたデイヴィスは、給油係員にインチキを働くことを命じた。燃料タンクには半分以下しかガソリンが入っていないのに、満タンになりましたと言え、と命じたのだ。

ロスコーは、ダッシュボードの燃料計を確認せずに走り出した。デイヴィスが追跡した。こんなふうに手間をかけるのがデイヴィスのくせだ。追われていることに気づいたロスコーは、逃げた。だが、デイヴィスは満タン、ロスコーはタンクに半分以下だった。ガソリンのつづくあいだ熾烈に逃げていたロスコーは、燃料計の針がEの表示をこえて下にさがり、やがてエンジンがとまると、あっさりデイヴィスにつかまった。

つかまったロスコーは、弁護士がわりにアーロンをカリフォルニアから呼んだ。飛行機で、アーロンはやってきた。

デイヴィスは、自分が保安官を務めている郡まで帰り、ロスコーを自分の留置場へ入れてから、ロスコー逮捕の一件を発表しようとしている。手柄は地元で発表するにかぎるのだ。

4

〈これより、リヴァーサイド〉の標識を見てから最初のガス・ステーションに、アーロンは真紅のシヴォレー・マリブを入れた。ガソリンは半分以下だ。

給油を係員にまかせ、アーロンは電話へ歩いた。卵を縦に半分に切ったようなかたちの透明なプラスチックにかこまれて、電話機が太い支柱に乗っていた。

電話機は、強い陽ざしをまともに受けていた。熱い受話器をはずしたアーロンは、メル・タッパンという男が教えてくれた電話番号をダイアルした。

コールのベルが三度鳴ってから、電話の相手が出た。

「はい」

「メルはいますか」

「俺だ」

「マッケルウェイです」

「ああ。よう。リヴァーサイドに着いたのかい」

「ええ」

「車は無事か」

「ええ」

「いまどこなんだ」

自分のいる場所を、アーロンは説明した。

「よし、わかった。これからこっちも出かけていくから、落ち合う場所をきめよう。指定するところへ来てもらえるかな」

「いいですよ」

「リヴァーサイドの町は詳しいかい」

「まあ、なんとか」

落ち合う場所を、メルはアーロンに伝えた。いまアーロンがいる場所から自動車で四十分ちかく走る、リヴァーサイドのほぼ反対側にあるショッピング・センターの駐車場を、メルは指定した。大体の目安としての、落ち合う時間もメルがきめた。

「わかったな」

「ええ」

「すぐにむかってもらえば、こっちのほうがさきに着いて待ってると思う」

「おたがいに初対面だけど、わかるだろうか」

「まっ赤なシヴォレー・マリブだろう」

「ええ」

「こっちで気をつけて見てるから、気にしないでいい」

「ジャネットの友だちですか」

「俺かい」

「ええ」

「まあ、友だちと言えば、友だちだが。トラブルがあってね、金銭的な。車はこっちにもらいたいのさ」

「はあ」

「では、むかってもらおうか」

「むかいます」

「そうしてくれ」

落ち合うショッピング・センターの名前と場所を、メル・タッパンはくりかえした。

「まちがえずに」

「だいじょうぶです」

「では、のちほど」

電話はそこで切れた。

給油をおえた係員は、アーロンを待っていた。

「オイルのゲージがさがってますよ」

と、制服を着た係官は言った。

「どうなさいます。入れときましょうか。いまちょうど、オイルがサービス値の期間中ですが」

アーロンは首を振った。

「入れなくてもいい」

「エンジンが泣きますよ」

「泣かせよう」

料金をクレジットにし、アーロンはガス・ステーションを出た。

普通に走っていれば、約束の時間にほぼ遅れることなく、間に合いそうだった。ペースを、すこしだけ、あげた。

三十分とちょっとで、指定されたショッピング・センターにアーロンは到着した。

広大な平たい敷地に、平べったくて愛想のない大きな建物が、おたがいに距離を置いて、いくつも建っていた。そのいくつもの建物を幅の広い道路が結んでいた。

建物ごとに広い駐車場があった。ならんでとまっている何台もの自動車の、色とりどりの屋根が午後の陽ざしのなかに輝いていた。

いちばん東の建物の駐車場へ、アーロンはむかった。

敷地のなかからハイウェイにじかにつながっている道路の下を立体交差でくぐり、長いのぼり坂をあがりつつ右に曲がりこんでいった。坂をあがりきると、駐車場のなかだった。見渡したところ、どこにも人の影はなかった。車がつまっていた。奥のほうには、空いているスペースがあるようだった。徐行して、アーロンは駐車場の奥にむかった。

シヴォレー・マリブを空いたスペースに頭から突っこんで入れ、ハンド・ブレーキを引き、エンジンを切った。

ドアを開き、外に出た。

このショッピング・センターでは、建物ごとに扱う品物がちがっている。いまアーロンがいる駐車場は、野菜や果物を扱っている建物の駐車場だった。

建物のほうから、三人の男が、車の列のなかをアーロンにむかって歩いてきた。あいだにある車の数であと数台のところまで近づき、三人の男たちは同時にアーロンに微笑をむけた。

まんなかの男が、

「マッケルウェイ？」

と、声をかけた。

その三人の男たちを三方からはさみうちにするように、駐車場にならんでいる車の列のなかから、三人の男が、突然、姿を見せた。

「とまれっ！」

と、三人が同時に叫んだ。

三人とも右手にピストルを構えているのを、アーロンは見てとった。

「動くなっ！　とまれっ！」

アーロンにむかって歩いていた三人の男たちも、動きはす早かった。コンクリートの敷地にむかってダイヴするように身を低くし、車の列のあいだを猛烈に逃げはじめた。

一瞬、アーロンは、呼吸をとめた。シヴォレー・マリブの後部から男が飛び出し、アーロンに躍りかかった。この男も、右手にピストルを持っていた。

男は、アーロンを蹴り倒した。コンクリートの上に倒れたアーロンを片足で力まかせに踏みつけ、ピストルの銃口を頭にむけた。

「動くな。動いたら頭を吹きとばす」

練達のす早い動作で、男はアーロンの右手首に手錠をかけた。鎖でつながれているもうひとつの手錠を自分の左手にかけ、

「立て！」

と、アーロンに命じた。

「とまれっ！」

という怒鳴り声にかさなり、たてつづけに銃声が轟いた。

首をすくめつつ男といっしょに立ったアーロンは、ふたりの男が建物にむかって逃げていくのを見た。ピストルを持った男がふたり、彼らを追っていた。

もうひとりの男は、車の列のなかへ逃げたらしい。追う男が両手にピストルを構え、発砲した。弾丸は、エンジン・フードに当たった。削り取られたペイントが、ぱっと陽のなかに散った。もう一発、かさねて射った。体を低くして車のなかで逃げまどう男を、彼は追った。

「来い！」

男は手錠をかけたアーロンの右手を力まかせに引いた。

「ついてこい。おかしなことをしたら、ただちに頭を吹きとばす」

男は走った。ひっぱられつつ、アーロンも走った。

さきを逃げていく二人の男は、建物のなかに飛びこんだ。ちょうど出てきた女性の買物客が、おどろいて二人を見守った。追う二人も、つづいて建物に飛びこんだ。

手錠でつながれて、男とアーロンも建物に走った。買物客は、ショッピング・カートを押してわきへ逃げた。

建物に入ると同時に、銃声が何発もかさなった。野菜と果物を扱うマーケットのなかで、追う者と追われる者とが、射ち合いをはじめたのだ。あちこちから鋭い悲鳴が走った。

「とまれっ！」

と怒鳴り声がし、銃声がそれにかさなる。物の倒れる音に、女性の悲鳴がからんだ。そして、轟然たるつるべ射ちの音が、店内にこだました。

残響を追うように、男の声が怒鳴った。

「こちら、バイロン！　ひとり、仕止めた！」

ブロッコリが山積みになっているスタンドの陰に、男とアーロンは身をひそめていた。

「射撃訓練ではいつもビリなのに、あいつは人を射つのはうまいんだ」

アーロンのわきで呼吸を整えている男が、ひとりごとのようにそう言った。男は、スタンドの陰からそっと顔を出した。アーロンもいっしょに動かなくてはならなかった。むこうのスイカのスタンドの陰へ、男がひとり、走りこんだ。さきほど駐車場でアーロンに名前を呼びかけた男だ。

アーロンのわきの男が、二発かさねて射った。一発は、ずっとむこうのオレンジの山にめりこみ、もう一発は、スイカを一個、吹き飛ばした。

店内放送のスピーカーからいきなり男の声が言った。

「お客さまは物かげに身をかくし、姿勢を低くしてください。店内に逃げこんだ麻薬販売人を警察が逮捕しようとしてます」

スイカのスタンドの陰から、男が走り出た。アーロンのとなりの男が、射った。待ちかまえていた当然の標的を気軽に狙う感じで、射った。・357マグナムのコルト・パイソンだ。

すさまじい破壊力を充満させた弾丸は、空中を一直線に飛び、男の頭に命中した。たったいま吹き飛んだスイカとまったくおなじように、男の頭は上半分が内部から爆発したように噴きあがった。男の体は横に飛び、フロアに倒れた。

「終ったぞ!」

アーロンのわきの男が、大声で言った。

「西部劇ごっこ、終り!」

アーロンをひっぱって、男はスイカのスタンドへ歩いた。べったりと倒れている男に一瞥をくれ、割れたスイカから破片をもぎとり、食べた。種を吐き出し、男はアーロンを見た。そして、こう言った。

「おまえが乗って来た自動車には、あの自動車の値段の千倍以上のヘロインがかくされてるんだ。俺たちが手に入れた情報だと、十七歳のかわいい女の子が運転してくることになってたんだがなあ」

ビングのいないクリスマス

1

カリフォルニア・ステート・ハイウェイ99号線は、サン・オーキン・ヴァレーのシエラ・ネヴァダよりをまっすぐに抜けていた。ヴァレーの文字どおりまんなかをつらぬいているインタステート・ハイウェイ5号線ほどには直線感は強調されていないが、自動車の運転席から見るかぎりでは、99号線もただひたすらまっすぐに、平野をぶち抜いている。

行手の地平線上に、かげろうが盛大にゆらめく。ハイウェイは、そのかげろうの海のなかに消えていた。ミラーのなかにとらえる後方の景色も、おなじだった。かげろうに溶けて浮遊するように見える褐色の地平線がハイウェイをのみこんでいた。

アーロン・マッケルウェイとアストリッドは、アーロンの愛車、ジープのピックアップ・トラック、ホンチョで、99号線を走っていた。ふたりは、フレズノにむかっている。

サン・オーキン・ヴァレーは複雑な地形を持つカリフォルニアの内陸に抱きこまれた、

広大な平野だ。いまもその季節のうちだが、一年のうち六カ月以上は、雨が降らない。そのあいだ、来る日も来る日も、青空が強烈に輝き、すさまじい陽ざしが透明な空気をさしつらぬきつづける。

自動車の外に広がるこの巨大な平野を、アストリッドは、非常に暴力的だ、と評した。陽ざしの強い季節には、草は、生えてくるはじから枯れていく。枯れながら生えてくる、と言うべきだろうか。そのままの状態では、使いみちに困る殺風景でだだっ広い平野だが、東側をおさえるシエラ・ネヴァダの山から豊富な水をひっぱってきて強引に灌漑すれば、セントラル・ヴァレーの平野は肥沃な農業地帯となる。いまではこの平野は、カリフォルニア農業の中心地であり、全米に、そして世界のいたるところに、豊饒な農産物を供給する地帯となっている。

強烈なパワーを持った自然を、人間が自分たちのために利用していくときのメカニズムは、アストリッドが言うように、たしかに暴力的な様相を呈した。

見渡すかぎりつづく整然とした畑。そのなかを、水を豊かにたたえて蛇行する灌漑用水路。残酷にきらめく太陽。圧倒的な量感をともなって吹く風。フランス女性のアストリッドにとって、この光景が暴力的なものに見えても、不思議ではない。

助手席をうしろへいっぱいに後退させたアストリッドは、ダッシュボードに両足をのせていた。お気に入りのカウボーイ・ブーツを今日もはいている。セントラル・ヴァレーの奥深く入りこむ今日のような日にこそ、彼女のカウボーイ・ブーツは、ふさわしい。

　やはりお気に入りの、色あせはじめたブルージーンズに、ギンガムの長袖シャツ。赤と青のバンダナを結びあわせ、ジーンズのベルト・ループにベルトのかわりにとおしていた。

　淡いスモーク色の、レイバンのサングラスごしに、車の外の光景を彼女はながめていた。視線を外にむけたまま、彼女は、フランス語ふうのくせの抜けきらない英語で、喋った。

「オフィスでも言ったとおり、人はそんなに簡単にいなくなったりはしないものなのよ。たとえば、今日までここにいたひとりの人が、明日からはどこをさがしても見当たらないというようなことは、ぜったいにないのだわ」

「その人が、あるいは、その人に関して致命的な利害を持つ人たちが、普通にしているかぎりにおいては、たしかに、アストリッド、きみの言うとおりだろう」

「普通にしているかぎり？」

「うん。その人が、ある日、突然にいなくなってしまうことに全知全能をかけたりはしていない状態さ。あるいは、その人に関して致命的な利害関係をかかえた人たちが、その人を消すことに全力を注いだりはしない状態だ」

「人がひとり、完全に消えるのは、とてもむずかしいことなのよ。自分の意志によって消えるのもむずかしいし、他人の手で消されるのも、たいへんなことなの」

「たしかに、それはそうだ」

「パリ警察で教わったことを、思い出すわ。被害者の死体が見つからなくて迷宮入りになるあいまいな事件の捜査技術の一部に、死体を消してしまういろんな方法の具体的な研究があったの。どの方法を採用するにしても、人間の死体をひとつ消すのは、たいへんだった。消しきれないのね。かならずどこかにシッポが出てるのよ」

行手のかげろうのなかから、対向車が一台、右に左にゆらめきつつ、出てきた。かげろうを振りきると、その車は、ハイウェイの路面にぴたりと貼りついた小さな点となって、こちらにむかってきた。まだ距離は相当にあるから、なかなか近くはならないのだ。

「人間の死体を消すための、いちばん簡単な方法は、なにだった？」

と、アーロンがきいた。

「埋めるの」

アストリッドが、こたえた。

「偶然に掘りかえされたりしないように、できるだけ人里を離れた場所に、深く埋めるのよ」

「ながいあいだ消えたままになってしまう確率は、それがいちばん高いんだな」

「そうね」

「だとしたら、ウイリアム・アードマンは、どこかに埋められてるんだ」

アストリッドは、となりのアーロンに顔をむけた。

対向車が、すれちがった。圧縮された空気が引き裂かれるときの音を残して、対向車は後方へ飛んでいった。ミラーのなかで、まっすぐなハイウェイの彼方へ、急速に吸いこまれた。

「ほんとにそう思う？」

「仮説としては、無理のない、ごく自然なものだと思う」

「一九四六年から現在にいたるまで、ずっと埋まったままなの？」

アストリッドの問いに、アーロンはうなずいた。

「三十三年間だ」

「ながい時間だわ」

「化石になってまだ埋まったままの、人類の祖先たちにくらべればたいした期間ではないけれど、一九四六年に二十五歳だった現代人にとっては、ながすぎる」

「どういうこと？」

「つまり、ウイリアム・アードマンは、すでにとっくに死んでるのだ。あるいは、殺されている。そして、埋められている。推量としては、これがいちばん自然だ」

「ウイリアム・アードマンのお姉さんの、シャーリー・アードマンによると、弟のビルが消息を断ったのは、一九四六年の後半からなの。二年後の四八年に、ヴァージン・アイランドから絵葉書が一枚、届いたきりで、それ以後、なんの便りもないし、完全に行方不明なの。もっとも、お姉さんは、一九五三年にパリに渡り、昨年、アメリカに帰ってきて、そのあいだフランスにいきっぱなしではあったのだけど」

「では、一九四八年には、ビル・アードマンはすくなくともまだ蒸発してなかったのだな。ヴァージン・アイランドから絵葉書を出せるくらいなら」

「問題は、そこなのよ」

「問題？」

「ええ。お姉さんのシャーリー・アードマンが私たちのオフィスに調査を依頼してくるきっかけになったのが、その絵葉書なの。一九四八年にこの絵葉書をうけとったとき、シャーリーは、不思議な気持がしたのですって。四六年と四七年のクリスマスには手紙もよこさずにおいて、いきなり絵葉書が一枚。ぼくは元気でやってます、落着いて生活をはじめるための手段をいろいろためしてみているところです、というような簡単な文面なのよ。この絵葉書に対しておぼえた不思議な気持の説明がうまくつかないまま、シャーリーはフランスに渡ったの」

「なぜ、フランスなんだ」

「黒人のジャズ・ミュージシャンと結婚したのよ。ヨーロッパのほうがはるかに住みやすかったでしょうし、当時のヨーロッパではジャズが盛んだったから」

「そして昨年アメリカに帰ってきて、三十三年間行方不明の弟に関する調査を依頼してきた、と」

「そうね」

「それもまた不思議だ」

「なぜ？」

「もっと早くに調査すれば、弟に関する情報の集まりぐあいが、まったくちがったはずだ。なぜ、三十三年も待ったのだろう。待てば待つほど、情報の密度は稀薄になるのに」

「待ったわけではないのよ」

「なになんだ」

「弟がよこした一枚の絵葉書の不思議さをはっきり説明できるようになるまでに、三十三年、かかったの。パリでの生活をひきはらってアメリカに帰ってくるとき、荷物の整理をしていて、問題の絵葉書にいきあたったの」

「なるほど」

「心の表面すれすれのところにいつも浮んではいたのだけど、ずっとそのままになっていた絵葉書を久しぶりに見たとたん、はっきりわかったのですって。筆跡はたしかに弟のものなのだけど、すくなくとも弟自身がヴァージン・アイランドで投函したものではないのだということが、はっきりわかったの」

2

正面のガラスごしに、アーロン・マッケルウェイは、行手の空間を見つめた。すこし視線をのばすと、ゆらめくかげろうのなかにその視線も溶解されてしまう。視線をあげれば、強烈にブルーな空の広がりだ。

「ミステリーらしくなってきたな」

と、アーロンは、言った。

「人間は、ただ存在しているだけでも、ミステリーだわ」

アストリッドが、こたえた。

「三十三年間も行方不明なのだから、ミステリーは二重だ。ウイリアム・アードマンのお姉さんには、確信があるのかい。その絵葉書が、ヴァージン・アイランドからのものではないという確信が」

「あるのよ。だからこそ、調査を依頼しにきたのだわ」

アストリッドは、片脚をダッシュ・ボードからおろした。フロアにながくのばし、もういっぽうの脚もおろしてそのうえにかさねた。ベルト・ループに両手の親指をひっかけ、シートのうえで腰をまえにずらし、顎を胸につけた。

「絵葉書そのものは、ヴァージン・アイランドのものなの。海岸をカラー写真でとらえた、平凡な絵葉書なのよ。消印も、当時のヴァージン・アイランドのもので、郵便物調査の専門家に見せたら、インチキではないという鑑定をもらったの。筆跡も、鑑定してもらったわ。まちがいなく、ウイリアム・アードマンの筆跡だったわ」

「なるほど」

アーロンは、再び空を見た。サングラスをとおさずに見る快晴の空には、視線を叩きかえすような硬い手ごたえがあった。

「条件はきれいに整っていながら、なおかつ、その絵葉書をヴァージン・アイランドで投函したのは、ウイリアム・アードマンではないというのだな」

「最終的にはそうなるのかもしれないけれど、シャーリー・アードマンが言うのは、すこしちがうのよ」

「どんなふうに」

「彼女が言うには、その絵葉書は、弟のウイリアムがほんとうにヴァージン・アイランドへいって書いたものではない、ということなの。ヴァージン・アイランドの絵葉書だし、消印つまり投函さきもヴァージン・アイランドだけど、弟がヴァージン・アイランドの現地で書いたものではない、というの」

「ということは――」

「もっとも自然な推量としては、たまたまヴァージン・アイランドの絵葉書を普通の葉書がわりにして、ウイリアム・アードマンが、ヴァージン・アイランド以外の土地で書いたものが、ヴァージン・アイランドで投函された、ということなの」

「ウイリアム・アードマン以外の人間によってか」

「さあ。そこまでは、わからない。でも、もしそうだとしたら、アーロン、あなたが言うとおり、これはミステリーね」

「弟がヴァージン・アイランドで書いたものではないという、シャーリーの確信の根拠は？」

「ウイリアム・アードマンは、変わった土地へ出かけるのが大好きで、ほんのちょっと旅をしても、旅の途中のこととか、着いたさきの町のことなどについて、こまかく書いた手紙をさかんによこしたのですって。第二次大戦では、ウイリアムは、外国を体験したくて志願入隊したほどなの。爆撃機の部隊で体験をつんで、結局は南太平洋に配属されたのよ。日本に原子爆弾を落とす作戦に参加した、爆撃機ナヴィゲーターのひとりだったということだわ。検閲が厳しかったけれども、南の島について、ウイリアムは、お姉さんにいろんなことを書き送っていたの。その手紙を、見せてもらったわ」

「読んだのかい」

「ええ。こまかく、いろんなことが書いてあるの。シャーリーが言うには、あの絵葉書が届くまで、彼女の知るかぎりではウイリアムはヴァージン・アイランドには一度もいっていなかったの。そして、もしほんとにウイリアムがヴァージン・アイランドであの絵葉書を書いたのなら、ヴァージン・アイランドについてかならず詳しく書いてくれたはずだ、というのよ」

「ええ」

「ウイリアムは、ながい手紙を書くことを苦に思わなかった男なのだな」

「彼はいつも、ながい手紙を書いたのだろうか」

「シャーリーが保存していたウイリアムの手紙を、ぜんぶ、見せてもらったの。スーツケースにいっぱいあったわ。近況をごく簡単に知らせるための、ほんの二、三行の手紙もたくさんあったわ」

「ふうん」

「だから、ヴァージン・アイランドからのみじかい文面の絵葉書も、ウイリアムの葉書としては自然なのね。だけど、自然ではないのは、おそらくウイリアムにとってはじめてであるはずのヴァージン・アイランドから届いた、ということなの」

「なにかの事情で、あるいは気分が乗らなくて、みじかい文面にしたのかもしれない」

「仮定としては、充分に成り立つわ。でも、成り立つと同時に、また別の不自然さが生まれてくるわね」

「どんな不自然かな」

「一九四六年の後半と一九四七年いっぱい、そして一九四八年の前半、つまり二年ちかく、ウイリアムから便りがなかったの。二年ぶりの葉書があんなにみじかくて、しかも二年間の沈黙をなにも説明してないでしょ」

「ふーむ」

「そして、それっきり。以後、現在にいたるまで、音信は完全に途絶えたまま」

「絵葉書を書いたのは、たしかにウイリアム当人であると」

「ええ」

「また別の仮定になるけれど、投函したのはウイリアム当人ではなかった、というのはどうだろう」

「さっきの仮定とおなじ比重で、その仮定も成り立つわ」

「姉に近況を伝えるために、そのへんにありあわせた絵葉書に、みじかい文面をウイリアムが書いた。それを、誰かが、ヴァージン・アイランドから投函した」

「なぜ?」

「そう。なぜ、という疑問が残る」

「アーロン、あなたには、わかってるはずよ」

「もっとも初歩的な推理によれば、ウイリアムがヴァージン・アイランドへ実際にはいってないのに、いったように見せかけるためだ」

「誰をだますの？」

「姉かな」

「なぜ？　二年間というもの、電話もしないでいて、それ以後も消息不明なのに、なぜ、いきなり、ヴァージン・アイランドにいったようにみせかける必要があるの？」

「きみは、すでに自分なりに、推理を組み立てているんだろう」

「推理の原動力は好奇心なのよ」

「うん」

「シャーリー・アードマンが、姉として抱いた直観の指し示すところに、好奇心をかりたてられるの。一九四八年になって、二年ぶりに彼女のところに届いた絵葉書は、どこかがおかしいのよ」

「おかしいと仮定すればね」

「ええ。そして、その仮定にもとづいて、さらにいろんな推測をつくり、おたがいに交錯させて消去していくと、最後に残るのは、次のような仮定だわ」

一九四八年にウイリアム・アードマンが姉あてにヴァージン・アイランドから出したと、一見、思えるその絵葉書は、実際のヴァージン・アイランドとはなんの関連もなしに、じつは一九四六年にウイリアム・アードマンが書いたものであり、その絵葉書を、二年後の一九四八年、アードマン以外の誰かが、現実にヴァージン・アイランドから投函した。

以上のような仮定が、もっとも無理のない推測として最後に残る、とアストリッドは説明した。アストリッドの説明は、明晰だった。

「一九四八年にはまだウイリアム・アードマンは生きていた、とすくなくともアードマンの姉には思いこませたかった誰かが、こういうことをやったのだわ」

「なんのために？」

「ウイリアム・アードマンはじつは一九四六年の後半には死んでいたのだということを知られたくないためによ」

「当然、その謎の人物は、アードマンの死に関して、なんらかの利害関係を持つ人間だな」

「そうよ」

「そして、アードマンとかなり親しい間柄だ、ということも無理なく想像できる」

「なぜ？」

「アードマンが姉にあてて書いた絵葉書を、投函前に自分のものにしてしまえるチャンスがなければいけないのだし、二年後にその絵葉書をわざわざヴァージン・アイランドから投函することが、その人にとってなんらかの意味を持たなくてはいけないのだから。その謎の人物とアードマンの距離は、非常に近いはずだ」

喋りおえて、アーロンは、ふと気づいた。

「絵葉書に貼ってあった切手は？」

「一九四八年発行のものだったわ」

「絵葉書そのものは？」

「一九四四年に売り出されて、四八年にはまだ市場に出まわってたの。ヴァージン・アイランド以外では、フロリダ州でも売りさばかれたものですって」

車は走りつづけるのだが、外の景色にはなんら変化はなかった。おなじ景色がいつまでもつづくから、人によっては走りがいがないと感じられると同時に、長時間走りつづけて景色が変化しないまま目的地に着くことの、軽い違和感がある。

フレズノに入る手前のインタチェンジでハイウェイを降り、東へむかう予定だ。そのインタチェンジが、まもなくのはずだった。

体をシートのなかにきちんと起こしなおしたアストリッドは、ドアに背をもたせかけてアーロンにむきなおり、両足をシートの端にあげ、ひざを両手で抱いた。そして、サングラスの奥で、美しく魅力的に微笑した。

「アーロン」

「なんだい」

「とても重要な事実をひとつ、伏せたままでいたの。この事実を知らないあなたの推理が私の推理にどのくらい接近するかをためしてみるために」

「どんな面白い事実を、きみはかくしたんだ」

「ウイリアム・アードマンには、婚約者がいたの。この婚約者は、一九四六年の七月に、飛行機事故で死亡してるのよ。受取人がウイリアム・アードマンの名前で五万ドルの保険がかけてあり、アードマンが最終的に支払われた四万八千ドルの保険金を受け取ったのが、一九四六年の九月。絵葉書がインチキだとすると、このときを最後に、アードマンは行方不明になったことになるのよ」

「おめでとう、アストリッド。こいつは、本格的なミステリーだ」

と、アーロンは、笑いながら言った。

「この保険金のことはお姉さんのシャーリーは知っているのかい」

「まったく知らなかったのですって。メリンダ・ジョンソンという名の婚約者がいたことは知っていたのだけれど、飛行機事故も保険金のことも、シャーリーは知らなかったの。私の調査報告を聞いて、はじめて知ったのよ。おどろいてたわ」

「うーん」

「これでますますインチキくさくなるでしょう、あの絵葉書が」

3

ウォーカー・エヴァンスの牧場は、なだらかな丘のつらなりに遠く外周を囲まれた、広大な土地だった。現在は牧場としては使用されていず、雨が降らない季節のいま、いちめんの黄色い枯草が、青い空から降り注ぐ強烈な陽ざしをうけとめ、耐えていた。

セカンダリー・ロードから離れて平原のなかのダート・ロードを道なりにいくと、やがて建物が見えてきた。

いちめんに枯草の生えた丘を背に、建物の高さの二倍はある、大きな樹が何本も生えていた。枝を広げた樹々には、緑の葉が、びっしりとついていた。緑の葉は強烈な陽ざしのなかに輝きつつ同時にすこしくすんで見えるが、枯草の地面に落としている影は、くっきりと魅力的だった。

その何本もの大きな樹々にかこまれるようにして、建物が建っていた。白い壁に赤茶色のかわら葺きの屋根をのせ、南に面した壁にはアーチがいくつも造ってあった。スペインの影響が、ぜんたいの雰囲気から濃厚に感じられた。

いちばん大きい母屋の一端から翼のようになって横長の建物がのび、別棟になった小ぶりな建物がいくつも見えた。

建物は、ひっそりとしていた。ぜんたいを見渡して受ける印象は、居心地の良さそうな落着いた快適さだった。ひとところ、カリフォルニアのロック・グループが、都会を離れた場所にこんな家を借り、よく共同生活をしていたものだ。

正面の入口のわきに、大きな樹が一本、立っていた。その樹の樹陰にピックアップ・トラックをとめ、アーロンとアストリッドは、外に出た。

「これがかつては牧場だったの？」

と、陽ざしのなかを見渡して、アストリッドがきいた。

「そうだね」

「フランスとは、ずいぶんちがう」

「どんなふうに」

「暴力的。こんな気候や地理が暴力的だし、それに張り合って生きる人間の、エネルギーの出し方も、暴力的」

正面入口にむかって、ふたりは歩いた。そのふたりに、わきのほうから、男の声が呼びかけた。

「ようこそ！」

張りのある、よく響く、明晰な男の声だった。声のしたほうに顔をむけ、ふたりは足をとめた。

母屋から横に長くのびている建物の、南側の壁に、深いアーチがならんでいる。そのアーチのひとつの日陰のなかに、男が立っていた。ウォーカー・エヴァンスだった。アーロンもアストリッドもエヴァンスには初対面なのだが、彼がエヴァンスであることは、すぐにわかった。

「ロサンジェルスの私立探偵さんたちだね」

と、エヴァンスは言った。

「そうです。エヴァンスさんですね」

アーロンがきいた。

エヴァンスは、一歩、アーチの外にむかって出た。アーチの頂上をかすめて射しこむ太陽の光が、彼の体に斜めに当たった。体の半分はシャドー、あとの半分は陽ざしのなかだった。

「そう。私が、ウォーカー・エヴァンスだ。ようこそ」

両脚を開きぎみに突っ立ったまま、エヴァンスはそう言った。エヴァンスは、堂々としていた。六フィートを数インチはこえる長身の体は、がっしりとした骨格を、壮年の若さを保った筋肉が支えていた。六十歳にもうすぐ手が届くとは、とうてい思えない。

ほとんどはげずに残った白髪は、長めにのばしてウェーブをかけ、西部の伊達男のようにまとめてあった。顔にも、老いの影など、どこにもなかった。それなりにしわは刻まれているが、陽焼けしてたくましく、表情や顎のラインなどは、意志の強さそのものだった。

くたくたに着こんだ白いコットンの長袖シャツに、光沢のある生地のダークブルーのスラックス、そしてまっ白いモカシンをはいていた。

陽ざしのなかに歩み出たエヴァンスは、ふたりに歩みよった。

「ようこそ。なかへ入ってください。今日は私ひとりしかいないけど、どうぞ、なかへ」

三人は、正面入口から、母屋に入った。風土にぴったりあった建て方がしてあるのだろう、陽ざしのなかから母屋に入ると、空気はひんやりと心地よく、しっとりした湿り気すら感じられ、気持よかった。

広い居間に、エヴァンスはふたりを案内した。外観から想像されるスペインふうなものは、内部にはほとんど感じられなかった。質実剛健な造りを、素朴な心地良さが隅々まで満たしていた。

ソファまでふたりをつれていき、飲み物はなにがいいかと、気さくにエヴァンスはきいた。アーロンは例によってアイス・ウォーター、アストリッドはミント・ソーダが欲しいと言った。

「すぐに持ってくる。すわって、楽にして待っててくださいよ」

と言い残して居間を出ていこうとして、エヴァンスはふたりにむきなおった。そして、

「どっちが私立探偵さんかな」

と、きいた。

アストリッドが、微笑をうかべた顔を、エヴァンスにむけた。

「やあ、あなたですか」

エヴァンスは、おどろき、同時に、よろこんだ。美人で姿のいいアストリッドの頭のてっぺんからつまさきまで高く評価し、

「なるほど。たしかに時代は変わるんだ。大不況のまえにできた建物のドアが人に化けて歩いてるような中年の私立探偵たちは、どこへいっちまったんだい。二日酔いの無精ヒゲに、二日つづけて着たワイシャツをトレンチコートでかくしてた、あの探偵たちは」

自分の形容語句に、エヴァンスは自分で笑った。

「そして、きみは？」

と、彼はアーロンを見た。

自分も私立探偵なのだが、今日はアストリッドのアシスタントなのだ、とアーロンは説明した。

あきれたように笑いながら、エヴァンスは首を振った。

「こんな若い美人と、こんな坊やがいまではアメリカの私立探偵なのか。ほんとに、時代は、日々、変わりつつある。とにかく、飲み物を持ってこよう。ミント・ソーダとビールだな」

「アイス・ウォーターです」

エヴァンスは、アーロンを見た。

「なんだって」

「アイス・ウォーターです」

「水だけかい」

「ええ。氷をうかべていただいて」

不思議そうに、エヴァンスはアーロンを見つづけた。そして、納得し、

「よっしゃ」

と言い、大股に居間を出ていった。

飲み物を持ち、エヴァンスはすぐに居間にひきかえしてきた。ソファの前の丸いテーブルに置き、自分はそのむこうの、すこし小さいソファにゆったりと坐った。

エヴァンスのうしろには、大きな居間の縦幅いっぱいに、長方形の窓がつらなっていた。窓の外は回廊で、そのさらに外に、さきほどエヴァンスが立っていたアーチがならんでいるのだ。

どの窓にも、レースのようなカーテンが、引かれていた。ガラスとカーテンによってやわらげられた光が、部屋のなかを、静かに落着いた明るさに保った。

「電話をもらったときは、おどろいたよ」

と、ウォーカー・エヴァンスは言った。

「なにしろ、三十何年も昔の、戦友の名前を久しぶりに聞かされて。ウイリアム・アードマン。忘れてはいない。いつ見ても、手紙を書いてたね。ウェンドーヴァーでも、ティニアンでも。うん、忘れてはいない」

力強い屈託のない声で、エヴァンスは喋った。

「このアードマンの消息を、きみはたずね歩いているんだって？」

「一九四六年から四八年のあいだに、ウイリアム・アードマンは行方不明になり、現在にいたるも不明です。お姉さんに彼の調査を頼まれ、調査しているところです。ウイリアム・アードマンと太平洋の戦地で親しかった戦友のリストを順に洗っていて、いまはエヴァンスさん、あなたに話をうかがう番なのです」

アストリッドが、端正な言葉で、説明した。

「なるほど」

「ずいぶん散り散りになってますね。それに、行方のわからない人が多くて」

アストリッドの言葉に、エヴァンスは、うなずいた。ほかの二人とおなじく透明な飲み物を口にはこび、すこし飲んで再びうなずいた。

「まさに散り散りだろう。昔の戦友たちの名前や消息なんて、この二十年以上、いや、もっとになるかな、ぜんぜん耳にしてないから。戦争はほんとうにクレージーだから、それに参加した人たちのその後の人生を大いに狂わせるんだ。エノラ・ゲイ号で広島に原爆を落としにいった十二人のクルーたちでさえ、消息がわかってるのは三人か四人だろう」

「ウイリアム・アードマンとは、戦地でずっといっしょだったのですか」

「原爆の投下作戦がはじまってから、ディモービリゼーション（復員）になって除隊するまでいっしょだった。ディモービリゼーションなんて、久しぶりに使う言葉だ。参加したのは、ビルのほうがあとなんだ。私は、ネブラスカ州に駐屯していた第３９３重爆撃大隊にいたのだが、この部隊が原爆投下任務の中核になることが決定され、ユタ州のウェンドーヴァーで秘密裡に訓練をはじめた。エノラ・ゲイ号の機長となったポール・ティベッツのもとにＢ－29で訓練をはじめたんだ。この大隊に、あとになって五つの大隊が加わり、最終的にはトゥエンティース・エア・フォースの第３１５ボンバードメント・ウィングに属する第５０９コンポジット・グループになった。オフィサーが二百名以上いて、兵隊は千五百人以上だという、大世帯だった。私もウイリアムも、このなかのひとりだった」

「おたがいに親しかったのですか」

アストリッドの質問に、エヴァンスは微笑した。

「なにをもって親しいとするかは問題だけれど。ユタ州のウェンドーヴァーは、砂漠みたいな荒野のまんなかの、人口が百人くらいの町なんだ。軍事上の秘密を守るにはいいけれど、まるっきり地の果てなんだよ。休みの日にさわぎにいくところといえば、ソルト・レイク・シティだった。酒や女で問題をおこす隊員が絶えなかったけど、部隊ぜんたいに特別扱いみたいな特典があたえられていて、酒で留置場に入っても、明くる日には必ず無罪放免だった。ウイリアムとは、たまたま、ソルト・レイク・シティの留置場で、いっしょに夜を明かしたことがあるんだ。それ以来、なんとなくおたがいに近くなった」

「除隊してからは、どうだったのですか」

「二度くらい、会ったかな。おたがいに戦争というクレージーなものを自分の体からふりきるのに精いっぱいで、これからなにをやるかまだなにもあてのないまま、雲をつかむような話ばかりして、おたがいにきまり悪い気持になったのを、いまでも覚えているよ」

「それ以後は」

「まったく連絡なし。自分の人生をつくり出すことに忙しくて、ふっつりと切れたままだ。いまウイリアムの消息をたずねているというけれど、手がかりになりそうな情報なんて、私はなにひとつ持ってないな。持ってるのは、ウェンドーヴァーやティニアンで体験した戦争の思い出。クリスマスになると思い出すビング・クロスビーの歌みたいなもんで、きっかけさえあれば、戦争のことはよく思い出す」

エヴァンスは、手に持っているグラスのなかをのぞきこんだ。思い出を確認するかのようにグラスのなかを見て、エヴァンスは話をつづけた。

「ティニアンを思い出すよ。曇った日の夜なんて、ほんとにまっ暗で、海から熱い湿った風が吹いてきて、汗だくさ。汚物処理場の悪臭が風に乗ってくる。ポーカーをやって時間をつぶすのだけど、島の北側に四本あった滑走路からは、Ｂ－29が東京爆撃のためにひっきりなしに飛び立つんだ。ファイア・ボム（焼夷弾）を腹いっぱいにかかえたＢ－29が一夜に二百五十機も飛び立ったこともあった。ときたま、そのＢ－29にカネを賭けたりした。うまく離陸できるかどうかに賭けるんだ。エンジン不調で離陸に失敗するときは、音でわかるよ。墜落して、巨大なたき火のように、燃えさかる。燃えつきるまで、手のつけようがないんだ。夜のなかを次々に飛び立っていくＢ－29もクレージーだし、落ちて燃えてるありさまもクレージーだ。私はＢ－29のテイル・ガナー（最後尾機銃手）だったのだけど、垂直尾翼のすぐうしろの小さなスペースにおさまって、振動にゆられながら、雲のうえのまっ青な空と太陽をひとりでじっと見てるのもクレージーだった。ナヴィゲーターのウイリアム・アードマンも、おなじ体験をしていたと思う。ティニアンを最初に上空から見たときは、ハリウッドの映画で観たのとまったくおなじジャングルだと思ったし、砂浜はエスター・ウイリアムズにお似合いだろうなあと思ったよ。雑音まじりのラジオで聞いた東京ローズのへたくそなＤＪぶりとか、彼女がよくかけたアメリカのヒット・パレードなんか、思い出すなあ。七月のティニアンにいる私たちにむけてビングの『ホワイト・クリスマス』をかけて、ねえ、アメリカの兵隊さんたち、今年のクリスマスには故国に帰れるかしら。もし帰れなかったら、恋人や奥さんは、クリスマスの夜にはほかの男のベッドでよろしくやるわよ、なんて言うんだ。私たちの戦意を喪失させるつもりだったのだろうけど、効果はまったく逆で、戦意はものすごく高まった。半ズボン一枚の汗だくの男たちが、ティニアンの夜、兵舎のなかでラジオのまえに集まり、待ってろよ、東京ローズ、いまおまえのところへ攻めていくからな、と拳を振りあげたもんだ。当時は本気だったけど、いま思えば、とんでもない話さ。戦争なんて、人は絶対にやってはいけないいんだ」

ひとりでながいあいだ喋り、エヴァンスは言葉を切った。ふたりにむかってきまり悪そうに笑い、両腕を広げ、肩をすくめた。

「思い出話はつきないけど、役に立つ手がかりなんて、なんにもないんだ」

「アードマンに婚約者がいたことは、ご存知でしたか」

「知ってる。よく手紙を書いてた。写真も見せてくれた。ウェンドーヴァーからティニアンにむけてB‐29で出発するとき、アードマンは上等のステーショナリーをたくさん持っていったんだ。手紙を書くために。ほかの連中は、看護婦を口説くための絹のパンティやストッキング、スコッチやペーパーバックを持っていったのに、アードマンはレターペーパーと封筒だった。彼に最後に会ったのが、一九四六年か。ずいぶん遠い昔になってしまったもんだ」

4

一九四六年七月の終り近い暑い日の夜、ウォーカー・エヴァンスは、戦友ウイリアム・アードマンの、ロサンジェルスにあったアパートにいた。アードマンはひとり用のソファに腰をおろしてテーブルに両足をあげ、ビールを飲んでいた。エヴァンスはフロアにあぐらをかいたように坐りこみ、ドレッサーに背をもたせかけていた。彼も、ビールを飲んでいた。

ビールを飲み、ときたまみじかく言葉を交わしつつ、ふたりはラジオを聞いていた。

この年の六月三十日、太平洋のビキニ環礁で、アメリカにとって第四発目の原子爆弾の、実験投下がおこなわれた。

ドイツの戦艦もふくめて、何隻もの古い戦艦を標的に、高空を飛ぶB‐29から、投下された。戦艦のなかには、被爆実験用の動物を積みこんだものもあった。実験投下は、成功した。つづいて七月には、第五発目の原子爆弾が、海底で爆発した。これも、成功した。

この実験のときに録音した爆発音や、爆発の状況を目撃した人たちの証言などをつづって構成したドキュメンタリー番組が、その七月の暑い夜、放送された。

アードマンとエヴァンスは、ふたりいっしょに、その番組を聞いたのだ。おたがいに振りきろうとしている悪い夢である戦争が、ラジオのスピーカーから聞えてくる音のなかに、まざまざとよみがえった。

沈んだ気持でその番組を聞きおえ、ふたりはビールの残りを無言で飲んでいた。ラジオは、ニュースを伝えはじめた。男のアナウンサーが最初に伝えたのは、ニュージャージー州でおこった飛行機事故だった。

インディアナポリス、カンザス・シティ、それにデンヴァーを経由してロサンジェルスへむかおうとして飛び立った双発の定期便の旅客機は、離陸直後にエンジンの不調をきたし、推力がともなわないまま超低空を飛び、飛行場の外の丘に激突した。

「機体は大破し、破れたタンクからあふれた航空燃料に火がつき、炎上しました。消火救出の作業が必死でおこなわれましたが、多数の死傷者が出ました。不幸な死者の数はまだ確認されておりませんが、現場で作業にあたっている空港消火隊の隊長は、自分がこれまでに体験した飛行機事故のなかでは最悪のものだと語っています」

ソファにすわっていたウイリアム・アードマンは、ゆっくり、ふりかえった。斜めうしろのフロアに腰をおろしていたエヴァンスの顔を、じっと見た。

アードマンの顔から、見るまに血の気が引いていった。

「これはいったいなんということだ！」

と、アードマンは、かすれた声で、囁くように言った。

「メリンダが乗ってるんだ。ニュージャージーの、いまアナウンサーが言っていた空港！それに、便名も、おなじだ」

「死者が多数、と言ってたぞ」

「メリンダ！」

「落着け、ビル。彼女は、大丈夫だ」

最初に立ちあがったのは、エヴァンスだった。部屋の隅の電話へ行き、ニュージャージー州のその空港のオフィスへ、長距離電話を申しこんだ。

空港にはすでに問い合わせの電話が殺到していて、回線はいっぱいにふさがっていた。電話は、つながらなかった。

何度もかけなおすうちに、ニュージャージーのほうの交換台が割って入った。回線がふさがったままなので、いくらかけても現在はつながる見込みはない、と女性のオペレーターが告げた。

エヴァンスはその部屋の電話番号をオペレーターに告げ、事故機に乗っていたはずの女性の婚約者が安否を気づかっているから、確認が取れしだい航空会社のほうから電話をもらいたいと、依頼した。オペレーターは、ひきうけてくれた。

ひきつづき定時のニュースでなにか情報が得られるかもしれないと思い、ラジオはつけたままに、ふたりは不安な時間をすごした。ウイリアム・アードマンは、立ちあがって部屋のなかを歩きまわったり、ソファに坐りこんで頭をかかえたり、落着かなかった。

二時間ほどたって、電話のベルが鳴った。坐っていたふたりは、はじかれたように同時に立ちあがった。電話にむかって歩いていこうと身構えたまま、ふたりは顔を見合わせた。結局、アードマンが、電話に出た。相手との簡単なやりとり、声の調子、表情などから、それが確実な悲劇であることは、そばで見ていたエヴァンスにも、すぐにわかった。受話器を握ったまま、放心したように、アードマンは立ちつくした。相手が電話を切るときの、メタリックな小さな音が、受話器から聞えた。その受話器をアードマンの手からとり、エヴァンスは電話機にかえした。

ソファに歩いたアードマンは、腰を落とした。両手で頭をかかえこみ、いつまでもおなじ姿勢で、じっとしていた。

エヴァンスのなぐさめの言葉も、そのときのアードマンには聞えなかった。

七月の終りちかく、暑い夜の部屋のなかで、ラジオが鳴りつづけていた。当時のヒット曲だった『時の果てまでを』という曲を、ダンス・バンドが甘くせつなく演奏していた。

ウォーカー・エヴァンスがウイリアム・アードマンを射殺したのは、それから二カ月後のことだった。婚約者メリンダ・ジョンソンの死によって、ウイリアム・アードマンには、保険金が入った。メリンダが飛行機でロサンジェルスに来ることをアードマンから聞かされたエヴァンスが、ちょっとしたジョークのつもりで、メリンダを被保険者にして事故保険をかけたのだ。なにかの用事でロサンジェルスの空港にいたふたりだが、保険金の受取人はウイリアム・アードマンだった。万が一なんて絶対にあってほしくないという願いをこめつつ、ウォーカー・エヴァンスがやってみせた軽い冗談だったのだから。

メリンダの死に、アードマンは、打ちひしがれていた。だが、やがて、立ちなおった。そして、保険会社から保険金の小切手が送られてくると、それに対して執着を見せはじめた。

「そんな保険金など自分は受け取らない。きみが勝手に加入したのだから、きみにくれてやる」

と、はじめのうちアードマンはエヴァンスに言っていたのだが、アードマンの気持はすぐに変化した。当時の復員青年には想像もつかない大金が、ある日、突然、ころがりこんだのだ。愛していた婚約者の事故死の結果もたらされた大金ではあるのだが、悲しみが多少とも遠のくと、自分の手のなかにある小切手に記入された金額は、魅力的だった。

こんなふうに気持の変化を見せたアードマンを、誰も責めることはできない。どんな状況であれ、大金は、ほとんどの人にとって、魅力的なのだ。

事故の日以来、三度目に、エヴァンスがアードマンのアパートを訪ねたとき、アードマンは、なにを思ったのかすでに小切手を、全額、現金に替えていた。スーツケースにびっしりつめた札束を、彼はエヴァンスに見せた。

そして、こう言ったのだ。

「姉に手紙を書かなきゃ。事故以来、一通も書いてないんだ。いきさつをすべて知らせなくてはいけない。おどろくだろうな。それに、メリンダの両親にも。保険金のことを知ったらなんとか言ってくるかもしれないが、びた一文、やるものか」

おそらく、ごく軽い気持で、アードマンはこう言ったにちがいない。だが、このひと言に対して、ただちに射殺という行動をともなった殺意を強烈に抱くような精神構造のエヴァンスに言ったのは、アードマンにとっては不幸なことだった。

婚約者を失って悲嘆にくれていた、信頼すべき戦友が、一枚の小切手をきっかけに、みにくい守銭奴に変化した。殺してしまえ。そして、スーツケースいっぱいの現金を、奪ってしまえ。ウォーカー・エヴァンスの思考の回路は、そんなふうに短絡した。

二通のながい手紙をアードマンが書くあいだ、エヴァンスは、おなじ部屋にいた。レターペーパーのうえを走るペンの、かりかりという音を、エヴァンスは聞きつづけた。

手紙を書きおえたアードマンを、エヴァンスは、ドライヴに誘った。陸軍の払い下げで買ったフォードのセダンで荒野のなかまで出ていき、ピストルで射殺し、土中に埋めた。ピストルは、スーベニアとして戦場から持ち帰った・45口径コルトの官給品だった。マガジンに装弾したまま、アードマンの部屋に置いておいたものだった。

部屋にひきかえし、現金のつまったスーツケースと、封をしてデスクのうえに置いてあった二通の手紙を、まず奪い去った。二通の手紙は、自分の部屋で燃やし、灰はトイレに流した。

あくる日、再びアードマンの部屋へいき、わずかな荷物をすべて持ち出し、部屋をひき払った。荷物は、ゴミすて場にすてた。ウイリアム・アードマンの失踪は、こんなふうに簡単に完了した。

アードマンの部屋から荷物を持ち出すとき、彼が姉あてに書いて投函しないままになっていた絵葉書を一通、エヴァンスは見つけた。それだけはすてずにとっておき、二年後、浮気旅行で実際にヴァージン・アイランドに出かけたとき、投函した。ジョークとしてはかなり面白いのではないかと、エヴァンスは、きまぐれに思ったのだった。

5

大きな樹の樹陰に、アーロンのピックアップ・トラックがとまっていた。セントラル・ヴァレーの午後の陽はまだ高い。ゴースト・タウンのような小さな町の、まんなかだ。大きな樹は、小さな町の広場のようなところに立っていた。広場をこえたむこうにささやかなメイン・ストリートがあり、そのメイン・ストリートに面して、雑貨屋があった。トニック・ウォーターと氷をそこで買い、樹陰でいまアーロンとアストリッドは飲んでいた。気持のいい風が、その樹陰に吹いた。

「さて、どうすればいいんだろう」

と、アーロンが言った。

「ウォーカー・エヴァンスからは、なんの手がかりもつかめなかったし」

「重要なのは、好奇心を燃やしつづけることだわ。どんなにまわり道をしてでも、とにかく一寸きざみで真実に肉迫していく好奇心を」

と、アストリッドが、こたえた。

「たしかに、そのとおりだ」

「手がかりをさがすのよ」

「一九四六年にアードマンがロサンジェルスで借りていたアパートは？」

「十年まえに取り壊し」

「管理人は？」

「死亡」

「ふーむ」

「エヴァンスからなんの手がかりも得られなかったという事実も、ひとつの手がかりなのよ」

「どうして？」

「エヴァンスは、嘘をついているのかもしれない」

アストリッドが言った。たとえ嘘を土台にしてでも、人生というみじかい時間の一部分なら、組み立てることが可能なのだ。

アマンダはここに生きている

1

青く輝く満月に雲の切れ目がさしかかるたびに、夜の空を流れていく雲のスピードが、うかがえた。雲は、かなりのスピードで、流れていた。

まっ黒に月をおおいかくしている雲が、あるときふと、薄くなる。青白い月光がすけて見える。薄くひきのばされた雲の、綿を明かりにかざして見たような模様が、黒い空のなかにうかびあがる。

そして、月が、顔を出す。こうこうたる満月だった。夜空のエネルギーを充分に吸いとってはらみきったように、丸い。夜空の高い位置に静かに自分のポジションをきめ、流れていく雲にいっさいとりあわず、青く光りつづける。

しばらくして、雲がまた分厚くなる。きれいにぬぐい去られていた艶のある黒い空に、うっすらと雲がかかる。薄い雲の模様が月をなかばかくす。月光をとおさないほどに厚い雲が流れてきて、月はその陰にかくされる。まん丸い月は、雲のむこうにかくれる寸前、流れてきたその雲をにらみつけるように思える。

月が雲におおいかくされると、夜の荒野は見えなくなる。どちらの方向にもまっ平らな荒野だ。丘とも呼べないほどのささやかな起伏が、月光に照らされて遠くにうかんでいた雲が月をかくすと、月明かりが可能にしてくれていた視界が完全に消えてなくなる。奥行きがあるのかないのか、それすら不明の、まっ暗な闇が、荒野ぜんたいにおおいかぶさる。

ハイウェイをヘッドライトが照らし出す。幅の広い車体の両側から、ほのかに黄色い光の束が、ハイウェイを照らす。その光の束のむこうで、アスファルトの路面は鈍く銀色に輝きつつ、行手の闇のなかへにじんでいた。

月の見えなくなった夜空を、アマンダは、ふりあおいだ。闇だけが見えた。グレイハウンドの長距離バスを改造した巡業用のこのバスは、運転台のルーフが大きくガラス張りになっていた。改造に当たってアマンダがここだけ特別に注文をつけ、ガラス張りにしてもらった。

ダッシュボードにならんでいるいくつかの計器盤の明かりが、運転台をほのかにひたしていた。まもなく真夜中になるこの時間、アマンダはひとり運転台にすわり、バスを運転していた。明け方の六時に、次の町に着く。それまで、アマンダがぶっとおしで運転する。一年のうち三百日ちかくは、こうしてハイウェイに出づっぱりの生活だ。そして、そのような生活をもう二十年以上、つづけてきた。

正面のガラスごしに、アマンダは、外の闇を見た。ヘッドライトの明かりが、ひた走るバスの行手に立ちふさがる闇の、ほんのわずかな部分を溶かしていた。バスのエンジンは、車体の後部にある。しかも遮音効果がいいから、運転席のアマンダにエンジン音はほとんど聞えなかった。

特別に念を入れたサスペンションのおかげで、タイアをとおした路面のフィードバックも、まったくと言っていいほど感じられない。ミラーの風切り音や、ひとかたまりになってぼんやりと伝わってくる走行音だけが、淡く聞えつづけた。

ガラス張りの天井を、アマンダは、再びあおいだ。満月は、分厚い雲にかくされたままだった。深い闇だけが支配する空間を、どこへとも定めずただ滑空しているような錯覚が、いまのような時間には、たやすく楽しめた。

ドアに、ノックの音がした。運転席とそのとなりの助手席は、パッドをほどこした壁によって、後部とは完全に切り離されていた。後部から運転席に入ってこられるドアは、アマンダの右側、斜めうしろにあった。

「どうぞ」

と、アマンダは、言った。

いい声だった。くっきりした輪郭を持った、明るい張りに満ちた声だ。成熟した大人の女の落着きや思慮に、天性の陽気な楽天性がきたえ抜かれて絶妙のからみ具合を見せていた。ほんのみじかいひとことのなかに、彼女の性格のすべてがこもっていた。

　ドアが、外にむかって開いた。アマンダの夫のリーが、運転席に入ってきた。夫を見あげて、アマンダは、にっこりと笑った。

「もう寝たと思っていたのに」

「もうじきだ。そのまえに、しばらくここにいさせてくれ」

「どうぞ」

　右手で、アマンダは、助手席を示した。革張りの回転椅子で、背もたれは深くリクライニングにすることができる。すわり心地のいい椅子だ。

　その椅子に、リーは、ゆったりと腰を降ろし、脚を組んだ。

「たったいま、クリプトンを通過したわ」

　と、アマンダは、言った。

「次の惑星まで、五百万光年だから、時間はたっぷりあるの。どうぞ、ごゆっくり」

　アマンダの冗談に、リーは、軽く笑った。

「クリプトンは、どんな具合だったかね」

「スーパーマン生誕の何十周年かの記念祭をやってたわ」

　リーは、また笑った。

リーは、ハンサムな男だ。昔のB級西部劇の主役を演じたカウボーイ俳優たちとよく似た雰囲気の二枚目だ。映画には一度も出たことはなく、この三十年ちかく、ウェスタン・ソングをうたいつづけて来たのだが、昔はどんな映画にご出演なさってましたっけと、年配のファンたちからよくきかれる。

年季の入ったカウボーイ・ブーツに、くたくたにはきこんでいまやリーの第二の肌になったようなブルージーンズ、そして白い半袖のTシャツ。生まれつき頑丈な体で、しかも肥らないように気をつけているから、中年肥りは見られない。こうしてくつろいでいるときには、Tシャツの腰まわりに、初老にさしかかったひとりの男のかすかなおとろえのようなものがふくらみとなって出ているが、それは、白いものが圧倒的に多くなった髪や、目尻から頬そして首すじにかけての陽焼けしたしわなどと、よく調和していた。

Tシャツの左の袖を、リーは、巻きおろした。くしゃくしゃになった煙草のパッケージとマッチ・ブックが、出てきた。リーは十代の少年の頃から煙草をこうして持ち歩いていた。

チェスタフィールドの両切りを二本、リーは太い指さきでパッケージのなかからひっぱり出した。

「喫うかい」

と、妻のアマンダに、きいた。

「火をつけてちょうだい」

二本とも唇にくわえてまっすぐにのばし、マッチ・ブックを開いて一本ちぎり、火をつけた。掌でかこって、煙草に火をうつした。

一本を、彼はアマンダに渡した。アマンダは、手をのばして、受けとった。

リーは、ガラス張りの天井をあおぎ見た。

「月が見えないなあ」

「雲にかくれてるの。素晴らしい満月よ」

「うん」

回転椅子の背もたれに体をあずけ、リーは、煙草の煙を吐き出した。そして、おだやかに、こう言った。

「こんなふうにまっ暗な夜には、いまみたいに煙草をつけたときの火が、ずっと遠くからでも見えるんだ。マッチをつけたとたん、ぱっとまっ赤に、爆発みたいに明るく見える」

「知ってるわ。何回も見たから」

「このバスは天井がこんなだから、マッチの火の明かりは、夜空に大きく広がって見えるはずだ」

「いまの火を見た人、いるかしら」

「どうかな。ひとりくらい、いるよ」

「そうかしらね」

　結婚して二十年になる夫婦の会話が、バスの運転席で静かにかわされた。

　そして、夜空の雲が、薄くなった。

　雲は、さきほどと変わらず、相当なスピードで、夜空の彼方を走っていた。薄くひきのばされた雲は、複雑に編んだ黒いレースのように月のこちら側の空間を流れていき、やがてさらに薄くなり、月が鮮明にあらわれた。底なしの奥行きをたたえた夜の空に、青く丸く、圧倒的な威厳に満ちて、月はうかんだ。

　天井のガラスごしに、月の光が運転席にそそがれた。明るくなった。どこか得体の知れない異星の昼間のように、青い光と黒い影が、運転席に満ちた。

　外のハイウェイや荒野も、明るくなった。青白い静けさのなかに、遠い丘の起伏や、その丘のつらなりのむこうに消えているハイウェイが、鮮明にうかびあがった。ハイウェイのすぐわきに生えている枯草の葉のひとつひとつ、そして丈の低い灌木の枝の一本一本が、月光のなかにくっきりと輪郭を持った。ハイウェイを照射するヘッドライトの明かりが、その月光にたやすく威圧された。

　なにも見えなかった闇が突然に消えて、見渡すかぎりの荒野の光景が自分のまわりに広がっていくのは、まるで魔法を見るようだった。

「キャロリン・アダムズは、不眠症だそうだ」

ふと思い出したように、リーは、そう言った。

「ひどいのかしら」

「どうかな。しかし、噂として伝わってくるくらいだから」

「ビッグ・スターになると、両肩にかかってくる重みも、たいへんなものなのよ」

「ちがいない」

「いま、キャロリンも、バスで走ってるわよ」

「うん」

明け方の六時に到着する次の町で、リーたちのカントリー・バンドは、一夜だけの公演をおこなう。そのとき、キャロリン・アダムズと共演する。キャロリンは、カントリー・アンド・ウェスタンの女性歌手として、この十年、ビッグ・ネームとしての首位を守りつづけてきた、三十代なかばの女性だ。平凡な容姿は、美しい金髪でカバーしている。

リーが、話をつづけた。

「巡業でハイウェイをバスで走るとき、キャロリンは、この数年間というもの、窓のカーテンを一度も開けたことがないそうだ」

「なぜかしら」

「アメリカじゅう、どのハイウェイも、もう見飽きてしまったのだろう」

「私は飽きないわ」

「俺も飽きない」

「生まれついてのハイウェイ暮しね」

ふたりは、笑った。

薄い雲が、月にかかった。黒い雲のレースでさえぎられた月は、さらに分厚い雲でかくされているかに見えた。だが、薄い雲は流れ去った。フル・ムーンの青い輝きをじっと見ていると、満月は自分自身をたえまなく奥へ奥へと開いて見せているように感じられた。

天井のガラスごしに、アマンダは、月を見た。

「月って、好きよ」

と、アマンダは言った。

「こうして月を見ながら夜どおし走ってると、自分の動きが月の動きにシンクロナイズされてきて、とても気持が落着くの」

2

キチンの椅子にすわっているアーロンのまわりを、ハエが飛びまわった。ハエは二匹いた。大きいハエと、それよりふたまわりほど小ぶりなハエだ。大きいほうのハエが、小さいハエを追いかけまわしているように、アーロンには思えた。

アーロンの顔すれすれに、大きいほうのハエが飛んだ。ハエを気にしないようにしているのだが、やはり目ばたきをしてしまった。テーブルをはさんでアーロンとむきあっているサラ・ジェーン・アンダスンは、アーロンの顔をかすめてハエが飛んだことが、気になったようだった。

「匂いなのよ」

と、サラ・ジェーン・アンダスンは、言った。

「は？」

「匂い。キチンの下水の匂い。それにひかれて、いつのまにか入りこむらしいの」

「はあ」

二匹のハエは、空中で一瞬からみあい、ジジジッとなにかこげるような音をたて、ふたつの方向に分かれて飛んでいった。

「エアウィックで消してあるから、人間の嗅覚には感じられないけれど、ハエには、ちゃんとわかるんですって」

そう言って、サラは、アーロンを見た。悲しい言い訳をしたときのように、彼女の唇の左端が、さがった。このおかげで、サラの左の頬にも、さびしい影が、かすかに走った。一歩うしろにさがって言い訳しつつ、その言い訳にうしろめたさをかくしきれないという感じの、さびしい影だった。ほんのちょっとした淡い影なのだが、サラの顔ぜんたいを暗くし、力なく垂れさがったような印象が、頰や唇に漂った。

「先週の土曜日も、主人が半日つぶして、キチンのドレイン・パイプの流れをよくしたのだけど、まだ駄目なのよ。外の道路にさしかかる手前で、ドレイン・パイプが陥没してるって、主人は言ってたわ。そこに汚水がたまって、匂いがこのキチンに逆流してくるの」

サラは、言葉を切った。そして、肩で息をした。お腹にいる子供が、もうかなり大きい。すこし長い台詞を喋ると、肩で息をつがなくてはならない。

「地面を掘りかえして、ドレイン・パイプを敷きかえなくてはいけないのですね」

と、アーロンは言った。

「そうねえ」

いまのような生活を背負う以前のサラ・ジェーン・アンダスンは、おそらく美人だっただろう。アーロンにも、およその想像はつく。ロン・コールビーにこのサラをさがし出してくれと頼まれたとき、コールビーは、サラのスナップ写真や町のフォト・スタジオで撮影したポートレート写真をアーロンにあずけた。ポートレート写真に美しく写っていたサラを、いま自分の目のまえにいる彼女の彼方に、アーロンは想像することができた。

だが、たとえばあのポートレート写真と現在のサラとでは、大きくちがっている。数年という年月が単に経過したためではなく、サラの気持の内部も、変化しているからだ。

サラの気持を変化させてきたプロセスは、現在もつづいている。どのようなプロセスであったかは、このキチンを見ればわかる。

けっして豊かではない、というよりも明らかに貧乏な人のキチンだ。流し台や収納棚の、うっすらと汚れのしみついた白っぽさは、経済的な苦しさと同時に、あきらめの気持をも表現していた。仕事のうえで、このような他人のキチンにアーロンは時たま入りこむことがあるが、いつもまっさきに彼の心に鋭く突きささるのは、貧しさをこえてぜんたいに漂っているあきらめの気持だった。

サラの夫には、定職がないという。請負いの手間仕事のようなことをしている。いま彼女のお腹にいる子供とはべつに、子供がふたりいる。

アーロンの気持の動きがふと読めたかのように、サラは言った。

「子供が学校にいってる時間でよかったわ。子供が帰ってきたら、落着いて話なんかできないですもの」

アーロンは、うなずいた。そして微笑し、サラに言った。

「確認しますが、ロン・コールビーには、お会いになりませんね」

「会いません」

「どうしてですか」

「そんなことまで私が言う必要あるのかしら」

「どうして会ってもらえないのか、ロン・コールビーにきかれるにきまってますから」

「過去にさかのぼってみても、なんにもならないのよ。ロンには、そう言っといて。いまさらこれが帳消しになって過去にもどれるわけでもないし」

これが、と言ったとき、サラは、肩をすくめるようにして両腕をなかば広げ、キチンぜんたいを示した。

「私をこうしてさがし当てたことは、ロンに報告するんでしょう」

「ええ」

「私がどこに住んでるかも、報告するの？」

「はい」

「なんとかならないかしら」

「なにがですか」

「ここをロンに教えないでほしいの。電話がかかってきたり、会いに来られたりすると、困るから」

「そうおっしゃってることを、報告しておきましょう。所番地や電話番号は、報告書には記入しないでおきます」

「そんなこと、できるの？」

「さがし出して、コールビーが会いたがっている意志を伝えるだけの契約ですから」

安堵の色が、サラの目にうかんだ。

「おいくつだって、おっしゃったかしら」

「ぼくですか」

「ええ」

「二十一歳です」

「私立探偵って、たいへんなお仕事ね」

「忍耐強いレッグ・ワークをつみかさねてますから」

「責任も重大でしょう」

「場合によっては」

「たとえば、私の場合みたいに。ロンにここを知られたり、訪ねて来られたりしたら、とても困るわ」

サラは、目を伏せた。シェープのなかば以上なくなったコットン・プリントのドレスにつつまれて、彼女の体は、その瞬間、すうっとひとまわり小さくなったように感じられた。

顔をあげて、サラはアーロンを見た。

「コーヒーをもっとさしあげましょうか」

「いただきます」

と、こたえながら、アーロンは立ちあがった。立とうとするサラを、片手で制した。

「ぼくがやります。おかけになっていてください」

二匹のハエは、盛大に飛びつづけていた。朝のコーヒーの残りを、さきほどサラがあたためなおしてくれた。まだ熱いそのコーヒーを、アーロンは自分のマグに注いだ。サラにもすすめた。サラは、首を振った。

「でも、とてもエキセントリックだわ」

と、サラは言った。

「私立探偵がですか」

「いいえ。ロンのことなの。いまになって、私に会いたいと言って、私立探偵にさがさせたり。不健全だわ」

「もう一度、なんとかヒット・ソングをつくりたいのだと、彼は言ってました」

「いまでもロンは、カントリー・ソングの世界にいるのかしら」

「ええ」

「いまの私を見て、こんな状態を歌にすれば、ヒット・ソングになるかもしれないわ」

サラは、再び、両手でキチンを示した。

「すこしまえに、そんな歌があったわ。キャロリン・アダムズの。ご存知かしら」

「いいえ」

アーロンは、首を振った。

「キャロリン・アダムズは、ご存知でしょう?」

「名前は知ってます」

「女性カントリー歌手の、トップ・スターだわ」

それがいまの自分に誇れる唯一のことであるかのような口調で、サラは言った。

「キャロリンの歌って、私、好きなの。共感できるのよ」

コーヒーを飲みくだして、アーロンはうなずいた。

「彼女の歌をお聞きになったこと、ないかしら」

「車のラジオで何度も耳にしているはずです。でも――」

「そうね。あなたはまだ若いし、生活の重荷を背負ってないから、身近かではないかもしれないわ」

「よくお聞きになるんですか」

「レコードを何枚も持ってるわ。よかったら、お聞きになる?」

「聞かせてください」

立ちあがったサラは、アーロンを居間に案内した。

色あせた布張りのソファのむこうに、壁によせて小さな四角いテーブルがあった。そのうえに、レコード・プレーヤーがのっていた。スピーカーが組みこんであり、ラジオとしても使えるものだった。

テーブルの下に棚があり、何枚ものシングル盤のレコードが積みあげてあった。そのなかから一枚を選び、サラは立ちあがった。

「これがいちばん好きなのよ」

プレーヤーの透明なうわぶたを開いたサラは、ターンテーブルにのっていた食べさしのバターフィンガーをどかし、こまかなくずをはたいた。

レコードをターンテーブルにのせ、スイッチをオンにした。

「真空管があたたまるまで、しばらく待つの」

と、サラは言った。

「この歌には真実があるわ。キャロリンは、ほんとうに心をこめてうたってる」

真空管があたたまるのを待ちながら、しばらく沈黙があった。静かだった。すぐとなりのキチンをいまも飛びまわっているハエの羽音だけが聞えた。

「今度の週末に、隣の町にキャロリンがワンナイト・スタンドで来るの。聞きにいくわ。リー・ロバーツのバンドが共演するのよ。リーの昔の歌にも、好きなのがあるし」

サラは、プレーヤーのピックアップを指さきでつまみあげた。レコードをのせたターンテーブルが回転をはじめた。サラは、ピックアップをレコードに降ろした。

3

運転をつづける妻のアマンダにグッド・ナイトを言い、かがみこんで額に口づけをしたリー・ロバーツは、運転席を出た。ドアをうしろ手に静かに閉じ、バスの車体の右側にある通路へ歩いた。

車体の右の壁にそって、通路がまっすぐに、この大きなバスの後部まで、つながっていた。フロアには厚いカーペットが敷いてあり、壁にはパディングが入っていた。

なにかしきりに考えている表情で、リーは、後部にむかって通路を歩いた。通路に面して、ドアがいくつもあった。巡業公演のためにいっしょにワンナイト・スタンドの旅をするバンドのメンバーたちの個室だ。楽器その他の荷物を積むスペースは、別にある。

車体の最後部まで、リーは、歩いてきた。彼の部屋はいちばんうしろにあり、ほかの個室より広く、居心地よくつくってある。

彼の部屋のドアのむかい側の壁に、窓があった。閉じているカーテンをすこし開き、上体をかがめてリーは外を見た。

月の明かりに照らされた荒野が、ずっと遠くまで、くっきりと見えた。空には、雲の量がすくなくなっていた。カーテンを完全に開いたリーは、部屋の壁に背をもたせかけて、立った。そろえた両足をすこしまえに出すと、彼の顔は窓とおなじ高さでむきあうことができた。

ブルージーンズのポケットに両手を深く突っこみ、リーは窓の外を見た。月光のなかに青白くうかんでいる遠くの丘と、そのうえの夜空が、ぴたっと動かない。かなりの距離を走り続けてはじめて、遠くの景色はすこしだけうしろにさがっていく。

窓の外に目をむけたまま、リー・ロバーツは、たったいま「おやすみ」と言いあってきた自分の妻のことを思っていた。青い月の光がいっぱいに射しこむ運転席でステアリング・ハンドルを握っているアマンダの姿が、リーの心のなかの目に、いま、はっきりと見えていた。

アマンダは、なんという素晴らしい女性だろうか、とリーはいまさらのように感嘆していた。アマンダがほかにちょっと類のないほどにいい女であり、最高の妻や母親である事実は、誰よりもさきにリー自身、身にしみて知っている。アマンダの素晴らしさは、あらためて確認などするまでもなく、自分がいちばんよく知っている。知りぬいている。

彼女の素晴らしさは知りつくしているが故に、その彼女に対していつだって深く感謝こそすれ、素晴らしさの再確認が新鮮なおどろきに似た発見になるようなことはないだろう、と思っていた。

だが、いまのリーは、自分にとって非常に重要な女性をはじめて見たときのような衝撃を、体験しつつあった。

不思議な体験だった。知りつくしているはずのアマンダの素晴らしさのさらに奥に、まだ自分がこれまで一度も感じることのできていなかったさらなる素晴らしさが、奥行きと深みをたたえて、堂々と存在している。それを、リーは、いま、月光に照らしだされた運転席で見た。

惚れなおさなくてはいけない、とリーは考えた。完璧な惚れなおしだ。運転席にすわっているアマンダは、リーにとってのあらゆる素晴らしいものの象徴だった。カウボーイ・ブーツの右足がしっかりとアクセル・ペダルを踏みこんでいた。いまのように夜間のハイウェイを走るときには、アクセルにはクルーズ・コントロールがきかせてある。きれいな脚をぴったりとつつみこんだスラックス。見ているだけで気分のいい太腿は腰の張りにつながり、腹はなんの苦労もなくまっ平らだ。ギンガムの長袖シャツに、薄くてしなやかな革の手袋。シャツのなかで胸のふくらみはしっかりと丸く、若い頃には整った美しさが目立った顔には、このところ年とともにタフな楽天性と成熟をむかえた落着きが濃厚になってきている。淡いブルーの瞳に、艶のある金髪。このトラヴェリング・バスの車体は目のさめるような輝きを持ったスカイ・ブルーだが、このブルーはアマンダの金髪にあわせたものだ。

惚れなおしだ、と胸のなかでリーはひとりごとを言った。うれしい。妻のアマンダの魅力が底なしであることは、まことにうれしい。だが、うれしさをこえて、ある種のこわさを、いまの自分は感じているような気もする。

アマンダとの生活は、すでに二十年をこえている。一年の大半をこうして町から町への旅ぐらしで送ってきて、それが二十年以上もつづいてきた。そのあいだずっと、アマンダは素晴らしかった。そしていま、彼女は、新たなる素晴らしさの高みに立っている。

自分にはもったいない、とリー・ロバーツは感じた。アマンダよ、きみはこの俺には素晴らしすぎる。カントリー・ソングをつくってうたう以外に能のない自分には、きみは良すぎる。

個室のドアに、リーは、むきなおった。ポケットに両手を突っこみ、なにごとかをしばらく考え、右手を出し、埋めこみになったドア・ノブをつかんだ。足もとを見つめてさらに考えごとをし、顔をあげてドアを見た。

ドアを開き、彼は自分の部屋に入った。ドアを閉じ、ソファに歩いた。横たえてあったギターをとりあげ、ストラップを肩にかけた。そして、車体最後部のパノラマ・ウインドーまで歩いた。

カーテンを、両手でいっぱいに開いた。月に照らされたハイウェイが見えた。夜のなかをひた走るバスの後方へ、ハイウェイとその両側の景色が、次々に飛び去っていきつつあった。エンジンの音や走行音が、かすかに室内にこもった。

夜の地平線にむかってまっすぐのびているハイウェイは、月明かりのなかで燦光に青く濡れているように見えた。ハイウェイの両側には荒野が広がり、丈の低い灌木がところどころ地面にへばりついていた。遠くに丘のつらなりが見え、高圧送電線の鉄塔が、悪い夢のなかの出来事のように、夜空をバックに鈍く光った。空からは、雲がほぼ消えていた。とり残された雲のかたまりに月の光が当たり、無数の星はそのすべてがこのバスにむかって飛んで来つつあるかのように大きく見えた。

左手で無意識にコードをひとつ押え、リーは窓の外の景色を見つづけた。運転席から出て来てまだ十分とたっていないが、自分の胸のなかに歌がひとつわきあがりつつあるのを、彼は痛いほど自覚していた。アマンダに惚れなおしたことの衝撃から生まれてくる歌だった。

二十数年まえ、自分がまだ二十代後半に入ったばかりの青年だったころを、リーは思い出していた。すでにカントリー・ソングの世界にいたがまだ無名で、あとになって飛行機事故で他界した男性カントリー歌手のバックバンドの一員だった。

最初の大ヒット曲を、リーはそのときつくった。『ただのラブ・ソング』というタイトルのその歌は、いまでもリー・ロバーツの代名詞になっていて、巡回公演ではかならずうたわされる。ワンナイト・スタンドのボールルームの看板には、彼の名がリー・ラブ・ソング・ロバーツと書かれることもしばしばだ。

あの歌をつくったときも、リーは、ひとりの女性に対する深い愛を体験していた。失恋の直後だった。その体験からごく自然にあの歌が生まれてきたのだが、心のなかにわきあがってくるメロディを最初にギターで弾こうとしたときに覚えた感動は、いまのリーが自覚している気持とまったくおなじだった。

二十年をこえる歳月をはさんで、あのときとおなじ気持が、自分によみがえっている。当時は失恋だったが、今度は、いま自分たちのバスを徹夜で運転してくれている妻のアマンダに対する、完璧な惚れなおしという、新鮮な衝撃だ。

いま自分がギターを弾けば、あのときとおなじように、新しい歌がひとつ生まれる。アマンダに対する愛の歌だ。

ムーンライトを満々とたたえた荒野の光景が前方へ飛び去りつづけるのを見ながら、リー・ロバーツは息をのんだ。そして、静かに、力強く、ギターを弾きはじめた。

リズム・ギターを受け持っている二十六歳のリー・ロバーツを、リーダーのスター歌手、クリフ・ダンカンは、

「ミズーリ河から西ではもっともハンサムなギター・プレーヤー」と言って、お客に紹介していた。

たしかに、リー・アレン・ロバーツは、ハンサムだった。リーダーであるクリフ・ダンカンの斜めうしろで、バンドの調子やお客の反応を見ながら黙々とサイド・ギターでリズ

ムをきざむだけなのだが、若いリーは人気があった。当然のことだが特に女性客に人気が高く、リーダーのクリフ・ダンカンは、よく冗談まじりにぐちを言っていた。

「この俺がいちばんのスターであるはずなのに、そしてそのスター様がおはこをうたってるのに、前のほうの列にすわっている女性たちの視線は、リーのスラックスの折り目をたどったり、奴の顔をじっと見つめたままだったりする。俺の顔のわきを彼女たちの視線が泳いでいくのが、はっきりとわかるんだ」

クリフ・ダンカンは、そんなふうに言っていた。そして、そのリー・ロバーツが最初のそして最大のヒット曲『ただのラブ・ソング』をつくったのは、このクリフ・ダンカンのバックアップ・バンド、ダンカン・ギャングの一員として旅の日を送っていたころだった。

いまでも、あの夜のことは、はっきりと記憶している。北ダコタ州のファーゴという町だった。ワンナイト・スタンドでおとずれたファーゴの町で、リー・ロバーツのバンドは最後のステージをおえた。町の酒場に、やはり巡業でやって来たウェスタン・スイングのバンドが出ているというので、ダンカン・ギャングのメンバーたちは全員、その町へ出かけていった。ダンカン・ギャングのスケジュールに空きができ、その夜は次の町にむけて出発する予定だったのだが、町で一泊できることになったのだった。

大きな酒場だった。客がたくさん入っていて人いきれでむんむんし、いちばん奥のステージに九人編成のウェスタン・スイングのバンドが、白熱の演奏をおこなっていた。

店の中央に、巨大な馬蹄型に、カウンターがあった。カウンターにそってストゥールがあり、人がぎっしりつまっていた。そして、そのわきに、ボックス席が壁ぞいにならんでいた。

ダンカン・ギャングのメンバーたちは、ステージのすぐまえの席に案内された。メンバーは五人だった。五人とも、シンギング・カウボーイふうの派手なステージ衣裳のままだった。

五人は、酒を飲みながら、ウェスタン・スイングの演奏を楽しんだ。リー・ロバーツも、楽しむふりをしていた。失恋によるショックのどん底から這いあがっている途中であり、酒もウェスタン・スイングもじつはどうでもよかった。

演奏に熱狂している客のさわぎと、ウェスタン・スイングの熱のこもった演奏のさなかに身を置いていて、あるときいきなり、歌のメロディが、リーの心にうかんだ。ウェートレスにかりた鉛筆で紙ナプキンの裏にコード進行を書きつけ、メロディはA A’B Aのスタイルであっというまにできた。なにかの天啓のようだった。

そのメロディに、リーは、詞をつけた。これも、一番から三番まで、苦労せずにできた。三番の歌詞を書きおえ、リーは、胸の底にジーンと熱いものが横たわっているのを覚えた。失恋の苦しみやショックが、その失恋の相手である女性への変わることない愛に昇華されたことの確認から生まれた、熱い感情だった。

メロディと詞ができて、リーの心は、急激に軽くなった。そして、幸せな気持になった。なぜだかうまく説明はつかなかったが、体が浮きあがるような楽しい気分だった。

ちょうどそのとき、ウェスタン・スイングのバンドのリーダーは、ステージのすぐまえにいるダンカン・ギャングのメンバーたちを、さかなにしはじめた。仕事をおえたダンカン・ギャングが店に来ていることをお客たちに紹介し、つづいて、ひとつお手なみ拝見といこうかと、ダンカン・ギャングのメンバーをひとりずつステージにあげ、うたわせたり楽器の演奏を披露させたりした。

最初にステージにあがったのは、ダンカン・ギャングのスチール・ギター奏者だった。神技のようにスピードのある演奏をしてみせ、ウェスタン・スイングのバンドはそれについていくのがやっとだった。盛大な拍手と歓声があがった。

そのスチール・ギター奏者の次にステージに立ったのが、リー・アレン・ロバーツだった。たったいまつくったばかりの歌を、リーはうたった。スイング・バンドのうちの四人が、伴奏をつけてくれた。彼らもまた腕達者ぞろいで、素晴らしい伴奏だった。間奏が絶妙だった。リーが一番の歌詞をうたうあいだに、彼らはその歌のハートを適確につかまえた。

客は、リーの歌に聞き入っていた。うたいおえると、たいへんな拍手があった。ステージを降りようとするリーに、ウェスタン・スイング・バンドのリーダーは、

「聞きなれない歌だけど、なんという歌だい」と、きいた。

「タイトルなんかないですよ。いまできたばっかりです」

と、笑いながら、リーはこたえた。

「ただのラブ・ソングですよ」

それからあとのことを、リーは、まるで覚えていない。たいして飲んだわけではないのだが、酔いつぶれてしまった。語り伝えられている伝説によれば、リーのうたった歌にリクエストがたくさん集まり、ウェスタン・スイング・バンドのリーダーが、再びリーをステージにあげようとしたときには、リーは酔っぱらって立てなかった。

伝説はさらにつづく。

その町での仕事をおえたそのウェスタン・スイング・バンドは、レコードの録音をおこなった。録音スタジオで、バンドのリーダーは、リーの歌について、レコード会社の録音担当エグゼキュティヴに語って聞かせた。メンバーのひとりがその歌を記憶していて、うたってみせた。

録音エグゼキュティヴは、その歌が気に入った。レコードにしたいという申し入れを、旅さきのリーに電報でおこなった。

リーは、レコードに吹きこんだ。なぜだか最後までタイトルがきまらず、はじめてあの店でリーがうたったときの台詞の一部である、『ただのラブ・ソング』が、タイトルとなった。リーにとっての、カントリー・ソングをうたう人生は、この一曲から本格的にはじまった。

さきほどとほとんど変わらない夜の荒野の景色が、リーの部屋のパノラマ・ウインドーの外に見えつづけていた。月の光は青く、荒野とハイウェイはその光に濡れていた。

不思議な感銘をうけながら、リーは、その景色を見つめた。二十数年まえ、あの『ただのラブ・ソング』をつくったときとまったくおなじ熱い感情が、自分の心の底に、静かに横たわっている。二十年の生活を共にしてきた妻のアマンダに対して、ついさっき、いきなり、強く自覚した惚れなおしの気持が蒸留された結果のような感情だ。

カントリー・ソングの世界に生きて、リー・ロバーツは、何曲もの歌をつくってきた。そのなかには、ラブ・ソングも、たくさんある。だが、最初の歌をつくったときに自分の内部に満ちていた感情とまったくおなじ感情につき動かされてラブ・ソングをつくったのは、これが二度目だ。

二十年間でラブ・ソングが二曲。悪くはないではないか。まずなによりもアマンダ、そして夜空や月やハイウェイなど、すべてのものに深く感謝したい気持で、リーは目を閉じた。いまつくったばかりの歌には、もうタイトルが考えてある。『アナザー・ラブ・ソング』（もうひとつのラブ・ソング）だ。

4

女性カントリー歌手のスーパー・スター、キャロリン・アダムズの巡業公演用のトラヴェリング・バスは、特別に注文してつくらせたものだ。製作にかかった費用は、七万ドルをちょっと切る。だが、大げさに書くことの好きな記者たちは、非常にしばしば、十万ドルのドリーム・バスと書く。

これといって特別なぜいたくがしてあるわけではないのだが、一年の大半をハイウェイに出てすごすキャロリンとそのバックアップ・バンドのメンバーたちのために、もっとも快適にくつろぐことに関する配慮が、入念にほどこされている。シャープな頭脳をしぼった設計であるから、配慮はことごとく生きていた。

そのドリーム・バスは、いま、真夜中のハイウェイを走っていた。専任のベテラン・ドライヴァーが運転席でハンドルを握り、バンドのメンバーたちはもうみんな眠っていた。

キャロリンの専用個室は、車体最後部のかなり広いスペースを占めていた。ここだけは、二階建てだった。

ゆったりした革張りの長椅子に、キャロリンは横たわっていた。むかい側の壁によせて、ひとりがけのソファがあり、それにはキャロリンのかかりつけの精神分析医がすわっていた。分析医は、女性だった。丹念で執拗な手入れを、費用を惜しまずにつづけると、四十歳をすぎた女性はかなりの期間、年齢不詳となる。その不詳な年齢のちょうど中間あたりに、彼女はいた。

キャロリン・アダムズは、ゆっくり、右手を自分の額に乗せた。部屋の天井をうつろな目で見て、低く小さなしわがれた声で言った。

「次の町では、リー・ロバーツと共演するのよ。久しぶりだわ。リーの奥さんて、私、好きよ。素晴らしい女性なの」

「いいことだわ」

と、精神分析医は、こたえた。

「そんなふうに、人を好きになれるのは、とてもいいことなのよ」

「アマンダというの」

「え?」

「アマンダ。リー・ロバーツの奥さんの名前」

「私も会えるかしら」

「ご紹介するわ」

分析医は、立ちあがった。すっきりと無駄な肉のない体に、ひきしまった表情の顔をしていた。知的にシャープすぎる雰囲気の顔を、化粧や髪のつくりでなんとかやわらかく女性的にしようとこころみていた。こころみは成功しているが、鋭い洞察力のようなものはかくせなかった。

　長椅子にぐったりと横たわっているキャロリンを、限りなくやさしい目で、彼女は見た。

そして窓へ歩き、分厚い生地のカーテンを指さきで開いた。外は、真夜中の月光に洗われ
ている荒野だった。

　分析医は、感嘆の声をあげた。

「なんという美しさなんでしょう！　ものすごい月の光」

　彼女は、キャロリンをふりかえった。

「こんな景色を、カーテンを閉じてしまって見ないなんて、もったいないわ。ごらんにな
ればいいのに」

「今夜が満月だということは知ってるの」

　弱々しい声で、キャロリンは、こたえた。

「見るといいのに」

「おなじなのよ」

「なんですって？」

「おなじなの。十五歳のときからこうして巡業公演のロードに出て、二十年。アメリカじ

ゅうのハイウェイを走りつくしたし、美しい満月なんて、いったい何度、見たかしら」

「見るたびにちがうんじゃないのかしら」

「おなじよ。こうして天井を見たまま、アメリカのどこのハイウェイの景色でも、私は、描写できるの。暗記した詩のように」

「それはいいことだわ。とてもいいこと。トラヴェリング・バスから見たアメリカの景色が、かつてのあなたの感受性に強く作用した証拠だから」

「私にとってアメリカとは、長い長い国なのよ。ハイウェイがどこまでもつづいていて、モーテルやホテル、それにワンナイト・スタンドの会場が点々とあるの。私はそのハイウェイを二十年も走っていて、まだ終点につかないのよ」

「長い長い国ではないわ。地図帳に出てるような面白いかたちをしてるの」

「ハイウェイを走れば走るほど、私はクレイジーになるんだわ」

「ちがいます」

「現に、いまの私は、ほんとうにどうかしつつあるのだし」

「問題をかかえているだけよ。ただそれだけ」

「虚空にうかびあがった自分が、ばらばらに解体して、落下しようとしてるの」

「その問題は、どこからはじまったのかしら」

「私がつくってうたう歌とか、私の歌を支持してレコードを買ってくれる人たちが私に対して持っているイメージと、現実の私とのあいだの落差の大きさが、ついに収拾がつかなくなったから」

「非常に知的で明快なこたえだわ。気のふれてる人には、とてもそんな分析はできないものよ」

「私はたしかにケンタッキーの炭坑町に生まれたわ。だけど、一般に信じられているような貧乏ではなかった。だから、私のつくる貧乏暮しをテーマにした歌は、みんな嘘。でっちあげ。空想。それから、失恋の歌も嘘。旅暮しで、普通の恋なんか、するひまはなかったのだもの。そして、生活の重荷を一身にひきうけた女が、あえぎつつよろめきつつ日々を生きていくつらい歌も、みんな嘘。そんな生活、一度だってしたことないもの。結婚生活すら、してないのよ」

「ご主人がいるじゃないの」

「昨年は、一年間に五度しか顔を合わせなかったわ。それが夫と言えるかしら。言えないわ。だから、私も、妻ではない」

「よくあることよ」

「ぜんぶ嘘なの。その嘘が私の歌になってて、みんなが共感し、信じてくれて。そのおかげで私が生きていける。つらいのよ。ステージでこのつらさをぶちまけ、聴いている人たち全員の許しをこう夢をよく見るわ」

「小説家が、きっとそうよ」

「小説は、嘘や虚構だけでは、もたないの。でも、歌は、嘘だけでもほんとらしくなってしまう」

「俳優だわ。俳優は虚構を生きるでしょ」

「でも私は歌手よ」

精神分析医は、窓を離れた。静かにキャロリンに歩みより、長椅子のわきに片膝をついた。キャロリンの手を握り、彼女は言った。

「女優だと思えばいいのよ。この世では、誰もが、役割りを演じるの。あなたは、自分の歌に対する共感という夢を人々にあたえる女優」

「ただの嘘つきよ」

「ちがいます。たいへんな才能を持った女優です。そうでなければ、あなたのステージや歌が、あんなに多くの人たちから、あんなに熱心に支持されるわけがないでしょう」

彼女の言うとおり、キャロリン・アダムズの歌やステージは、強い説得力を持ち、人を感動させる。うたっている瞬間やステージに立っているあいだは、自分の生身をつかって虚構をフルに生きることができるからだ。だが、その反動で、ステージをはなれている時間が、非常につらい。思いつめたそのジレンマのなかへ落ちこもうとして、キャロリンの両足は地面を離れたところだ。そのキャロリンを救えるかどうか、精神分析医は、自分自身に対してひとつの賭けをしている。

「ミズーリ河から西では、もっともハンサムなギター・プレーヤー」と、つぶやくように、キャロリンは言った。

「誰のことなの？」

「リー・ロバーツ」

とキャロリンは、こたえた。

「彼のギターの弾き方を、子供のころよく真似したものだわ」

5

サラ・ジェーン・アンダスンは、キャロリン・アダムズとリー・ロバーツの合同公演に、ついに姿を見せなかった。

会場への入口はひとつしかなく、外に列をつくった入場者たちは、一列になって会場に入って来た。

入口を入ったすぐわきで、アーロン・マッケルウェイは、サラを待った。サラは、来なかった。アーロンが見逃したということは、まずありえない。

遅れて来るのかと思い、演奏と歌がはじまっても、アーロンは、おなじ場所で待ちつづけた。

サラは、ついに、来なかった。

奇妙な安堵の気持が、アーロンの胸の底に沈み、横たわった。サラをさがし出してくれと、アーロンに依頼してきたロン・コールビーは、リー・ロバーツのバックアップ・バンドのギター奏者の仕事を、いまはおこなっている。リーやほかのメンバーたちといっしょに、トラヴェリング・バスに乗り組み、旅の日々だ。

もし、今日、サラがこの会場に来たら、リー・ロバーツといっしょにステージに立っているロン・コールビーを客席から見たはずだ。アーロンがそうたくらんだのではもちろんなく、まったくの偶然だった。

ロン・コールビーは、いまでもサラに会いたがっている。ヒット・ソングをつくりたい、とコールビーは言っている。そのためには、極限まで高揚した感情をなにかひとつ自分は体験したいとコールビーは言い、かつて三年間いっしょに暮したサラをさがし出してほしいと、アーロンに依頼した。サラにいま久しぶりで会えば、どんな内容にせよとにかく、高揚した感情を体験できそうな気がする、とコールビーは言っていた。

アーロンは、サラをさがし当てた。手がかりは薄かったが、さほど困難な作業ではなかった。アーロンがサラに語ったように、忍耐づよく積みかさねたレッグ・ワークが効を奏してくれた。

そのサラは、コールビーには会いたくないと言った。コールビーではなく、彼女の希望のほうがかなえられることを、アーロンは胸のなかでは願っていた。

サラは、会場に来なかった。強く共感しているキャロリン・アダムズのライブ・ステージに接するのを、あれほど楽しみにしていたのだが。

ロビーの一角にブースが設けてあり、ステージをおえたキャロリンとリーが、サインや握手に応じていた。どちらのブースにも人がたくさんつめかけ、ごったがえしていた。

反対側には、スーベニア・スタンドがあった。キャロリンやリーのレコード、名前を刷りこんだスカーフ、絵皿、ライター、ブロマイド、シート・ミュージックなど、おみやげ的な記念品を売っていた。そこで、アーロンは、キャロリン・アダムズのいちばん新しいLPを買った。郵送料を払えば、郵送の手間を代行してくれるという。サラの住所と名前を用紙に書き、ギフトとしてここに送ってくれと、アーロンは依頼した。

アーロンのとなりに、初老の婦人がいた。彼女は、アーロンにこう言った。

「ギフトとして、いつだって最高なのよ。キャロリン・アダムズのレコードはね」

「そうですか」

「ええ、当然よ」

何度もうなずいて、彼女は言った。

「彼女の歌には、どれもみな、人生の真実が、ぎっしりつまってますもんね。人生の真実が。ぎっしり」

キャロリンのレコードをギフトとして買ったアーロンを見上げ、彼女は自信をこめて微笑した。

会場の公会堂を出たアーロンは、その小さな町の中心にむかって歩いた。交差点の角に、ドラグストアがあった。なかに入ったアーロンは、片隅の電話ボックスで、電話をかけた。

男の声が電話に出た。

「アンダスン」

と、その声は言った。

アーロンは、自分の名を告げた。

「先日、そちらで奥さんにお目にかかった私立探偵です」

「話は彼女から聞いてる」

「その話は、もう完結しました」

「うん」

「キャロリン・アダムズのショーを観にくるとおっしゃってたので。会場でお目にかかれるかと思ったのですが」

「いまは病院だ」

「はあ」

男は、黙っていた。

「お目にかかったときは、お元気でしたのに」

「流産」

なぐさめるための平凡な言葉を、アーロンは送話口の小さなたくさんの穴にむかって、喋った。

「よろしくお伝えください。それから、キャロリン・アダムズのショーは、素敵でした」

「伝えよう」

電話はそこで終った。受話器を、アーロンは、フックにかえした。ドラグストアの外に出た。フル・ムーンから欠けはじめた月が、小さな町におおいかぶさる夜空に昇っていた。

駐車場での失神

自然食のレストランから出て来たアーロン・マッケルウェイは、大きく張り出している軒の下を階段にむかって歩いた。

建物の横幅いっぱいにこの軒は張り出していて、板張りになったテラスのような部分の頭上を、すべておおっている。テラスには、丸いテーブルがいくつもあり、どのテーブルをもそれぞれ何脚かの椅子が、とり囲んでいた。椅子は、たいへんに、すわり心地がよい。このレストランをアーロンがはじめて知ったとき、まず最初に気に入ったのは、このテラスのテーブルにそえてある椅子の、すわり心地だった。いまは、テラスに客はひとりもいなかった。

軒がテラスのうえにつくっている濃い影から、アーロンは、陽ざしのなかに出てきた。駐車場のほうから吹いてくる風を、彼の体が受けとめた。鮮明な模様のアロハ・シャツがその風にあおられ、模様が陽ざしに輝いた。スラックスが、まぶしく白かった。かつてはなんらかの淡い色がついていたらしいのだが、いまではすっかり色が抜け落ちていて、遠目にもあるいは手にとっても、ほっそりとしたストレート・レッグの、白いコットンのスラックスに見える。

階段まで歩いてきた彼は、分厚い木でつくったその階段を降りはじめた。重いカウボーイ・ブーツをはいているのだが、ほとんど足音を立てずに、軽快に彼は階段を降りた。

階段は、途中で二度、浅い角度で、おなじ方向に曲がっていた。二度目の曲がり角のところに、初老の女性がひとり、立っていた。下から階段をのぼってきて、曲がり角でひと休みしているような風情だった。

降りてくるアーロンを、彼女は見あげた。片手で陽ざしをさえぎり、鼻のすぐ下までがその手で影になっていた。唇と顎に、陽が当たっていた。目は手の影になって見えないが、唇は微笑していた。

アーロンも、彼女に微笑した。階段の幅は、充分に広かった。自分のわきを下へ降りていこうとするアーロンに、彼女は、語りかけた。

「しかし、たしかに、グラスはなかったのよ」

と、彼女は言った。

階段を二、三段降りて、アーロンは立ちどまった。手すりに片手をかけ、彼女をふりあおいだ。風が吹き、淡い紫色に染めてきれいにまとめた彼女の髪を、風があおった。

「ごめんなさい」

と、アーロンが言った。

「私が話しかけられているということに、気づきませんでした」

彼女の声は聞えたのだが、しかしたしかにグラスはなかったのよ、という言葉は聞きとれなかった。

彼女のいるところまで、彼女は降りてきた。彼女の背たけは、アーロンとほぼおなじくらいだった。

片手を目のすぐうえにかざしたまま、彼女は微笑していた。目は、手の影になってやはり見えない。鼻のさき、そして唇と顎に、陽が当たっていた。しわのたくさん入った唇には、きれいに口紅が塗ってあった。

「ほんとよ」

と、彼女は言った。

「ほんとに、たしかに、グラスはなかったのよ」

アーロン・マッケルウェイは、軽く当惑した。細面のおだやかなやさしい笑顔にその当惑を正直に見せつつ、強く明るい陽ざしに目を細くした。

「陽が目に入って、気になるかしら」

と、初老の女性は言った。はっきりしたきれいな声の、明晰な喋り方だった。

「陽ざしは強いですね」

アーロンが、こたえた。

「上へいけば、日陰があるのよ」

彼女が言った。

「どこかで以前にお目にかかったことがありましたっけ」

と、アーロンが、きいた。

「いいえ」

彼女が、こたえた。

「はじめてよ。でも、あのときたしかに、ほんとうにグラスはなかったのよ。そのことをぜひともお話ししたいわ」

軽い当惑をどう処理すればいいのか、アーロンにはその方法がみつからなかった。

微笑しているだけの彼を、

「上へいきましょう」

と、彼女が誘った。

階段のうえを、アーロンは見た。テラスの白い手すりに、明るく陽が当たっていた。

「グラス、とおっしゃいましたか」

アーロンが、きいた。

「そうよ」

彼女が、こたえた。

「グラスは、なかったのよ。だのに、私は、水が飲めたの」

「はあ」

「ぜひ、お話ししたいわ」

「そうですか」

「ご興味はひかないかしら」

ひきません、と言ってしまうことは、アーロンにはできなかった。

「どうぞ」

彼女が、言った。

「話をうかがいましょう」

「うれしいわ」

彼女は、さきに立って階段をのぼっていった。片手を目のうえにかざしたまま、一段ずつ、静かにのぼった。

うしろからついていくアーロンは、彼女の靴のヒールと、彼女の両足のアキレス腱とを、見ていた。テラスにあがった彼女は、近くのテーブルまで歩き、片手を目のうえにかざしたまま、椅子に腰を降ろした。テーブルをはさんでアーロンが斜めさしむかいにすわってから、彼女は目のうえにかざしていた手を降ろした。淡いグリーンの瞳が、アーロンを見た。

「グラスは、なかったのよ」

と、彼女が言った。

「何年も前から、棚のうえに伏せてあったグラスなの。私が自分で買ってきて、その棚のうえに置いたのだから、よく覚えてるわ。かたちとサイズが気に入って、ひとつだけ買ったグラスなの」

「はあ」

「掌のなかにおさまってしまいそうなほどの、小さなグラスなの」

「はい」

「下から三分の二くらいのところから、トランペットのベルの部分のように、縁にむけて広がっていくの。薄い、透明なガラスで、とても軽かったわ」

「いつごろのことですか」

アーロンが、きいた。

彼女は、微笑した。首をおだやかに左右に振り、

「ずいぶん昔よ。そのグラスを買ったのが、二十八歳くらいのときで、そのグラスが割れ

たのは、それから六年後だったわ。グラスが割れた直後に、私は、グラスなしで水を飲んだの」

「そうすると」

　と、アーロンが言った。

「グラスが割れたのは、貴女が三十四歳のときになりますね」

「ええ」

　彼女は、うなずいた。彼女の顔から微笑が消え、たいへん真剣な表情になった。

「私が買ったときに、そのグラスは、お店の棚のうえに伏せてあったのです。買ってきて、一度も使わないままに、私もそのグラスを棚のうえに伏せておきました」

「なるほど」

「割れるまで、ずっとですよ」

「六年間ですね」

　彼女は、アーロンを見つめた。自分の内部にわきあがってくる強い感情を抑えがたく思っている表情となり、

「信じられることかしら」

　と、言った。

「一個のグラスが、グラスとしての機能を一度も果たすことのないままに、六年間もずう

っと、棚の上に伏せてあったのよ。こんなこと、信じられるかしら」

「充分にありうることです」

「六年間、一度もグラスとして機能しないままに」

「たとえば、ガラスの食器の倉庫には、グラスとして製造されながら、一度もその内部に水を満たしたことのないグラスが、何万個となく、あるはずですよ」

彼がそう言うと、彼女は、耐えがたい悲しみに泣き出しそうな表情になり、

「まあ！　倉庫！」

と、感嘆した。

「あなたは、お若いのに、聡明なおかたにちがいないわ。ガラス食器の倉庫って、なんという悲劇なのでしょう。グラスとして機能しないままに時をすごしている、何万個というグラス。圧倒的だわ」

彼女が喋ることがらは、理論的な展開をきちんと持っていた。初対面のアーロンをつかまえて、自分が三十四歳のときに割れた一個のグラスについていきなり語りはじめたことを別にすれば、彼女にたとえば気のふれたような不自然なところは、まったくなかった。若いころは美しかったのではないかと思える、年老いてはいるが端正な彼女の顔を、アーロンは見た。

「私は、いま、七十一歳です」

と、彼女が言った。

「グラスが割れてから、もうずいぶんと時間がたっているのですけれど、いまでもはっきりと覚えてますわ。グラスなしで、私は水を飲んだのです」

「割れたのは、三十四歳のときでしたっけ」

「そうです」

「なぜ、割れたのですか」

「なんということをしてしまったのでしょう。私は、まったく、不注意だったのです。棚のうえを掃除していて、ほんのちょっと、自分の手がそのグラスに触れたのです。そうしたら、グラスが棚から落ちてしまって。ほんのちょっと触れただけなのですが、さっきも言ったとおり、とても薄くて小さなグラスだったの。フロアに落ち、割れて砕けて、粉粉」

「なるほど」

「ほんの小さな不注意だったのね。でも、そのグラスにとってはとりかえしのつかないことだったわ。棚に伏せられたままで終ってしまったのですもの」

「そして、そのグラスは、どうなったのですか」

「さあ、どうなったのでしょう。すててしまいましたわ」

「消滅したのですね」

「ええ。消してしまいました」

風が吹いた。彼女が着ているブラウスのえりや、可愛らしく結んだタイが、はためいた。テラスの手すりの外を、アーロンは見た。駐車場のむこうに一列に植えてある高い椰子の樹の葉が、陽ざしを受けとめて輝いていた。

彼は、老婦人に視線をもどした。そして、

「水をお飲みになった話をなさってましたね」

と、言った。

「そうなの」

彼女が、こたえた。

「棚のうえに伏せておいたグラスをフロアに落として割ってから三日目の夜、私はそのグラスで水を飲んだのです」

アーロンをまっすぐに見て、彼女は微笑した。とっておきの得意な話を披露するときのような、うれしそうな笑顔へと、その微笑は広がっていった。

「三日後ですか」

と、アーロンが、やさしくきいた。

「そうよ」

「とすると、そのグラスは、すでに割れて、なくなっていたはずですが」

「そこが、不思議なところなの。私自身、あまりはっきりとは、断言できかねるのよ」

「なにが、不思議なのですか」

「グラスを私が棚から落として割ってしまった、というところまでは、事実として自信を持てるのですけど、そこからさきは、不思議なのです」

「なぜですか」

「グラスを割った三日後に、私は、そのグラスで水を飲んだからです」

はっきりと、彼女は、そう言った。

心のなかで、アーロン・マッケルウェイは、嘆息をついた。彼女が喋ることがらを裏打ちしていた論理的なつながりは、明らかに断ち切られつつあった。

「すでに割れてしまって存在しないそのグラスで、水をお飲みになったのですか」

「ええ」

「不思議ですね」

「たいていの人は、そんな馬鹿げたことはあり得ない、と言うのですけど、あなたは不思議だと言ってくれる。うれしいわ」

「水をお飲みになったときの状況は、どんな状況だったのですか」

「夜の十二時すぎ、夏の金曜日でした」

「ええ」

「ベッドルームから出て私はキチンへいき、ウォーター・クーラーからまわってくる冷たい水の蛇口をあけ、その水をグラスに受け、飲んだのです」

「しかし、そのとき、グラスは、なかったのですね」

と、アーロンが言った。

「そうよ」

彼女が、こたえた。

「グラスは、なかったの」

「もうすこし詳しく語っていただくと、わかりやすいと思うのですが」

「棚のうえに、六年間も、そのグラスは伏せてあったのです」

「ええ」

「キチンでウォーター・クーラーの水を飲むたびに、私の目は、棚のうえのそのグラスを、見ていました」

「六年間にわたって」

「そうなの。そして、ある日、とつぜん、そのグラスを割ってしまったでしょう。でも、グラスの存在は実際にはなくなってしまっていても、私の心のなかでは、棚のうえに伏せられたまま、存在しているわけです。六年間にわたって、毎日この目で見てきたものが、あるときをさかいに突然なくなっても、気持はついていけないのです。棚のうえに、グラスは依然として存在するわけです」

「貴女の気持のなかでは」

「そうね」

「そして、実際には存在しないそのグラスで、水をお飲みになったのですか」

「そうよ。ウォーター・クーラーの水を飲むために使おうと思って買ってきたグラスだったのね。その日、夏の金曜日の夜、十二時すぎに、ベッドルームを出てキチンへいった私は、ウォーター・クーラーの蛇口の前に立ち、今日は新しいグラスを使って水を飲もう、とふと思ったのです。棚のうえのグラスを手にとって蛇口をあけ、そのグラスに水を受け、私は飲みました」

話がしめくくりにちかづきつつあることが、彼女の表情でわかった。

「しかし、グラスは、なかったのでしょう」

「ええ」

「つまり、棚のうえにグラスはまだあるとばかり思っていて、実際には存在しないそのグラスを手にとる動作をして、ほんとうにグラスを手に持ったつもりで、しかし現実にはなにも持たずに素手で、水を飲んだわけですね」

彼女の話を確認し、自分自身を納得させるために、アーロンはそう言った。

「そのとおりよ」

「グラスはないのに、グラスを持っているときとまったくおなじように、ウォーター・クーラーの水を受けて飲んだのですね」

「グラスはないのに」

と、彼女は、自分の右手に小さなグラスを持つジェスチュアを、やってみせた。

「棚のうえにはすでに存在しないグラスをこうして持ち、実際にはなにもないところで水を受け、私は確実にその水を飲んだのです」

「いつ、そのことに、お気づきになりましたか」

アーロンが、きいた。

「明け方の四時です」

彼女が、こたえた。

「水を飲んでベッドルームへひきかえし、ベッドに入ってすぐに眠ってしまいました。ふと目が覚めて、そのとたん、グラスはなかったのだ、と気づいたのです。ナイト・テーブルの時計を見たら、午前四時でした」

アーロンは、グラスを持ったジェスチュアをしたままの彼女の右手を見た。当惑した微笑が消えたあとの、ごくおだやかな表情のまま、じっとしていた。

「ベッドを出てキチンへいき、たしかめたのです。棚のうえに、グラスはありませんでした。しかし、夜中の十二時に、私は、たしかに、この素手で水を受け、その水を飲んだのです」

「掌で水を受けたのではないでしょうか」

質問というよりも、ひとつのアイディアの提示として、アーロンはそう言った。彼女は、ゆっくり首を左右に振った。

「いいえ」

はっきりと、彼女は、アーロンのアイディアを否定した。

「そうではないのです。私の手は濡れませんでしたし、蛇口から水を受けているあいだ、小さなグラスのなかに水が満ちていく感触を、確実に感じていたのですから」

「面白いお話ですね」

アーロンは、再び微笑した。

「グラスがそこにあるのだと思いこんでいると、実際には存在しなくても、手にとることができるし、水を受けて飲むこともできるのかしら」

アーロンの微笑にむけて、彼女はそう言った。

「きっと、そうでしょう。それ以後、おなじことをおためしになったことは、ありますか」

アーロンの質問に、彼女は、

「あります」

と、こたえた。

「水は、飲めましたか」

「いいえ。飲めませんでした」

「一度きりだったのですね」

「そうよ。でも、その一度は、たしかに、ぜったいに、ほんとうにあったことなのよ」

アーロンは、うなずいた。

「グラスは、なかったの」

しめくくりとして、彼女はそう言った。テラスから下へ降りていく階段の途中で彼女が最初にアーロンに語りかけてきたときの台詞と、おなじだった。彼女の話は、ひとめぐりして完結したのだ。

「非常に面白いお話でした」

アーロンが言い、彼女は微笑をさらに深めた。

「聞いていただいて、うれしいですわ」

きれいに決着をつけて間をとり、

「時間をとらせてしまったわ。いきましょうか」

と、言った。

「いきましょう。たいへんに面白い話でした」

アーロンは、そうこたえた。彼女が椅子を立ち、アーロンも立ちあがった。ふたりは、階段にむけて、テラスを歩いた。自然食のレストランの、内側にブラインドの降りている窓ガラスに、歩いていくふたりの姿が映った。

陽ざしのなかに出て、ふたりは階段を降りた。二番目の曲がり角まで来て、さきを歩いていた彼女は足をとめ、アーロンをふりかえった。

「グラスは、なかったのよ」

と、彼女が言った。片手を目のうえにかざして陽ざしをさえぎり、鼻の下から顎のさきにかけて、明るく陽が当たっていた。

アーロンは、彼女を見た。そして、淡く微笑した。

「グラスがなかったのに、水を飲むことができたのよ。超自然かしら」

「そういうこともありうると思います」

「六年間、棚の上に見つづけて、割れてしまったあともそこにあるものと思いこんでいると、ほんの一瞬くらいは、存在しないのに存在してしまうものなのかしら」

「さあ、どうでしょう」

「自分の身のうえに起こったことでなければ、なかなかこのような話は信じられないでしょうね」

「ありえない、と断定する根拠はなにひとつないですから、そういうこともありうるのだろうと思います」

目から鼻にかけて濃く影になった彼女の顔に、微笑が広がった。くっきりときれいに口紅を塗った唇が、若いころのかたちの良さの名残りをとどめつつ完璧な微笑をつくり、白い老人の歯が陽ざしに光った。

「賛成していただけて、うれしいわ」

と、彼女は言った。そして、階段を降りていった。

階段を降りきると、建物の周囲を幅広くとりまいている遊歩道だった。専門店がたくさん入っている二階建ての大きな建物が三棟あり、そのむこうがスーパー・マーケットだった。

「ぼくは、スーパー・マーケットへいきます」

と、アーロンが言った。

「私もよ。スーパー・マーケットへいくのよ」

彼女が、こたえた。

「それでは、スーパー・マーケットまで、お送りしましょう」

アーロンと彼女は、遊歩道をならんで歩いた。

二軒目の建物、そして三軒目の建物と歩いていき、正面に広く駐車場のあるスーパー・マーケットの建物まで、ふたりは歩いてきた。正面へまわり、店へ入っていく人たち専用の入口から、なかに入った。

立ちどまったアーロンは、彼女をふりかえった。

「ここはスーパー・マーケットのなかです。お買物を楽しんでください」

と、言った。

彼女は、微笑した。

「どうもありがとう。お話をすることができて、楽しかったわ」

彼女は、歩み去った。しっかりした足どりの後ろ姿を、彼は見送った。

スーパー・マーケットの出入口ちかくにならんでいるキャシーアのブースの前を、彼女は、むこうの端まで歩いていった。台所用品のならんでいる一角がそこにあり、彼女は棚のあいだに入っていった。

ガラスの食器の棚まで、彼女は歩いてきた。ありとあらゆる用途および形のグラスがたくさんならんでいるところへ彼女が視線をむけたとたん、巨大なスーパー・マーケットの店内に強烈に充満して、銃声が一発、轟いた。

ガラスの食器が陳列してある棚の前を歩いている彼女にも、その音が銃声だということはすぐにわかった。棚のうえの数多くのガラスが、銃声にほんの一瞬おくれて、いっせいに大きく波を打ったように、空中へ舞いあがった。

空中でグラスはおたがいにぶつかりあい、無数の破片へと粉々に砕けた。涼しく鋭角的な音がかさなりあい、彼女の目の前いっぱいにガラスの破片の滝が浮びあがった。

自分のほうにむけて空中を流れ落ちてこようとするガラスの破片の滝に対して、彼女は、本能的に目を閉じた。そして、まだ失われてはいない反射神経の命令にしたがって、その場にしゃがんだ。彼女めがけて、ガラスの破片が盛大に降ってきた。

再び、銃声が、轟いた。広い棚のうえのガラス食器のほとんどが、空中へ躍りあがった。そして空中で砕け、いったん静止してから、しゃがんでいる彼女へむかって流れ落ちてきた。スーパー・マーケットのあちこちから、鋭く悲鳴が聞えた。

彼女の体のいろんなところに、ガラスの破片が当たった。両腕で顔と頭をかばいつつ、一瞬のうちにガラスの破片でおおわれつくした通路を、しゃがんだまま後退した。通路につもっているガラスの破片が、彼女の靴の下でさらにこまかく砕けた。曲面をおびた破片のうえで足がすべり、フロアにひざをついた。破片でストッキングとひざの皮膚を切り、血が出た。

三発目の銃声が店内に充満した。店内いっぱいにふくらんでいく銃声に、鋭く長く、悲鳴がかさなった。

最初の銃声がおこったとき、アーロンは、缶詰めの食料品の棚のあいだを、歩いていた。彼の数歩まえを、カートを押しながら若い妊婦がひとり、ゆっくり歩いていた。着ている服、足のはこび、そうしてうしろから見える腹の大きさによって、彼女が妊婦だということは、すぐにわかった。

　銃声が店内の静かな空気を叩きのめす最初の一瞬に、アーロンは、銃弾が店内のどのあたりでどちらにむけて発射されたものなのか、正確に判断した。

　上体をかがめた彼は、素早く前方に走った。カートをとめて立ちどまり、軽くおびえたような表情をうかべてふりむいた若い妊婦に、アーロンは追いついた。

「伏せて！」

　と、鋭く低い声で命令し、彼は妊婦の肩をかかえた。フロアにむけて彼女の体を押えこむようにし、自分も彼女といっしょにしゃがんでいき、フロアに尻を降ろした。

　二発目の銃声が、轟いた。彼女をフロアに寝かしつけるようにあおむけに横たえ、彼女の大きな腹をかばいつつ、顔を胸に抱きこみ、自分もフロアに平たく体をのばした。

「なにが起こっているの」

　アーロンの下で、妊婦がおびえた。彼女は、両手でアーロンの腕をしっかりとつかんだ。

　アーロンは、彼女の顔を見た。面長の平凡な造作をした彼女の顔いちめんに、そばかすが散っていた。

「誰がが、店のなかでハンドガンを発砲しています」

　と、アーロンが、彼女の顔に囁いた。

　三発目の銃声が、起こった。至近距離の棚のうえで、いくつものガラス瓶が、炸裂した。

瓶の破片や内容物が、激しい雨のように、あたりにも、降ってきた。チリ・ソースの香りが、漂った。

男の怒鳴り声が、みじかく聞えた。言葉は聞きとれなかった。ほかの男の怒声がかさなり、女性の金切り声が長くひきのばされて店内の空気のなかを走った。四度目の銃声が、金切り声を沈黙させた。

「なにが起こってるの？」

アーロンの下で、妊婦が言った。

「いまのところ、だいじょうぶです。じっとしていてください」

アーロンが、こたえた。


パトロール警官のベイリーが、同僚のブラッドフォードといっしょにパトロール・カーで受持地区を巡回していたとき、本部からの無線がその男のことを伝えてきた。

白に近いウォッシュド・アウト・ブルージーンズにネイヴィー・ブルーのジャンパーを着た金髪の二十代の白人男性が、銃身をみじかく切りつめた水平二連の散弾銃をスリングで肩にかけ、片手に大きなリヴォルヴァーを持ち、スーパー・マーケットにむけて歩いている、という通報が、彼を見かけて不審に思った市民から警察に入り、その通報を本部はパトロール・カーへ無線でリレーしてよこしたのだ。

パトロール・カーは、ベイリーが運転していた。Uターンすると、すぐに、スーパー・マーケットにむかった。

「いまだに、違和感があるんだよ」

と、ベイリーは、助手席のブラッドフォードに、言った。

「違和感とは？」

ブラッドフォードが、ききかえした。

「パトロールの仕事もずいぶんになるけれど、散弾銃やハンドガンを持った不審な男についての通報を、若い女性の警官が無線でパトロール・カーにリレーしてくる、ということの違和感さ」

「それが、どうしたんだい。ごく普通の、アメリカの日常じゃないか」

「若い女性の声、というのが、どう考えても似つかわしくないんだ。若い女性の声は、散弾銃やハンドガンについて伝えるべきではなく、もっと平和で美しいものについて、伝えるべきだと、思うんだ」

「なるほど」

ブラッドフォードは、ベイリーの考え方に、いったんは同意した。そして、すぐに、

「しかし」

と、言った。

前方に、スーパー・マーケットやその駐車場、そして専門店の二階建ての建物が、見えてきた。

「しかし、平和で美しいものなんて、あるのかい」

「あるさ」

「たとえば？」

「たとえば、美しい母親が健康な赤子を産み落としたとか、さ」

「うーむ」

と、ブラッドフォードは、言った。そして、次のようにつけ加えた。

「散弾銃とハンドガンを持って歩いているのが、男だからまだいいよ。女性になってしまったら、おしまいだぜ」

「そうだな」

「警官も女性になってしまってな」

ふたりは、みじかく笑った。スーパー・マーケットの駐車場のなかへ、パトロール・カーは入っていった。強い陽ざしに、濃紺の車体のいろんな部分が、きらめいた。

スーパー・マーケットの正面にある階段の前までいき、パトロール・カーは、とまった。

スーパー・マーケットに到着したこと、そしてこれから店内に入ることを、ベイリーが無線で本部に伝えた。

助手席のドアを開き、ブラッドフォードが外に出た。ドアを閉じようとしていると、階段をあがった正面で、店へ入る人たち専用のガラス・ドアが、内側へ開いた。

三十代の女性がひとり、走り出てきた。片腕に、大きくふくらんだショッピング・バッグをかかえていた。彼女が出てきたドアが閉じる寸前、店の内部から銃声が聞えた。

ショッピング・バッグをかかえた女性は、階段にむけて走った。ひきつった表情の顔をパトロール警官のブラッドフォードにむけ、なにか言おうとした。

階段にさしかかった彼女は、階段の最初の一段を踏みはずした。大きくバランスを崩し、みじかく悲鳴をあげ、彼女は虚空にめがけてつんのめった。ショッピング・バッグが彼女の両腕からほうり出され、なかに入っていたものが、階段にぶちまけられた。アヴォカードやスープの缶詰めが、パトロールマンのブラッドフォードの足もとまで、転がってきた。

階段に倒れ、下まで転がった彼女に、ブラッドフォードは駆けよった。ひざをついて彼女を起こし、両腕や肩に触れてみた。骨折は、ないようだった。

「店のなかで」

と、彼女が、あえいだ。

「銃を射っている人がいます」

ベイリーが、かたわらに走りよってきた。彼女がだいじょうぶだとわかると、正面の入口にむけて階段を駆けあがった。

「ベイリー」

と、ブラッドフォードが呼びとめた。ふりかえったベイリーに、

「さっき、銃声を聞いた。それに、こちらのご婦人は、店のなかで銃を射っている人がいると言っている。応援を頼んだほうがいい」

ベイリーは、パトロール・カーへ駆けもどった。彼が無線での連絡をおえるのを待ち、ブラッドフォードは彼といっしょに階段を駆けあがった。

ふたりとも、腰のホルスターからハンドガンを抜いた。ベイリーもブラッドフォードも、スミス・アンド・ウエッスンのモデル68を使用していた。ふた手に分かれて、彼らはスーパー・マーケットの店内に入った。

入ったとたん、銃声を聞いた。三発目の銃声だった。

チェックアウト・カウンターの近くに、キャシーアの女性たちと何人かの買物客が、フロアに伏せていた。

腰を低く落とし、銃声の方向にモデル68の銃口をむけ、ブラッドフォードは彼らをより安全な物かげへ、導いた。

店のいっぽうの壁まで、ブラッドフォードは、素早く走った。いくつもの棚が店の奥にむけて、長くまっすぐにのびている。棚と棚とのあいだの何本もの通路に、人が何人も伏せていた。彼らの姿勢から、怪我人はないようだと、ブラッドフォードは、判断した。

壁に沿った棚の前を、低い姿勢で、ブラッドフォードは足音をさせずに、ゆっくり奥へ歩いた。壁に沿った棚は、金物の棚だった。切れ目なくまっすぐに店のいちばん奥までつづいている。ブラッドフォードの左側に、その棚がある。通路をへて反対側の棚も店の奥へ一直線だが、途中にいくつか切れ目があり、となりの通路へ入っていける。

最初の切れ目まで歩いてきたブラッドフォードは、モデル68をドリルで教えられたとおりに構え、腰を低く落として、となりの通路へ入った。足もとのすぐ近くに、スペイン系の若い女性が、フロアにはりつくようにして体を平らに横たえていた。ブラッドフォードを、彼女は仰ぎ見た。彼女の表情は、完璧におびえていた。

ブラッドフォードは、ウインクをしてみせた。だいじょうぶだ、と表情で彼女に伝えた。三十五歳をすぎてしっかりと張り出してきた彼の腹が、制服のシャツの下で緊張をたたえて丸く張り、低くおさえている呼吸にあわせて、張り出した腹の丸い頂点が、動いていた。

男の怒鳴る声が、みじかく聞えた。言葉は、聞きとれなかった。ほかの男の怒声がかさなり、女性の金切り声が長くひきのばされて店内の空気のなかを走った。

銃声が、店内いっぱいに、響き渡った。これが、四発目の銃声だった。

棚のかげに低く身を伏せていたベイリーは、すこしずつ前進していこうとして、ゆっくり静かに、足をはこんだ。銃声は、店の奥の、壁に近いところから発せられているように、ベイリーには思えた。

ベイリーは、前方を見た。二十メートルほど前に、女性がひとり、フロアに体を伏せていた。老婦人だということは、彼女の体つきぜんたいの雰囲気から、わかった。

彼女の周囲に、そして彼女の前方に、すくなくとも十メートル以上にわたって、ガラス食器の破片が、無数に、びっしりと、散乱していた。

この破片のうえを歩いたら、踏みつけて割れるガラスの音が店じゅうに伝わってしまうだろうと思ったベイリーは、店の奥に体をむけたまま、ゆっくり後退していった。

「自動車が必要なんだ!」

と、男の声が、叫んだ。ベイリーがとっさに判断したところによると、まだ二十代の、若い男の声だった。

「自動車を、よこせ!」

おなじ声が、そう怒鳴った。ベイリーは、棚の端まで、さがっていった。

「人質を取ったぞ。子供だ!」

若い男の声が、さらにつづけた。

「この子供の頭に、俺は銃口を押しつけてる。引金を引いてもらいたくなければ、自動車をよこせっ!」

棚の端をまわったベイリーは、となりの通路に入った。ゆっくり前進し、棚の最初の切れ目まで来た。

銃声が、轟いた。店のほぼ中央で蛍光灯が砕けて飛び散り、棚や通路にむけて落下した。棚の切れ目から、ベイリーは、となりの通路へ入っていこうとした。いったんとまってから呼吸をととのえ、スミス・アンド・ウエッスンのハンマーが引き起こしてあることを確認した。シリンダーを頬に押し当て、ステインレス・スチールの感触と冷たさで、たかぶっている気持をすこしでも鎮静させようとした。

通路へ、ベイリーは、入った。店のいちばん奥まで、通路には人がひとりもいなかった。次の切れ目まで前進していこうとして一歩踏み出したとき、三十メートルさきに、棚の切れ目から男がひとり、いきなり姿をあらわした。

金髪の、二十代の白人男性だった。白に見えるほどにウォッシュド・アウトしたブルージーンズに、濃紺のジャンパーを、彼は着ていた。本部からの無線が伝えてよこした報告のなかの男と、完全に一致していた。

スリングで背中に散弾銃をかけ、右手に大きなリヴォルヴァーを持ち、左腕で男の子供の首をしめあげるようにして、自分の体の左わきに引きつけていた。

ベイリーを見て、男はなにか怒鳴った。リヴォルヴァーを持った右手をまっすぐに突き出し、ベイリーに狙いをつけた。

反射的にベイリーも、

「とまれっ！」

と、大声で命令し、モデル68で男を狙った。

ふたりは、ほぼ同時に、発射した。

子供に当ててはいけないと思うベイリーは、男の頭を狙った。狙いは高くはずれ、弾丸は処方箋薬局の窓ガラスを粉々に吹き飛ばした。

男が射った弾丸は、ベイリーの左わき腹に命中した。

被弾のショックを後退しつつ踏みこたえ、なかば以上は悲鳴である大声をあげながら、棚の切れ目からとなりの通路に入った。

銃声が二発、かさなった。

さらにもうひとつむこうの通路までいき、ベイリーはひざからフロアに崩れ落ちた。倒れながら、ベイリーは、通路の前方を見た。

腹の大きさで明らかに妊婦とわかる女性があおむけにフロアに横たわり、アロハ・シャツを着た男が、彼女をかばってやはりフロアに体を伏せていた。そのふたりから数メートルのところに、ベイリーは、倒れた。

倒れながら、お腹の大きな女性がうめき声をあげるのを、ベイリーは聞いた。臨月をごく間近にひかえた女性が、決定的に産気づいたときあげる声だと、ベイリーは思った。かつて自分の妻が、はじめての長男のときも、そして次の娘のときも、突然に産気づいたとき、まったくおなじうめき声をあげた。

かつては人命救助隊員として、なんの設備もなしにお産を無事にすませるためのトレーニングまで受けたことのあるベイリーは、二度とも、妻が産み落とす我が子を自分でとりあげたのだ。

左わき腹の激しい痛みを耐えながら、ベイリーは、腹の大きな女性と鮮明な模様のアロハ・シャツの青年にむけて、フロアを這っていった。流れ出てくる自分の血で、ベイリーの手やひざが滑った。

「どうしましょう」

と、彼女が囁くのを、アーロンは、きいた。さきほどまでの、おびえた調子が、彼女の声から消えていた。アーロンは、彼女の顔を見た。

「赤ちゃんが来てしまうわ」

と、彼女は言った。そして、彼女は、うめきはじめた。私立探偵になる以前、アーロン・マッケルウェイは、ベイリーとおなじく、人命救助隊員として働いていた時期がある。お湯と清潔なタオルだけが頼りの出産を、一度だけだが、体験したことがある。

「予定日は近いのですか」

アーロンが、きいた。

「自動車をよこせっ！」

店の奥で、男の声が怒鳴った。

「早くしろっ！　人質がとってあるんだ。燃料タンクにガソリンをいっぱいに入れた、普通のアメリカの乗用車を一台、用意しろ！」

男の声は、店内に広がった。広がりきると、静かになった。こわさに耐えきれずに泣き出した女性の声が、すこし奥から聞えてきた。

パトロールマンのベイリーが、アーロンのかたわらまで、這ってきた。

「赤ん坊が、産まれてしまうんだな」

と、ベイリーが、囁いた。

「そのようです」

アーロンがこたえ、

「どうしましょう。赤ちゃんが来てしまうわ」

と、アーロンがかばっている彼女が言った。

「だいじょうぶですよ、無事にとりあげてあげます」

ベイリーが、彼女に微笑した。ベイリーの怪我と出血に、アーロンが気づいた。

「だいじょうぶだ。血の流れは鈍い」

ベイリーはそう言い、ポケット・ナイフを出してアーロンに渡した。

「彼女の服を、切り裂いてくれ」

アーロンは、下着もふくめて、彼女の服の正面を大きく切り裂いた。彼女の体が、あらわになった。

彼女は、再び、うめいた。スミス・アンド・ウエッスンを棚に置いたベイリーは、彼女の脚を大きく開いた。店内にいまある音は、彼女のうめき声だけだった。

銃声が、放たれた。轟音が店内いっぱいに広がり、なにかがはげしくこわれる音が、それにつづいた。

「自動車を、よこせ！」

と、男の声が怒鳴った。

「早くしろ！　人質の子供の頭を、銃弾で吹き飛ばすぞ！」

彼女が、うめいた。陣痛は本格的のようだった。

「腹を押せ」

と、ベイリーがアーロンに言った。アーロンは、かつての経験どおりに、彼女の腹を押した。

棚の切れ目から、東洋系の三十代の男性がひとり、こちらの通路へ這ってきた。アーロンたちに近づき、

「手助けします」

と、言った。

「棚のむこう側にいたのですよ。彼女の声が聞えました。どうやら出産らしいので、這っ

てきました」

「早くしろっ！」

男の声が、また怒鳴った。

「車を一台、用意しろ、車を調達しに店の外へいく男はいないか。いたら、両手を頭のうえにあげて、出て来い！」

男の声が店内に広がりきってから、アーロンは、

「あの男を、黙らせよう」

と、言った。ゆっくり立ちあがり、両手を頭のうえに乗せ、

「ぼくがいってきます」

と、言った。

店の奥にむけて、アーロンは歩いた。カウボーイ・ブーツでことさら強くフロアを踏みつけ、足音を響かせた。

「歩いているのは、誰だ！」

男の声が、言った。

「自動車の調達役だ」

と、アーロンは、こたえた。

「両手を頭のうえにあげろ！」

「わかったか」

「まっすぐ、店のいちばん奥へ歩け。そして、そこで立ちどまれ。わかったか」

「わかった」

アーロンは、命令されたとおりに歩いた。店のいちばん奥の、処方箋を必要としない薬のならんでいる棚の前で、立ちどまった。

すぐ近くの通路から、男が出てきた。散弾銃をスリングで背中に背負い、右手に・357マグナムのリヴォルヴァーを持っていた。人質の十歳くらいの男の子の首に左腕をまわし、かかえるようにして連れていた。

産気づいた女性の、陣痛のうめきが、聞えてきた。注意深くアーロンに近づきつつ、

「あの声は、なんだ。俺は女は射ってないぞ。さっき警官を射っただけだ」

と、アーロンに言った。

「臨月の女性が産気づいたのだ」

アーロンが、こたえた。

「自動車を用意しろ」

「ぼくのでいいかな」

「車は、なにだ」

「四年前のフォード」

「乗用車か」

アーロンはうなずいた。

「持ってこい」

と、男が言った。

「正面の、出たすぐのところに、ドアを開きエンジンをかけたまま、とめる。とめたら、なかへ入ってこい」

「人質の解放が条件だ」

両手を頭に乗せたまま、アーロンが言った。

「車に乗るまえに放してやる」

と、男は言った。

「歩け」

アーロンをさきに歩かせ、男はうしろからついてきた。陣痛の彼女のうめき声が、強く大きくなっていた。

男は出入口ちかくの死角に身をかくし、アーロンは外に出た。応援のパトロール・カーが何台も来ていた。指揮をとっている刑事に事情を説明した。駐車場にとめてある自分のフォードまで、歩いた。車のなかに入り、エンジンをかけて駐車スペースから出し、スーパー・マーケットの正面へまわった。パトロール・カーは、すべて遠くへさがっていた。

男に命じられたとおりに階段の前へ車をつけ、外に出た。階段をあがり、店のなかに入った。赤ん坊の元気に泣く声が、聞えた。

人質の子供の首を左腕でかかえ、マグナムの銃口を彼の頭に押しつけたまま、男は店の外に出た。階段を降り、子供を放し、車のなかに入った。車はタイアを鳴かせて急発進し、駐車場の出口にむかった。すでに位置についていた何台かのパトロール・カーが、男の乗ったフォードをはさみうちすべく、おたがいに連係して素早くなめらかに、広い駐車場のあちこちで、いっせいに動いた。男がこころみようとしているのは逃走ではなく、すこしだけ手のこんだ自殺であるように思えた。

アーロンは、割れたグラスの話をしてくれた老婦人を、さがした。むこうの端のチェックアウト・カウンターまで歩いてきた彼女に、アーロンは足早に歩みよった。腕をとって支え、店の外に出た。アーロンのフォードに乗った男は、警官のライアット・ガンであるレミントン870で射ち倒され、ずたずたになって死んでいた。

階段を駐車場まで降りてきて、老婦人は、アーロンにかかえられたまま、気を失った。彼女にとっては理解も適応をもこえた突然の出来事は、明らかに負担が大きすぎた。

いつか聴いた歌

1

「アーロン・マッケルウェイさんですか」

と、その女性の声は、電話の向うからきいてよこした。

若い女性の声だ。電話をとおすと、ほんのすこしだけ、声の輪郭が冷たくなる傾向の声だ。いまのように長距離電話だと、なおさらだ。

「私です」

マッケルウェイが、こたえた。

「若い声ですね」

彼女が言った。

「若い私立探偵というものも、この世には存在するのです」

「ほんとうに、マッケルウェイさんですか」

「そうです」

「私は、パトリシア・ローダーといいます」

彼女が、自分の名を名乗った。

「はい」

「私立探偵のアーロン・マッケルウェイさんですか」

長距離電話の向うで、彼女が、かさねてきいた。声の輪郭がやや冷たくなっているのは、電話という電気的システムのせいだ。輪郭の内部には、しっかりとした声がある。強い意志が輪郭の隅々にまでよくゆき渡っている。言葉の発し方は明晰であり、抑揚は知的だ。

「私の知人が、あなたを紹介して、推薦してくれましたので、こうして電話しているのです」

「はい」

パトリシア・ローダーは、その知人の名をアーロンに伝えた。その名前に、アーロンは、記憶があった。

「LAの若い私立探偵にアーロン・マッケルウェイという優秀な男性がいるので、相談してみるといいと、その人はすすめてくれたのです」

「はい」

「パトリシアはそのまま本名ですが、ローダーは私が勝手にそう言っているだけで、ほんとうは、シュローダーといいます」

「シュローダーさん」

「ええ。おもちゃのピアノを弾くシュローダーです」

ごく軽い冗談を、パトリシアは言った。

「彼のピアノは、ぼくも好きですよ」

アーロンが、こたえた。

声だけが聞えてくるとき、その声に笑顔の声というようなものがもしあるなら、淡くはあるけれどもはっきりと笑顔の声で、

「そうですか。彼はなにしろ天才ですからね」

と、パトリシアは言った。

「ローダーは、シュローダーを短く省略したものですね」

アーロンが、きいた。

「そうです」

長距離電話の向うのパトリシアは、ROEDERというつづりを、アーロンに教えた。

そして、

「相談を、手みじかに語ります」

と言った。

「どうぞ」

「この会話は録音されているのかしら」

パトリシアが、きいた。

「複雑なご相談ですか」

アーロンが、ききかえした。

「複雑、とはどういう意味かしら」

「たとえば、入り組んだ人間関係があって、人の名前がたくさん出てくるとか」

「いいえ、そんなのではないわ」

「でしたら、録音はしません」

アーロンの説明に納得したパトリシアは、相談ごとの説明をはじめた。

「私は、歌をうたうのです」

「はい」

「カントリー・ソングです」

「はい」

「カントリー・ソングは、お好きですか」

「ぼくは、いろんなタイプの音楽に数多く接するのが好きです。カントリー・ソングも、聴きます」

「私はいま三十二歳です。いまは歌で自分の生活を支えていますから、自分ではプロの歌手だと思ってますし、私が歌をうたう仕事をする店の人たちやお客も、私をプロとして扱ってくれています」

「はい」

「歌をうたいはじめて、五年になります。プロとしてうたいはじめて、五年です」

「はい」

「いろんな歌をうたいます」

「そうでしょうね」

「とっさにリクエストされてすぐにうたえるカントリー・ソングのレパートリーが、四百曲ちかくあります」

「はい」

「トラックを運転しながら、覚えたのです」

「トラックを」

「トラックの話は、あとにしたいと思います」

と、パトリシアは言った。

「相談ごととは、直接には関係がありませんので」

「どうぞ」

「いまも言いましたとおり、プロとしてうたいはじめて五年になるのですが、いま、とても不思議なことがおこっているのです」

「はあ」

「その、不思議なことについて、ご相談したいのです」

「どのような不思議なことなのですか」

「四百曲のレパートリーのなかに、一曲だけ、まずぜったいに私だけしか知らないはずの歌があるのです」

「自作曲ですか」

と、アーロンがきいた。

「詞は、私自身がつけたものです」

パトリシアが、こたえた。

「しかし、曲はちがいます。曲は、私が十四歳のときに、父からもらったものです。父はそのとき、終身刑で刑務所に入っていました」

パトリシアは、そこで言葉を切った。

「たいへん興味深い物語のようですね」

アーロンの言葉に、パトリシアは、

「そうです」

と、こたえた。そして、話をつづけた。

「終身刑ということは、自由の身として刑務所の外へ出て来ることは二度とありえない、ということです」

「はい」

「父は、刑務所のなかで、心臓疾患によって、死にました」

「はあ」

「曲を彼から受け取って、三ヵ月ほどあとのことでした」

「曲」

「ええ。曲です。面会にいった十四歳の私に、父は、手紙の封筒を切り開き、その裏に五線紙を書き、その曲を書いてくれたのです。父が自分でつくった曲で、ずっと彼の頭のなかにあったのだそうです。私がおまえに残してあげることができるのは、この曲だけだよと言って、金網の向うから、父は私にその曲をくれました」

「十四歳のときですね」

「そうです。ずっと大切に持っていて、プロとして歌をうたいはじめて二年目くらいのころ、ふと思い出し、封筒の裏に書いてあるそのスコアを見たのです」

「はい」

「とてもいい曲なのです。もののみごとに、カントリー・ソングなのです。メロディのなかに、ストーリーがあるのです」

「なるほど」

「それ以前にも私はその曲をギターやピアノで弾いてみたりしたことがあったのですが、当時はまだ自分の気持に強くひっかかってはこなかったのですね」

「ええ」

「プロとしてカントリー・ソングをうたって二年になっていたわけですから、こんどはその曲の良さが、すぐにわかりました」

「はい」

「だから、私は、その曲に自分で詞をつけたのです。自分で満足のいく詞が出来あがると、私は、その歌を、自分のレパートリーに加えて、いろんなところでうたいました。すでに何百回となく、うたってます」

「はい」

「なんだか、私だけが、一方的に喋っているみたいですね」

長距離電話の遠い声で、パトリシアが言った。

「仕方ないでしょう」

おだやかに、アーロンがこたえた。

「相談ごとですからね。相談ごとの内容を相手に伝えきるまでは、一方的に喋ってしまうことになるでしょう」

「そうね」

「お父さんは、なにをやってらした方ですか」

アーロンが、きいた。

「刑務所に入ってました」

「それ以前です」

「カントリー・アンド・ウェスタンの有名な女性歌手の、巡業用のバスの、運転手をやってました」

「はあ」

「長いあいだそのバスのドライヴァーをやっていましたが、本来はドラマーだったのです。ドラマーとして巡業のステージを、その女性歌手といっしょにつとめたことも、何度もあります」

「なるほど」

「その父親が、一曲だけ自分で作曲して、それを刑務所での面会のときに、私にくれたのです」

「まるで遺品のように」

「そうね。まるで、遺品のように。と言うよりも、遺品として」

「はい」

「私が自分で詞をつけてうたっていたのですが、店でうたうと、あとから、さっきのあの歌は、とてもいい歌だけど、どこかほかでも聴いたことがあるよ、とお客に言われるようになったのです」

「ははあ」

「詞はちがうのですが、メロディはたしかにおなじだ、とその人たちは言うのです」

「何人もの人に、そう言われたのですね」

アーロンの問いに、

「これまでに五人です」

と、パトリシアは、こたえた。

「五つのちがった場所で、五人の人から、その歌はどこかで聴いたことがある、と言われたのです」

「その、五つの場所は、どこですか」

と、アーロンが、きいた。

「トゥースン。エルパソ。フォート・ワース。シュリーヴポート。そして、アラバマ州モンゴメリーです」

パトリシアのこたえを聞いて、アーロンは、メモ・パッドから顔をあげた。部屋の向うの壁を見た。広い壁をほぼいっぱいにふさいで、アメリカ合衆国の、非常に精密なレリーフ地図が、かけてある。アメリカ合衆国の広い国土が持っている起伏を壁の上に再現してみせてくれているそのレリーフ地図は、標高の高い山脈や大平原など、地形上の特徴が、凹凸だけではなく色によっても、再現してある。そして、インタステート・ハイウェイ・システムが、描きこんである。パトリシアがあげた五つの場所を、五つとも、そのレリーフ地図の上にアーロンは正しく見つけ出すことができた。

「いまの五つの場所は、横に一列に、ひとつの線でたやすく結びつけることができますね」

アーロンが、そう言った。

「そうです」

パトリシアが、こたえた。

「いまあなたがおっしゃったこの順番で、その歌を聴いた人が登場したのですか」

アーロンの問いに、パトリシアは、

「いいえ」

と、こたえた。

「西から東へならべかえて言ったのですが、順番どおりに言うと、モンゴメリーが最初で、その次がフォート・ワース。そして、シュリーヴポート。それから、エルパソ、トゥースンの順です」

「転々としてますね」

「そうね」

「あなたしか知らないはずの歌を、ほかでも聴いたという人が、すでに五人、この順番で登場したのですね」

「そうです」

「面白いですね」

「きっと部分的によく似た歌があるのだろう、とはじめのうちは思っていたのですが、五人もの人から、その歌はどこかで聴いたことがあると言われてしまうと、ひとつの確信のようなものを持つに至るのです」

「どのような確信ですか」

アーロンが、きいた。

「私以外にも誰かが、おなじメロディの歌を各地の店でうたっている、という確信です。詞はちがうのですが、メロディはまったくおなじなのです。うたっているのは誰なのか、そして、その人は、このメロディをどこから手に入れたのか、ということを私は知りたいのです」

パトリシアは、言った。

「以上のような調査を、私立探偵にやっていただけるものなのかしら」

「やりますよ」

と、アーロンはこたえた。

パトリシア・ローダーからアーロン・マッケルウェイのところに最初にかかって来た長距離電話の内容は、以上のようだった。かかって来たのは、六カ月まえのことだ。

2

「女性だということが、わかったのです」

と、パトリシア・ローダーが言った。今度も、長距離電話だった。彼女の声は充分に遠く、したがってクールに聞えた。

「なにがですか」

アーロン・マッケルウェイが、ききかえした。

「私しか知らないはずの、十八年前に父から私がもらったメロディに、ちがう詞をつけてうたっている人です」

「なるほど」

「女性なのだそうです」

「そのことを、あなたは、誰から聞いたのですか」

「長距離トラックのドライヴァーから、聞かされました。彼は、テネシー州のチャタヌーガにある、カントリー・アンド・ウェスタンのバンドや歌手が出演している店で、一週間前に聴いた、と言っていました」

「ふーむ。その女性について、詳しく聞き出しておきましたか」

「彼が記憶していることはすべて、語ってもらいました。彼は歌が好きで、自分でもやがて作曲をしようと思っているのだそうです。その女性がうたった歌を、彼はよく記憶していました。私のギターを弾きながら、彼は、その歌をうたって聴かせてくれたのです」

「どうでした」

「ぴったりおなじです。ほんのすこしだけ変えてあるところが一個所だけあるのですが、まったくおなじ歌です」

「面白いですね」

と、アーロンが言った。

「面白いと言うよりも、なんとなく気味が悪いのです」

パトリシアが、遠い声でこたえた。六カ月前に彼女がアーロンのところへはじめて電話をして来たときは、テキサス州のアマリロからかけている、と言っていた。

「いま、どこから、かけているのですか」

と、アーロンが、きいた。

「ララミーからです」

パトリシアは、こたえた。

「ララミーがどこにあるか、ご存知でしょう」

「知ってます」

「ワイオミング州のララミーです」

「転々としてるのですね」

「一年三百六十五日の九十パーセント以上を、旅に出たまま過すのです」

と、パトリシアは言った。

「こういう生活が好きで、カントリー・ソングをプロとしてうたう仕事をやるようになったのですから」

パトリシアの声を聴きながら、アーロンは、広い部屋の向うの壁にかけてあるアメリカ合衆国のレリーフ地図に視線を向けた。ララミーの位置を、彼は、視線によって正確におさえることができた。

「ララミーで仕事が終ったら、エルパソまでくだっていきます」

と、パトリシアが言った。

ララミーからエルパソまでのルートは、インタステート25だ。

「旅は、ひとりでなさるのですか」

アーロンが、きいた。

「そうよ」

ロッキー山脈を向う側へこえたララミーの片隅から、アーロンの耳の中へパトリシアの声が届いた。

「自分の持物すべてをフォード・ブロンコに積みこんで」

パトリシアは、みじかく笑った。

「面白いし刺激的だし、私の大好きな生活だわ」

「話をもとにもどしましょう」

アーロンが言った。

「あなただけしか知らないはずのメロディにちがう詞をつけてうたっている、もうひとりの女性について、もっとうかがいましょう」

「詞は、書き取っておいたの」

と、パトリシアが、こたえた。

「ピータービルトのエイティーン・ホイーラーを運転しているというそのトラック・ドライヴァーがうたってくれるのを聴いて、私はその詞を書き取ったのです」

「ええ」
「その詞で、うたってみました」
「はい」
「なかなか悪くないのです」
「そうですか」
「彼が言うには、彼女がうたったその歌に対して、店のお客たちの反応は、相当によかったそうです」
「なるほど」
「でも、さっきも言ったとおり、気味悪いわ」
「そうでしょうね」
「私しか知らないメロディのはずなのに」
「ええ」
「しかも、十八年も前に、刑務所に入っていた父からまるで形見のようにもらったメロディですのに」
「あなたがうたうその歌を、どこかで聴いた歌だと言ったのは、今度のピータービルトのドライヴァーを含めて、六人ですね」
「そうです」

「しかも六人目の彼は、メロディを覚えていて、あなたにうたって聞かせたわけです」

「そうよ」

「まったく逆のことが、あなたのまるで知らないところでおこっていた、と考えることは出来ませんか」

「その可能性については、私も考えてみたわ」

「つまり、あなたがうたうのをその女性が直接に聴いて、メロディを覚え、ほかの詞をつけて自分のレパートリーにしている、というようなことです」

「ありえなくはないですね」

「あるいは、あなたがうたうのを聴いた人から、間接的にメロディを教えてもらったとか」

「ぴったりおなじメロディなのよ」

パトリシアが、電話の向うで言った。

「歌を一度聴いただけで、そのメロディを正確に記憶できる人は、この世にはたくさんいるはずです」

「ええ」

「ピータービルトのドライヴァーが、そうだったではないですか」

「そうね」

「その女性は、いくつくらいの人なのですか」

と、アーロンが、きいた。

パトリシアは、しばらく黙っていた。そして、次のように言った。

「ピーターービルトのドライヴァーによれば、彼女は若く見えるタイプだったそうです。でも、年齢をかくしきることは出来なくて、五十歳あるいは五十歳をすこしだけこえた年齢だったそうです」

「この女性が何者なのか、そしてどのような経路をへて、あなただけが知っているはずのメロディをうたうにいたったかを、ぼくが調べればいいのですか」

「やっていただけますか」

「やります」

アーロンは、こたえた。

「しかし、糸口がすくなすぎますね。その女性をつきとめるための糸口が」

「名前は、シーラ・カールトンというのだそうです」

「彼女の名前ですか」

「ええ。本名かどうかはわかりませんが、シーラ・カールトンの名で、チャタヌーガの店に出ていたそうです」

「その店の名前は、わかりますか」

「わかります」

パトリシアは、店の名前そして電話番号を、アーロンに教えた。アーロンは、メモ・パッドにそれを書き取った。

「ここまでわかれば、簡単ですよ」

と、アーロンは言った。

「この店に電話をして、シーラ・カールトンについてたずねればいいのです。彼女にブッキング・エージェントがいるなら、そのエージェントを教えてもらい、エージェントに電話して彼女についてたずねればいいのです」

「ええ」

「やってみましょうか」

「なぜあのメロディを彼女が知っているのかまでは、エージェントからは聞き出せないわ」

パトリシアが、こたえた。

「シーラ・カールトンがいま出演している店を教えてもらって、シーラに直接に電話して聞き出すこともできるのです」

「そうね」

「やってみましょうか」

「そうね」

と、パトリシアはこたえた。言葉としては肯定だが、まだ自分の気持をそこまでは決めかねている、というのが言外の意味だった。

「やってみましょうか」

「自分でも出来るわね」

「出来ますよ」

アーロンが、こたえた。

「でも」

と、パトリシアが言った。

「薄気味悪いわ」

「お父さんは、刑務所のなかで亡くなったのでしたね」

「そうです」

「お母さんは、どうなったのですか」

「知りません」

「というと？」

「親がわりになって私を育ててくださった、素敵な年配のご夫婦がいるのですけど、私が十四歳のときに、じつはほんとうの親ではないのだと、私に教えてくれたのです。それまで私は、自分が彼らふたりの子供だとばかり思っていたのです」

「はあ」

「だから、十四歳のときに、刑務所へ父に会いにいったのです」

「なるほど」

「母がどうなったのかは、父も知りませんでした。あるいは、知っていても、教えてはくれませんでした。私を育ててくれたご夫婦も、私の母のことはなにも知らないのです。私がまだ一歳未満のときに、私は彼らのところへもらわれていったのです」

「なるほど」

「母がどうなったのか、ほんとうに、なにも知りません」

「調べる方法は、あるでしょうね。いまから、あなたのお母さんについて調べる方法は、まだあると思うのです」

「専門家のあなたがおっしゃるのですから、たしかにあるのでしょう」

「調べましょうか」

「そうね」

さきほどの〈そうね〉と、まったくおなじ意味でパトリシアは言った。

「お父さんは、ひょっとしたら、おなじメロディを、お母さんにも教えていたのかもしれませんよ」

「ええ」

「シーラ・カールトンが五十歳だとすると、あなたのお母さんだと仮定して、年齢は適合しますね」

アーロンが言った。長距離電話の向うで、パトリシアはしばらく黙っていた。そして、

「彼女は、私に似ているのですって」

と、言った。

「シーラが、あなたに似ているのですか」

「ええ。ピーター・ビルトのトラック・ドライヴァーは、そう言ってたわ」

「お母さんの写真は、持ってないのですね」

アーロンがきいた。

「持ってません」

と、パトリシアが、こたえた。

「なにもないのです。名前すら知りません」

「お父さんが、あなたとあなたのお母さんとの両方に、おなじメロディを教えたのかもしれませんよ。その可能性がいちばん強いように、ぼくは思います」

「しかし、十八年も前よ」

「ええ」

「それに、父は、おまえだけにこのメロディをあげよう、世界がいくら広くても、私がつくったこのメロディを知っているのは、おまえだけだよ、と父は十四歳の私にいったのです。いまでも、はっきり、覚えています」

「人間は、時と場合によっては、いろんなことを言うものです」

「そうでしょうけど」

低い声でそう言い、パトリシアは再び黙った。そして、しばらくして、

「私の目と鼻、そして目や鼻のあたりぜんたいが、父とそっくりなのです。刑務所で面会して、封筒の裏に書いたメロディをもらったときに、確認しました」

「ええ」

「たとえすでに死んでしまっているにせよ、私にかつて母がいたことは確かです。顔ぜんたいの形や唇、そして顎などが、その母親に似ているにちがいない、と私は思うのです」

「たしかめてみますか」

アーロンが、きいた。

「やっていただけますか」

「やりますよ。あなたがそのような調査をぼくに依頼したということを、たとえばシーラ・カールトンが知るところとなってもいいでしょうか」

「かまいません」

はっきりと、パトリシアは、言った。

「お父さんの名前は、なんと言うのですか」

アーロンが、きいた。

「ニール・フラナガンです。一度だけ、しかもごく短時間、面会しただけですから、詳しいことはなにも知りません。刑務所に問いあわせれば、わかると思います」

「シーラ・カールトンが何者であるか、調べて判明させればいいのですね」

「そうです」

パトリシアはこたえた。そして、

「カセットを、送ります」

と、つけ加えた。

「はい」

「父からもらったメロディに私がタイトルと詞をつけた歌と、トラック・ドライヴァーから教えてもらった、シーラ・カールトンがうたっているのを私がうたって、その二曲を録音したカセットを、送ります」

パトリシア・ローダーからアーロン・マッケルウェイのところに最初に長距離電話がかかって来たのは、六カ月前のことだ。二番目のこの電話は、それから四十日後に、かかって来た。そして、その電話のしめくくりとして、

「シーラ・カールトンは、私の母であるような気がします」

と、パトリシアは言っていた。

3

「なんですって？」

と、シーラ・カールトンは、長距離電話の向うで、アーロン・マッケルウェイにききかえした。

「私立探偵です」

アーロンが、こたえた。

「私立探偵ですって？」

シーラが、ふたたび、ききかえした。

「そうです」

ほんのすこしのあいだ、シーラは、沈黙した。そして、

「まあ」

と、ひとこと、言った。

「私立探偵からいきなり電話をもらうなんて、はじめてだわ」

シーラが、そう言った。

シーラ・カールトンは五十歳あるいはそれ以上の年齢ということだったが、こうして電話をとおして声を聞いているだけだと、もうすこし若い女性を想像する。

しかし、言葉が声となって彼女の体から出て来るときの出かたや、深みのある声の質、抑揚の落着きなどには、年齢つまり人生の体験のつみかさねによって自然に身についた奥行きが、充分にあった。

「ほんとに、私立探偵なの？」

と、シーラが、きいた。

「ほんとです」

「お若い方なのかしら」

「若いです」

「とにかく、これは、はじめてのことだわ」

丸みのある、人好きのする性格が、シーラの喋り方からうかがえた。笑うと、あるいは笑わなくても、シーラの目尻には魅力的なしわができるのではないかと、アーロンは想像した。

「すこし話をしていいですか」

と、アーロンが言った。

「いいですとも」

「そこまで出向いて、直接にお目にかかるというやり方も可能なのですが、長距離電話ではじまった事件なので、ぼくもまず、こうして電話をしているわけです」

アーロンの説明を、シーラは、電話の向うでうけとめた。そして、

「なんのことだか、わかりませんわ」

と、言った。

「事件、とおっしゃったかしら」

「事件、と言うと不吉な印象がありますが、けっしていやなことではないと思います」

そう言ったアーロンは、

「パトリシア・ローダーという若い女性を、ご存知ですか?」

と、きいた。

「パトリシア、誰ですって?」

「パトリシア・ローダーです。ローダーは、芸名のようなもので、ほんとうはシュローダーと言います」

「パトリシア・シュローダー」

「はい」

「知らないわ」

「カールトンさんとおなじように、アメリカ合衆国の各地を、カントリー・ソングをうたってまわる仕事をしてます」

「聞いたことのない名前だわ」

「彼女から依頼された調査のことで、電話しているわけです」

「どのような調査かしら」

歌詞はちがうけれどもおなじメロディでシーラ・カールトンがうたっているという歌のタイトルを、アーロンはシーラに告げた。

「この歌を、カールトンさんは、レパートリーのひとつになさってますね」

「そうよ」

アーロンは、その歌の出だしの数小節を、鼻歌のように送話口に向かってうたってみせた。

「甘く、ソフトにうたうのね」

シーラが言った。

「とてもいい歌です」

「私も、気に入っているわ」

「詞は、ご自分の作ですか」

「そうよ」

「メロディはどこから手に入れたものだか、教えていただけますか」

と、アーロンが言った。電話の向うで、シーラは黙った。沈黙は、かなり長くつづいた。

「もしもし」

アーロンが言った。

「だいじょうぶよ。私は、ここにいるわよ」

と、シーラは、こたえた。

「あなた、きいてはいるけど、すでに知ってるのでしょう」

シーラが、ききかえした。

「いちおう、知ってます」

「教えて」

「ニール・フラナガンという男性からもらいうけたメロディでしょう」

「ええ」

ごく普通のことのように、シーラはこたえた。

「二十年ちかく前に」

「そうね。そのくらいだわ。まだ二十年にはならないかもしれないわ」

「獄中のニール・フラナガンから、まるで形見のようにもらいうけたメロディでしょう」

「たしかに、形見のようなものだわ。私が彼からこのメロディをもらったすぐあとに、彼は他界したから」

「ニールの死因は、なにでしたか」

「心臓疾患よ」

「おなじメロディを、まったくおなじようなかたちで、ニールからもらいうけた女性が、もうひとりいたのです」

「パトリシアなんとかという女性が、その人かしら」

「パトリシア・ローダーです」

「ええ」

「ニールの、実の娘です」

ごく軽く、シーラは、電話の向うで嘆息をついた。その嘆息は、アーロンにはっきりと届いた。

「私がおまえに残してやれるのはこのメロディだけだと言って、ニールはこのメロディを封筒の裏に書いて、パトリシアに手渡したそうです」

「ニールらしいことだわ」

と、シーラが言った。

「どういう意味ですか」

アーロンがきいた。

「私がこのメロディをもらったときにも、ニールは、おなじようなことを言ったわ」

「そうですか」

「そうよ」

「おなじメロディを、ふたりの女性に託したわけですね」

「そうね」

「なぜでしょう」

「私が知るわけないわ」

「そうですか」

「きっと、ひとりの女性に託するよりも、ふたりに託したほうが、そのメロディの生きながらえていくチャンスが大きくなるとでも思ったのでしょう」

シーラ・カールトンは、そうこたえた。

「カントリー・ソングを、プロとしてうたっていらっしゃるのですか」

アーロンが、きいた。

「そうよ」

「何年くらいになりますか」

「十年以上ね。十三、四年かしら」

「このメロディに詞をつけてうたいはじめたのは、いつからですか」

「二年ほど前よ」

「なぜ、うたいはじめたのですか」

「いい歌なのよ。私はとても気に入っていて、詞はずっと以前につけたの。何年もかかってすこしずつ詞を修正して、いまのかたちに落着いたの。人の前でうたうことに関して、すこしだけ、抵抗があったの」

「どんな抵抗ですか」

「ニールがひとつのメロディを私に託してくれたという、その個人的なことが、パブリックな空間のなかへ飛び散ってしまうような気がして」

「お気持はよくわかります」

「でも、いったんうたってしまうと、気持は思いのほか平静で、好きな歌のひとつとしてレパートリーのなかにとてもうまく落着いたわ」

「わかります」

パトリシア・ローダーもプロとしてカントリー・ソングをうたっていて、このおなじメロディに詞をつけてうたっていることを、アーロンはシーラ・カールトンに説明した。

「生きながらえたわけだわ」

と、シーラは言った。

「ニール・フラナガンが一生にひとつだけつくったメロディは、生きながらえてるのだわ」

「歌の評判は、どうですか」

「とてもいいわ」

「パトリシアのほうも、この歌は、お客に気に入ってもらえているそうです」

アーロンの説明に、シーラは、

「うれしいわ」

と、言った。

パトリシアがうたうのを聴いた客が、その歌は以前にどこかで聴いたことがあると言い、そのようなことを言う客が五人目を数えるにいたって、パトリシアが自分のところへ調査を依頼して来たという事情を、アーロンは、手みじかに説明した。

シーラは、心から、驚いていた。

「まるで、小説雑誌で読むストーリーのようだわ」

「事実なのです」

「私がこれまでにもっとも驚いた出来事のひとつよ」

「カールトンさんからうかがった、以上のような話を、パトリシア・ローダーに報告していいですか」

「どうぞ」

「カールトンさんは、パトリシアさんのお母さんではないのですね」

アーロンが、きいた。

「ちがうわ」

「彼女のお母さんは、どうなったのですか」

「死んだのよ」

「どうしてですか」

「ライフルで射殺されて」

「誰が射殺したのですか」

「ニールよ」

「ニールはなぜ、奥さんを射殺しなくてはいけなかったのですか」

アーロンから遠く離れたところで、シーラ・カールトンは、今度もごく軽く、嘆息をついた。シーラは、いま、イリノイ州スプリングフィールドのモーテルに宿泊している。各地を転々と巡業してまわっている途中なのだという。

「よくあることよ」

と、シーラは言った。

「と言いますと」

「と言いますともなにもないのね」

「はあ」

「三角関係ですもの」

「なるほど」

「男性はニールで、女性は、私とニールの奥さんのふたり」

「ええ」

「私とニールとのことを、ニールの奥さんが知るところとなって、彼と奥さんとのあいだでしばらくいさかいがつづいていたらしいの。私は、どたん場まで、気がつかなかったのよ」

「はあ」

「彼の奥さんが私のことを射ち殺すと言って、ある日のこと、町のなかでほんとうに私を射ったの」

「はあ」

「ファーマシーで働いていた私が、一日の仕事を終って外へ出て来て、駐車場にとめた自分の車まで歩いていこうとしていたら、道路のほうで銃声がして、銃弾が私の頭をかすめて飛んでいったの」

「はい」

「いまでも、あの音を、はっきりと覚えてるわ」

「そうでしょうね」

「びっくりしてふり向いたら、歩道に寄せてとまっているフォードのセダンの前にひとりの女性が立って、両手でピストルを構えて、私を狙っているの。二発目を射とうとしてたのね」

「はい」

「まるで、映画みたいだったわ。あまりにも映画みたいなので、そのときの光景をモノクロームで私は記憶しているの」

「なるほど」

「フォードのセダンの斜め後方、道路の向う側にやはりセダンがとまっていて、そのセダンのわきにニールが立ち、ライフルを構えて狙ってるの。私に二発目を射とうとしている奥さんを、ニールは道路の向う側からライフルで狙っているの」

「はあ」

「映画みたいでしょう」

「TVで夜遅くにやっている、昔の映画の中のシーンみたいです」

「RKOないしはリパブリックね」

「はい」

「ニールは奥さんを射つ、そして必ず命中する、ということが、その光景を見たとたんに、私にはわかったの」

「はい」

「ライフルの銃口からまっすぐに空中に線を引くと、彼の奥さんに当たるの」

「ええ」

「あっ、命中する、と思ったらとても他人事とは思えなくて、私は悲鳴をあげたらしいのよ。自分では覚えてないけど、何人かの通行人全員が、ぱっと私のほうに視線を向けたのを、やはりまるで映画のように記憶してるから」

「はい」

「ライフルが発射され、銃声が轟き、彼の奥さんは突きとばされたようによろめき、ばったりと歩道に倒れたわ」

「ええ」

「彼女が両手に構えて私を狙っていたピストルが、歩道の上を転がっていったわ」

「目に見えるようです」

「あちこちで悲鳴があがり、ライフルを持ったニールが、私に向かって、ゆっくり、道路を横切って来たのです」

「まさに、三角関係ですね」

「奥さんは即死で、ニールは、結局、終身刑になったのよ」

「はい」

「ニールの娘、つまりパトリシアを、子供を切実に欲しがっていて、しかもひとりの子供を信用して託することの出来る夫婦に、調査機関をとおして託したのは、私なのよ」

「はあ」

「なんという物語でしょう」

「そうですね」

シーラとアーロンは、イリノイ州スプリングフィールドとカリフォルニア州ロサンジェルスとにへだたりあって、ともに感嘆した。

「パトリシアは、なにも覚えてないでしょうね」

「と思います」

「可愛い子供だったわよ」

「そうですか」

「いまは、きっと美人よ」

「ええ」

「美人でしょう」

「まだ、お会いしたことは、ないのです」

「あら」

「長距離電話で、調査の依頼を受けただけですから」

「いま、いくつかしら、パトリシアは」

「三十二歳です」

アーロンの説明に、シーラは、心からなる感嘆の言葉を静かに、ゆっくり、発した。おなじ言葉を三度くりかえしてから、

「まさに、矢の如く、だわ」

と、シーラ・カールトンは、言った。

「パトリシアは、プロのカントリー・ソングのうたい手です」

アーロンが言った。

「そのことも、たいへんな物語ね」

「そうですね」

「信じがたいわ」

「しかし、本当なのです」

「そうなのね」

シーラは、しばらく黙った。

「パトリシアが私に会いたいと言ってくれるなら、私はパトリシアに会いたいわ」

「きいてみましょうか」

「そうね。会うことが出来れば、母親が父親の手によって射ち殺されたその日から今日までの彼女の物語を、聞かせてもらえるわ。そして、私は、私の物語を、語って聞かせるこ

とができるし」

「そうですね」

「母親が父親の手によって射殺されたということは、パトリシアがいくら調べてもわからないしかけにしてあるのよ」

「はあ」

「私が喋った物語を、パトリシアは、知りたがるかしら」

「知りたがったら、報告しておきます」

4

パトリシア・ローダーは、すべてを知りたがった。したがって、私立探偵のアーロン・マッケルウェイは、自分が知りえたすべてを、長距離電話を介して、彼女に報告した。

当然のことだが、パトリシアは、驚愕していた。心の準備が出来たなら、私はすぐさまシーラ・カールトンに会うだろう、とパトリシアは言った。

「私立探偵とは、会えないままなのね」

いつものように、遠いクールな声で、彼女は言っていた。彼女は、今度は、テネシー州のノックスヴィルから、アーロンに長距離電話をかけている。

「いずれ、お会いするチャンスは、めぐって来るでしょう」

「そうね」

「楽しみにしてます」

「写真を送るわ」

「ええ」

「私の写真」

「はい」

「調査費用と、コレクト・コールの代金の請求書は、私のブッキング・エージェントあてに、送ってください」

「そうします」

「いろいろと、ありがとう」

「お安いご用です」

「なんという物語なんでしょう」

「同感です」

簡単な挨拶をかわしあって、ふたりの長距離電話は、終った。アーロンは、ハンドセットを電話機にかえした。

あとがき

アーロン・マッケルウェイという名前の私立探偵が登場するみじかいストーリーを、ぼくはこれまでに十一篇、《ミステリマガジン》に書いた。その全部が、書いた順番に、この本のなかに収録してある。

いちばんはじめに「ハンバーガーの土曜日」を書いたのが、一九七六年の八月号だ。書くすこしまえに、私立探偵の登場するストーリーを書いてみようと急に思いはじめ、思ってすぐに書いてしまった。以後、数カ月ずつあいだをあけながら、一九八四年の十月号までに十一篇のストーリーを書いたことになる。

私立探偵が登場するストーリーを書いてみたくなった理由は、たいへん単純だ。私立探偵の物語が読み手にとって面白いものであるのとおなじように、私立探偵は、書き手にとっても、魅力的な存在であるからだ。

名前をアーロン・マッケルウェイとまずきめておき、アイリッシュ・カソリックでなければならないと自分ひとりで思いながら、彼の年齢を二十一歳にきめた。カリフォルニアで二十一歳の青年が私立探偵を営むことは、できない。だから、主たる舞台としてあてにしていたカリフォルニアも、そしてアーロン自身も、彼の二十一歳という年齢設定によって、たちまち架空のものになっていった。

このことは、ぼくにとっては、好都合だった。なぜなら、たしかに私立探偵としてそれぞれの事件の内部に入ってはくるけれども、ほとんどなんの役も果たさないような私立探偵というものを、ぼくは書いてみたいと思っていたのだから。

これまでに何人もの興味深い私立探偵たちが描き出されてきた。どの探偵もみな、強い個性を持っている。個性だけではなく、彼がもし初老ならば、そのような年齢に彼がいたるまでの人生の経験や、その経験をとおしてかたちづくって来た世界観などをも彼は強く持っていて、事件の解決とともにそれらのことも作品のなかに書かれることがきわめて多かった。というよりも、ほとんどの私立探偵が、そのような描かれかたをしてきた。

私立探偵は、依頼人から依頼を受けることによって、それまではまったく知らなかった、したがってなんの関係もなかった人間関係のなかに、突然、登場する。そして、そこから最後まで、その事件にかかわることがらのすべてを見てしまう。すべてを見る目となると同時に、事件を解決に導いていく役をも、私立探偵は自分のものとする。

このような強い性質を持たされた主人公である私立探偵を、無色透明、無味無臭のような存在として、ぼくは描いてみたかった。事件のなかの人間関係には大きな興味を持ち、そのなかの誰に対しても共感や同情を充分にそして対等に持ちはするが、その共感や同情はきわめて中立的であり、比喩で言うならば、どこからどんな風が吹いて来ても、その風は彼のなかをすんなりと吹き抜けてしまうような、そんなありかたの私立探偵を、ぼくは書こうとした。

彼は初老や中年であってはならず、自分の体験から抽出した世界観などを人に語ってはいけない。誰に対しても対等に共感しなくてはいけない。自分の考えにもとづいてある特定の方向に事件をひっぱっていってもいけない。タフ・ガイであってはならず、妙な癖があってもいけない。いけないづくしで考えていくと、やはり彼は二十一歳でしかありえない。

まるで空気のような、強いて言えばすこし頼りないような、それでいて内部は強靭であり、若くておだやかな性格であるという以外の感想を人が彼に対して持ちえないような、そんな私立探偵がもし描ければ、ぼくにとっては理想的であった。

私立探偵が扱う事件に、ひとつの傾向や特徴、あるいは定石がもしあるなら、その定石にのっとった、いかにも私立探偵ものらしいストーリーをせめてひとつは書きたい、とぼくは思っていたのだが、すくなくともここまででは、それは果たせていない。

言い訳をひとつ言うなら、いかにも私立探偵ものらしいストーリーが出来なかったことには、あらかじめ理由がきちんとあるのだ。ぼくがつくったアーロン・マッケルウェイという私立探偵は、どの事件においても、事件が大きな山を越えて、ほぼ完結したところへ、ふと、風のように現れるという運命の探偵であるからだ。当事者全員に対して、共感は充分にするけれど、事件の解決にむけて自分が手をくだすのは、必要最小限の範囲内においてである、と設定された探偵は、事件が事実上すでに終わったところでしか登場しえない。あらかじめ終わっている事件を記述するための中継点として、マッケルウェイは機能する。不思議な探偵をつくったものだと、自分でも思うが、じつはぼくはこのような変な設定がことのほか好きなのだ。

主人公とおなじく、どのストーリーもすこし変わっている。それぞれのストーリーの出来ばえについては、言い訳はしないでおこう。舞台はアメリカだが、架空のアメリカだ。描いてあるとおりの現実が、部分的には存在するが、二十一歳の私立探偵が架空であるのとおなじ意味において、ローカルは架空だ。現実に存在する場所やものごとに頼ることはまったく出来ないということは、最初のストーリーを書きはじめてすぐにわかった。

いかにも私立探偵ものらしいストーリーを書いてみたいという気持ちは、いまでもつづいている。アーロン・マッケルウェイをへて、振り出しにもどった。もどることが出来たのは、ぼくのあらゆるわがままに対して、素晴らしく寛容であった、《ミステリマガジン》編集長、菅野圀彦氏のおかげだ。

〔一九八五年発行の単行本『ミス・リグビーの幸福』（早川書房）より転載〕

きみは、何なの？

都筑　小説を書くうえで、影響をうけた作家は、いるの？
片岡　いません。
都筑　この作家のように書いてみたい、と思うことはないの？
片岡　ありません。
都筑　まじめに小説を書きはじめたのは、いつごろからだったかな。
片岡　雑誌《野性時代》の創刊からです。
都筑　それ以前に、いままでいうハチャメチャ小説を書いていたけど、ああいうのは、もう書かないの？
片岡　書かないでしょう。
都筑　なぜ？
片岡　新陳代謝して自分がすこしずつ、変化していくからです。

都筑　もう卒業したってわけね。
片岡　そうです。
都筑　面白く読んだけどなあ。小説を書こうということは、昔から思っていたわけ？
片岡　いいえ。いつのまにか、自然に。
都筑　誰かほかの作家の作品を読んで感銘をうけ、そこから影響をうけて出発する例が多いけど、そういうことはなかったのね。
片岡　ありませんでした。まったく読んでませんでしたから。
都筑　普通、誰かの影響をうけるものなんだけどなあ。
片岡　そういうことは、ありませんでした。
都筑　まったくない。
片岡　ありません。(笑い)
都筑　それは、きみにとって、たいへんな強みだなあ。もうひとつ聞きたいのだけど、あなたの小説は、若い人が登場する小説が多いでしょう。あれは、なぜなんだろう。
片岡　自分が同時代として持っている、いま、現在、この瞬間とフルにかかわっている状態がいちばん好きなので、そういうことを書こうとすると、登場人物が若くなり、物語ることがらも若い感じになることが多いのです。これまでに書いた小説のなかで、いちばん年齢の高い主人公は、三十七歳でした。

都筑　あまりにも現在でありすぎるという危惧《きぐ》は持たないの？
片岡　持ちません。というよりも、そういうことまで手がまわらないですね。自分の感覚や肉体をフルに総動員して感じとれるものというと、現在という時間しかないのです。ふりかえるだけの過去もなく、あてにする将来もないという、非常にいい時間が、若い時期にはありますでしょう。
都筑　過去には、こだわらない。
片岡　まったくこだわりません。誰にでも過去という歴史があり、そのつながりのうえで現在を持っているのですが、過去はすでに存在しないのですから、存在しないものにマイナスのかたちでこだわって現在が限定されてくるという不自由は、避けたいのです。都筑さんは、こだわるのですか。
都筑　もう、あらゆることに、こだわる。きみは、好き嫌いなんて、ないの？　たとえば、食べものとか。
片岡　ありません。
都筑　人間の好き嫌いは。
片岡　どこにどんな素晴らしい人がいるか、知りあうまでわからないわけですから、好き嫌いというフィルターをつくることはないつもりです。
都筑　こういうのはどうしても駄目だとか、こんなのは自分としては絶対にいやだとか。

片岡　できるだけ広く、正しく感じとるということが大事なので、感じ方の不自由な人とは話が合わないこともありますが、べつに気にはなりません。
都筑　外国人は。
片岡　おなじです。
都筑　ほかの人の小説だと、たとえばアメリカ人が登場するとどうしても違和感を覚えるのだけど、きみの小説の場合には、それがない。
片岡　登場人物の誰もが、素直なのでしょう。きっとそのせいです。
都筑　いやなこと、絶対にやりたくないことなんて、ないの。
片岡　感じ方の幅をせばめるのが、いやですね。
都筑　たとえば——。
片岡　すでにできあがっているいくつかのパターンのうちのひとつにはまるとか。
都筑　自分自身のことについて、きみはほとんど書かないけど、なぜだろう。
片岡　過去は存在しないからです。（笑い）
都筑　ぼくがはじめてきみに会ったのは、早稲田ミステリー・クラブの連中といっしょにきみがぼくの家へ来たときだけど、大学はどこを出たの。
片岡　早稲田です。
都筑　知りあってずいぶんになるけど、きみが早稲田だというのを、いまはじめて知った。

片岡　ミステリー・クラブに入ってたのね。
都筑　いいえ。
片岡　なぜ、あのとき、いっしょに来たの。
都筑　プロの作家に会わせてやるから、来たければ来い、と言ってくれたからです。
片岡　ひとことも口をきかなかったのを、いまでも覚えてるけど。
都筑　嫌われないようにおとなしくしていろ、と言われていたからです。玄関のまえで言われたのです。（笑い）
片岡　帰りぎわに、本棚にならんでいたペーパーバックの一冊を指さし、これは面白いですよ、と言ったのが、唯一のせりふだった。あとで読んでみたら、ほんとうに面白かった。作品の名前は忘れたけれど。
都筑　はじめて見るプロの作家の仕事部屋を感じとることにいそがしくて、口をきく余裕がなかったとも言えます。あの部屋のことを、鮮明に記憶してますよ。ペン立てに、おなじ鉛筆が何本もぎっちりと立っていて、非常に鋭利にとがらせてあり、とがっているほうが上をむいてました。
片岡　2Hの鉛筆ね。ペン立ては、ブランデー・グラス。
都筑　2Hにはショックをうけました。（笑い）ぼくが鉛筆でなにかを書くときは、3Bか4Bです。0・9ミリのメカニカル・ペンシルなら、2Bでいいですけど。

都筑　そんなので書いたら、手のここんとこが黒くなるのが気になって気になって。

片岡　高校のとき、ぼくの席のまえに、とてもきれいな女のこがいて、かなり仲が良かったのですが、彼女の鉛筆が2Hで、とがってるんですよ。（笑い）彼女の鉛筆を見るたびに、なぜかつらい気持になりました。（笑い）

都筑　あなたは、原稿は、なにで書くの。

片岡　小説は万年筆です。

都筑　万年筆は、なに。

片岡　モンブランの♯22で、何年かまえに製造中止になりました。

都筑　ずっと、それなの？

片岡　そうです。

都筑　ぼくもモンブランで、軸もペンさきも太いやつだけど、インクが入らなくて困ってる。200字の紙で一〇枚も書けない。だから、いまはそのペンで、インクをつけながら書いてる。

片岡　ぼくは♯22で、ペン先は中太と呼んでいるやつですが、200字で八〇枚は書けます。

都筑　ほんとかねえ。信じられない。

片岡　インクはパーカーのパーマネント・ブルーだったのですが、いまはないので、ウオッシャブル・ロイアル・ブルーです。モンブランにパーカーのインクという組み合わせは、インクの出が非常にいいのだそうです。

都筑　原稿用紙は。

片岡　自分でつくったものです。ペン先やインクとの相性、それに手に触れるときの感触などをよく考えて紙をえらび、自分の字の大きさの平均値を測定してマス目の大きさをきめてつくりました。

都筑　２００字？

片岡　そうです。

都筑　ぼくは、いまは神楽坂の山田屋の、ルビのないのを使ってる。

片岡　インクを吸いこみやすい紙なのでしょう。

都筑　吸いこむ紙でないと、書けない。

片岡　だからインクが早くなくなるのでしょう。ペン先も太いし。

都筑　それにしても、ペラ一〇枚でかすれてくるんだから、いやになっちゃう。

片岡　おかしいですね。

都筑　もっと入るはずなんだろうけど、どうやっても入らない。だからぼくは、スポイトでインクを入れる万年筆が、いちばん好きなんです。あれだと、インクの入った量が、はっきりわかる。

片岡 いま思い出しましたけど、ぼくは都筑さんのエッセイ集『黄色い部屋はいかに改装されたか？』を書評したとき、あの本に収録されている筆記用具の話を中心に書きました。

都筑 これまで、どんな筆記用具を使っても、うまくいかない、しっくりこない、という話ね。

片岡 プロの作家である都筑さんが、ながいあいだ筆記用具に悩まされつづけてきて、これだ、というものがまだみつかっていないのは、ミステリーに関する都筑さんのエッセイのなかでも最大のミステリーだ、と書いたのを覚えています。（笑い）

都筑 あの話を書いたときには、いろんな人が賛成してくれた。最近の万年筆には、インクがたくさん入らないのかもしれない。２００字で八〇枚も書けるなんて、ほんとに信じられない。

片岡 神保町に金ペン堂という万年筆の専門店があって、古矢さんというご主人が、モンブランの♯２２をすすめてくれたのです。まだ小説を書く以前だったのですが、いろんな万年筆を書きつぶしていた頃、古矢さんがすすめてくれたのです。片岡さんもそのうち小説を書きそうだから、いまのうちに自分の万年筆をきめておいたらどうですか、と言われまして。いつも書いている字を見せてください、と言われて、たまたま持っていた原稿を見せたら、なるほど、この筆圧とあなたの手ならこれです、と出してきてくれたのが、22番の中太だったのです。ですから、ちゃんと小説を書けと、間接的ながらぼくに最初にすすめてくれたのは、金ペン堂の古矢さんです。

都筑　早稲田での専攻は。

片岡　法学部でした。

都筑　中退なの。

片岡　中退組のひと時代あとです。

都筑　というと？

片岡　冗談で卒業するんです。たいへんでした。（笑い）

都筑　東京生まれだったかな。

片岡　そうです。

都筑　東京の、どこ。

片岡　目白です。

都筑　きみをモデルにしたわけではないけれど、トニー青山というワトスン役を小説のなかでつくったとき、彼が住んでるところを、目白にしたのだけど。

片岡　東京、ということに関する、都筑さんの、勘が働いたのでしょう。

都筑　きみに関して、身上的なことを誰も知らない。自分のことを語るのがすくないということは、照れ屋なのかな。

片岡　昔話や、体験を土台にしたお説教のようなパターンで自分を語るのが嫌いだからでしょう。自分について書くのであれば、これまでにつくられたあらゆるパターンからはずれたかたちで、書きます。

都筑　この対談のタイトルに、「きみは、何なの?」というのを考えたのだけど、きみはほんとに、きみなんだねえ。(笑い)

一九八〇年一月十七日
東京・京王プラザ・ホテルにて

都筑道夫
片岡義男

〔一九八〇年、角川文庫『ラジオが泣いた夜』より転載〕

初出一覧

「ハンバーガーの土曜日」（「ハンバーガーの午後」改題）《ミステリマガジン》一九七六年八月号

「旅男たちの唄」《ミステリマガジン》一九七七年九月号

「ミス・リグビーの幸福」《ミステリマガジン》一九七七年十二月号

「ダブル・トラブル」《ミステリマガジン》一九七八年二月号

「探偵アムステルダム、最後の事件」《ミステリマガジン》一九七八年七月号

「ムーヴィン・オン」《ミステリマガジン》一九七八年九月号

「ときには星の下で眠る」《ミステリマガジン》一九七八年十月号

「ビングのいないクリスマス」《ミステリマガジン》一九七九年四月号

「アマンダはここに生きている」《ミステリマガジン》一九七九年六月号

「駐車場での失神」《ミステリマガジン》一九八三年六月号

「いつか聴いた歌」《ミステリマガジン》一九八四年十月号

＊本書はハヤカワ・ミステリ文庫より一九八七年十二月に刊行された『ミス・リグビーの幸福』と一九八八年一月に刊行された『ムーヴィン・オン』を合本にしたものです。

著者略歴　1940年東京生まれ。早稲田大学法学部卒　1974年『白い波の荒野へ』で小説家デビュー。エッセイ、コラム、翻訳、評論など多分野で活躍。著書『スローなブギにしてくれ』『さしむかいラブソング』他多数

HM=Hayakawa Mystery
SF=Science Fiction
JA=Japanese Author
NV=Novel
NF=Nonfiction
FT=Fantasy

〈片岡義男コレクション３〉

ミス・リグビーの幸福《こうふく》

—蒼空と孤独の短篇—

〈JA958〉

二〇〇九年六月　十　日　印刷
二〇〇九年六月十五日　発行

（定価はカバーに表示してあります）

著者　片《かた》岡《おか》義《よし》男《お》
発行者　早川浩
印刷者　青木宏至
発行所　株式会社　早川書房
郵便番号　一〇一 - 〇〇四六
東京都千代田区神田多町二ノ二
電話　〇三 - 三二五二 - 三一一一（大代表）
振替　〇〇一六〇 - 三 - 四七七九九
http://www.hayakawa-online.co.jp

印刷・株式会社精興社　製本・株式会社フォーネット社

ISBN978-4-15-030958-9 C0193

＊本書は活字が大きく読みやすい〈トールサイズ〉です